大学生诗词格律与写作课

韦盛年　编著

南方日报出版社
NANFANG DAILY PRESS
中国·广州

图书在版编目（CIP）数据

大学生诗词格律与写作课 / 韦盛年著 .— 广州：南方日报出版社，2024. 12. -- ISBN 978-7-5491-2953-9

Ⅰ .I207. 21；H05

中国国家版本馆 CIP 数据核字第 202458Y73A 号

DAXUESHENG SHICI GELV YU XIEZUO KE

大学生诗词格律与写作课

著　　者： 韦盛年
出版发行： 南方日报出版社
地　　址： 广州市广州大道中 289 号
出 版 人： 周山丹
责任编辑： 严文玮
责任技编： 王　兰
责任校对： 阮昌汉
经　　销： 全国新华书店
印　　刷： 广东信源文化科技有限公司
成品尺寸： 175 mm × 245 mm
印　　张： 15.25
字　　数： 260 千字
版　　次： 2024 年 12 月第 1 版
印　　次： 2024 年 12 月第 1 次印刷
定　　价： 39.00 元

投稿热线：（020）87360640　　**读者热线：**（020）87363865

前　言

本书是为中文系本科生编写的教材，详述近体诗、词的格律，并具体指导学生如何进行诗词的创作。本书重在从学生创作的难点出发，解决写作实践中常碰到的问题，如简单、牢固地掌握平仄规则，入声字的辨别，如何从模仿入手进行创作，典故的使用，对仗的写作，词调、韵部的选择等。除技术上的介绍，本书行文亦有相当篇幅着眼于诗词之鉴赏，强调诗词的音乐性，结合格律及创作实践，要求学生从一个写作者的角度去深刻体会古典诗词之美。

在多年的实践教学中，笔者认识到，尽管一般大学的中文系本科生学习过古代文学史，日常阅读也较其他专业学生深入，对古典诗词有相当的了解，但他们对古典诗词的理解和鉴赏能力仍有欠缺。这种欠缺，主要体现在他们虽然能够比普通读者更专业地感受到诗词之美，但却未必能够确切表达出来美在哪里、哪些语词体现出什么美。也就是说，他们还要能够解释为什么自己会觉得美，自己觉得好的原因是什么。不但要知其然，还要知其所以然，这一点对中文系的学生来说是很重要的。这是因为中文系的学生经过四年的学习之后，除少数人进入硕士研究生阶段深造外，大多数人会进入社会工作，其中从事教育工作者又尤多。许多同学在学习阶段和教育工作中最大的难题就在于，可以感受到诗词的美，却很难清楚解释原因，更难于向他们的教育对象把那种感受表达出来，或者表达得有深度，有自身的体验与独特的感受。他们常常只能照着已有的名家鉴赏复述。甚者其实并不了解某些诗词好在何处，只因是公认的名篇，从小读到大，于是照本宣科，内心找不到说服自己的理由。这种缺乏自身体验的鉴赏，在教育实践中的效果一定是大打折扣的。

当然了，在文艺鉴赏中，解释诗词之美本来就是一个千古难题，其困难不同程度地存在于入门者到深谙此道者身上，笔者亦永远苦于此。在多年的教学实践中，笔者感觉到，几个方面的学习可以加强学生在这方面的素养。

其一，全面熟知古诗词的历史及发展。这方面的内容是中文系的重点课程

“古代文学史”主力承担的。本书在这方面偶有提及，不作展开。

其二，熟读、背诵古诗词名篇。这也是共识，不作论述。背诵多少篇目为宜呢？因人而异，多多益善。就本门课程而言，笔者认为按现今大学通常一学期 16 次 32 学时专业选修课的安排，要求学生背诵 150 ~ 200 首名篇是合宜的。笔者在实践中也是这样要求的，还曾为此组织学生晨读，而且在期末考核中查验。也就是说，必须强迫学生把这些篇目背得很熟，不管他们是否能感受到某些篇目何以为好，先背了再说。在日后的生活中让他们慢慢涵泳与体认，最终总会在某些篇目中找到自身的感悟与体验。如果没有原先的熟识和背诵，这种体悟就不会发生，或者难以发生。

其三，熟练掌握诗词格律。大多数普通读者对格律并不了解，或者稍知一二，并不甚了了，但从事这方面工作的教育工作者应熟练掌握。这是学会深入鉴赏诗词的极其重要的前提条件。一些鉴赏诗词的文章对诗词中某些词语或句子夸饰过甚，却不得要领，缘由即在于不了解诗词的平仄、韵部字限制、对仗等技术性的要求。诗人之所以如此写，其实是受到这种格律的限制，不得已而为之。鉴赏者却脱离这种技术条件，凌空飞行，自然容易附会穿凿，没法落到实处。

其四，学会创作古典诗词，学会从创作者的角度去体验和思考。这种创作不必要求很专业，一定要当个诗人，但至少要了解写作的艰难所在，这样在读诗时习惯从创作者的角度去体验和思考，往往能有不一样的发现。

本教材的着眼点在于第三点和第四点。先讲解基础的格律知识，接着是写作的讲授，最后单列两个章节，讲解典故的使用、用词语替换法去鉴赏诗词。关于以词语替换法去理解和鉴赏诗词，这里多提几句。这是笔者在教学中逐渐摸索出的教学方法，感觉行之有效，因此特别列专章介绍。这个方法的特点在于要从创作者的角度去体会和感受诗词的意蕴，与本书讲诗词的写作有密切的关系，因此也作为一章放入本书。笔者觉得，这是本书自己写得最为满意的一章，或者是因为其中自身感悟较多的缘故吧。

本书特点在于紧贴教学实践，抓住学生学习中的难点进行讲述。如讲解近体诗格律时，不过多花费笔墨于“拗救”的规则，因为这些规则难度大，较为复杂，但对初学者学习写作影响不大，不必过于纠结。又如入声字的辨别问题，许多诗词写作教程只是讲解知识性的部分，但笔者发现，辨别入声字，几乎是学生真正掌握格律、能够写出一首合乎格律要求的诗词的最重要的基础能力。因此本书列专章讲解这个问题，并结合笔者自身学习粤语、辨别入声字的经验，给学生确实的建议，甚至连笔者自己总结的记忆窍门也一并列出。个中甘苦，有过体验的读者自能体会一二。再如，诗词的写作部分，不单讲解基本的句法、结构章法等，还将笔者自己模仿和写作的经验一并叙述，具体描述一首诗词的构思、修改过程，语词的选择，韵部的选择，平仄的调整，如何查找工具书，如何利用智能手机方便地查找韵部字，查找典故，替换语词等。这都是实际创作中需要学习的部分，笔者不惮繁复及浅薄，一一列明，俾学生可快速入手。另外写作部分较有特色的还有对学生作品的修改及评述。有过教学经验的人都知道，修改他人诗词作品既费时间，亦难度不小，吃力不讨好。笔者勉力为之，不过希望学生严守格律，从一字一句的修改中自味甘苦，或可稍窥门径。笔者并不擅长创作，且修改他人作品实难，书坊中也很难找到讲实际创作，并有诗词老手为新手加以修改并评述的书，故所修改多以合律为最低要求。

笔者在日常教学中感受到，打破对诗词创作的神秘感是非常重要的。由于古典诗歌的日常写作确实已经远离了现代人的生活，也由于各种古代诗歌创作传奇故事的流传，如王勃挥笔而就《滕王阁序》、李白斗酒诗百篇等，对普通人来说，如果身边缺少学习古典诗歌的资源，从未接触会写古诗的人，古典诗歌创作多少是带着一层神秘感的。而今日诗坛操觚者因为已经进入一个相对自由的创作阶段，多少忘记了当初进入的艰难，这种无意造成的巨大的信息鸿沟，让诗歌写作的最简单的入门功夫被忽略了。笔者读至博士研究生时才接触到古典诗歌创作，拜读沚斋先生的诗作，惊叹不已：原来现代人也可以写出不亚于古代大诗人的诗作啊！而个体之命运与时代之氛围、独立之精神与理想之人格，亦浸染其中而感发人心。古典诗歌精神仍在，古典诗歌在当代亦有传承者。笔者并不擅创作，好在可用“写作和教人写作是两回事，作家通常都不会教人写作”这个说法安慰自己。笔者之所以如此不避烦琐地详细讲解诗词写作的过程，又不畏方家讥讽浅薄，勉力评述和修改学生的习作，原因即在于此。

至于第二点，这需要长期大量的积累。本书附录《诗词格律与写作课背诵篇目》即为配合此目的而收录。有些篇目在正文各章中会有解析，间或有笔者自己的一二心得，读者可参看。这个附录并非什么特别的选本，只是收录了笔者在长期诵读中觉得音乐性特别强的篇目。在这方面，笔者遵循一个简单的原则：大众喜欢的往往就是最好的。在整理这些篇目时，笔者发现它们大多数就是现今大众最为熟悉的篇目，并无甚僻诗僻词，市面上任何一个选本似乎都会选录。笔者在阅读生涯中也往往对这些诗词最为偏爱。这个原则当然有可商议之处，但古典诗词在这方面有一个得天独厚、无可辩驳的优势：这些篇目经历过历史长河的淘洗，而时间长河里累积的大众几乎是无限的。这部分的作品中录入了较多的词作，是因为在教学当中，笔者发现大多数学生能够背诵的诗作数量还可以，但词作却相对较少。而初学诗词创作，词又难于诗，不积累一定数量的名作，不容易掌握。

附录部分还收入《平仄需要特别注意的字》，这些字和现代汉语的字音、平仄有别，容易误解，特别集中收录于此。《诗词训练方法与题目》则主要是为了方便教学而收录，学生可就训练题目立马开始写作的实践。与其他此类书常收录较多的词谱不同，本书只录几个词谱，是因为词谱查找甚易，不必过多收录。《古典诗词研习书目推荐》是为想深入学习的学生推荐的，笔者会简单加以点评。

本书是为中文系学生编写的教材。一般来说，中文系的学生已经熟知一些基础知识，如词的起源、律诗的形成过程、词调词牌的一些相关术语和知识（如小令、慢调、促拍等）。即便不知道，读一读相关图书即可知，因此本书就不介绍这类知识，重在格律和写作。又因为课时的限制，本书只讲授了七绝、七律及词的写作，五绝提了一下，五律则没有涉及。好在律体的写作是相通的。

本书卑之无甚高论，不过是将许多知识及笔者阅读所得融为一体，行文中偶有一己之心得，想入门的诗词爱好者或可从中得到某些启发。

本书不是学术研究著作，行文中参考了许多书目，尽量以脚注形式注明，也罗列于参考文献中。笔者水平有限，兼行文匆忙，必定有误，敬请方家指正。

韦盛年

2024 年 9 月 28 日于华南农业大学

目录

第一章　近体诗格律简说　/ 1

一、古典诗歌的分类　/ 2
二、古典诗歌的用韵　/ 2
三、近体诗的用韵　/ 4
四、近体诗的平仄　/ 6
五、七律、绝句的平仄　/ 13
六、近体诗的对仗　/ 15
七、近体诗格律总结　/ 24
八、如何快速地判定格律诗　/ 27

第二章　入声字的辨别　/ 29

一、入声字辨别的重要性　/ 30
二、哪些字是入声字　/ 31
三、哪些字不是入声字　/ 33
四、辅助方法辨别入声字　/ 35
五、总结　/ 39
六、其他平仄需要注意的字　/ 41

- 第三章　近体诗的写作一：对仗 / 45
  - 一、对联的基础知识 / 46
  - 二、对仗的形式 / 49
  - 三、对仗的优劣 / 52
  - 四、如何写出好的对仗 / 54
  - 五、对仗写作练习实例 / 57
- 第四章　近体诗的写作二：句法、结构 / 65
  - 一、句法 / 66
  - 二、结构 / 70
  - 三、写作练习实例 / 76
- 第五章　近体诗的写作三：七绝、七律 / 83
  - 一、七绝的写作 / 84
  - 二、七律的写作 / 92
  - 三、初学写诗注意事项 / 100
- 第六章　词的格律 / 103
  - 一、词的用韵 / 104
  - 二、词的平仄 / 108
  - 三、词的对仗 / 111

第七章　词的写作一：总论、词的用字、句法和结构章法 / 113

一、总论 / 114

二、词的用字、句法及结构章法 / 116

第八章　词的写作二：填词步骤、入手及习作评讲 / 141

一、填词步骤 / 142

二、填词入手 / 154

三、学生习作评讲 / 160

第九章　诗词写作中典故的使用 / 169

一、今天写诗该不该用典 / 170

二、用典的必要性及优点 / 172

三、如何用典才是好的 / 183

四、具体实操 / 185

五、余论 / 186

第十章　以“词语替换法”来理解和鉴赏诗歌 / 191

一、教学实例：词语替换 / 192

二、其他实例 / 197

三、规则及要点 / 200

四、教学实例：模仿写作 / 202

- 附　录 ／205
  - 附录一　平仄需要特别注意的字 ／206
  - 附录二　诗词训练方法与题目 ／210
  - 附录三　诗词格律与写作课背诵篇目 ／215
  - 附录四　古典诗词研习书目推荐 ／228
- 参考文献 ／232

第一章

近体诗格律简说

一、古典诗歌的分类

按学界通常的分法，古典诗歌的分类如下图所示：

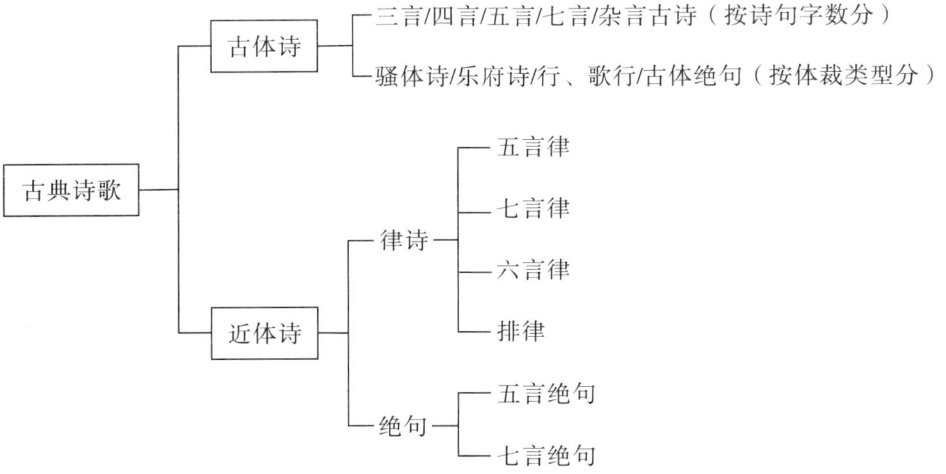

近体诗是唐代形成的诗歌体裁，故唐人称为近体诗。今天我们仍然沿用这个称呼，以与古体诗相区别。近体诗又称为今体诗、格律诗或律体诗，它的格律要求比古体诗严格得多，除押韵外，还讲究平仄和对仗，本章将讲解近体诗的格律要求。

二、古典诗歌的用韵

以下是古代诗歌用韵应该知道的常识：

（一）押（压）韵

诗词歌赋中，某些句子末一个字用韵母相同或相近的字，叫押（压）韵。

韵母分为韵头、韵腹、韵尾。比如“光”字拼音为：G / u / ɑ / ng，G是声母，uɑng 是韵母，其中 u 为韵头，ɑ 为韵腹，ng 为韵尾。不是所有的字都有这三项，有的没有韵头，有的没有韵尾。诗歌押韵不用考虑韵头，只要韵腹和韵尾相同就可以。比如先、全二字韵头分别为 i、u，但韵腹相同，它们同属于上平声一先韵。

（二）韵脚

中国汉语诗歌的押韵都放在句子的最后一个字，这个字因此称为韵脚。世界上大部分民族的诗歌是押最后一个字，但有的诗歌是可以押不同的部位的，比如说古英语有头韵诗，每句第一个字押韵。

（三）押韵的形式

1．句句用韵

《诗经》《楚辞》的大多数篇章是句句押韵的。早期七言古体诗句句押韵。相传汉武帝曾筑柏梁台，与群臣联句赋七言诗，句句用韵，后人称这种诗体为“柏梁体”。

2．隔句用韵

《诗经》《楚辞》后的古典诗歌大多是隔句押韵的，这是古典诗歌的常态。

3．隔两句用韵

即每三句一韵。这样的诗歌很少，不是中国诗歌的常态。

4．交错用韵

即 abab 的形式。如《诗经·周南·兔罝》：“肃肃兔罝，椓之丁丁。赳赳武夫，公侯干城。”罝（jū）、夫同韵，丁（zhēng）、城同韵。这样的押韵形式在《诗经》中也不算多，后世则更少见。英文诗中这样的押韵形式较为常见，如十四行诗。

5．韵脚加语气词

后皇嘉树，橘徕**服**兮。受命不迁，生南**国**兮。深固难徙，更壹**志**兮。绿叶素荣，纷其可**喜**兮。（《楚辞·橘颂》）

本诗服、国押韵，志、喜押韵。这种押韵形式容易使不熟悉古典诗歌的读者产生误解，以为都是以“兮”字来押韵。其实这里的“兮”字是语气词，这个词大致相当于今天的“啊”字，是唱诗当中停顿和拉长用的，不能算是韵脚。

（四）如何判断同韵字

这个问题细究起来非常复杂，涉及音韵学的知识，还有历时性的问题，即音韵随时代而变化，韵部的合并在学术上也有很多不同的意见和看法。好在写诗不是学术研究，我们这里简化它，规则如下：

上古（先秦两汉）没有韵书，作者根据当时的语音选择同韵字。我们这里以王力先生所分的上古三十韵部[①]为准。

魏晋以后有了韵书，特别是隋代编了《切韵》[②]，科举制确立，考查内容一直都有写诗的要求，于是规范日趋严格，诗人要依据韵书所定的同韵字来押韵，叫“诗韵”。王力先生有一句著名的话：唐以前的人按口语押韵，唐以后的人按韵书押韵。

白话文运动后，新诗可押韵，也可不押韵。押韵按现时的普通话语音系统来选择同韵字。中华人民共和国成立后编有《中华通韵》，仅十六部，极易押韵。

古代的韵书

隋代陆法言著有《切韵》(今只存残编)，该书将字分为206韵，因分得过细，不便于运用，于是唐代规定相近的字可以通用。

北宋陈彭年等人依据《切韵》，修订增补后编出《广韵》一书，是现存最完备的古代韵书。

南宋时，平水人刘渊把通用的字合并成为107韵，后人再减为106韵，这106韵统称为“平水韵”，一般就叫作诗韵，为后世通用。

我们今天写古典诗歌，就用平水韵。也就是说，我们今天还是和唐代的李白、杜甫，宋代的苏轼、黄庭坚等诗人用一样的韵。虽然时至今日语音已经发生了巨大的变化，这个押韵的规则却一直没有改变，这就导致判断同韵字不能根据普通话的语音，必须翻查韵书，否则很容易出错。比如诗韵一东二冬是分开的，今人读来完全是同音的。其实明清两代时，这两个字的读音就混同了，但当时的人仍按平水韵来写诗。判断同韵字，广东的同学有优势，广东的三大方言广州话、潮汕话、客家话较接近于中古音，有这些方言基础的同学判断同韵字比讲北方方言的同学要容易些。

三、近体诗的用韵

韵书里，同韵字集在一起的若干部，叫“韵部”；每一韵部取一个字作代表，叫“韵目”；韵部中的字称“韵字”。古人编的韵书会把所有的字都编入，便于

① 上古三十韵部今天写诗不用，因此本书不收录。王力《古代汉语》(中华书局修订本)第二册附录有。

② 中国最早的韵书是三国时期李登编著的《声类》和晋代吕静编著的《韵集》。但这两书早已亡佚，流传到今天的最早的韵书是《切韵》。

翻查。但有些字是很偏僻的字，日常都很少用，写诗更少用到，因此，我们日常写诗，直接使用王力先生主编的《古代汉语》第四册的附录《诗韵常用字表》即可。这也是网上流传最广的诗韵表。如果追求完备，可使用清人常用的《诗韵合璧》一书①。

近体诗的押韵规则如下：

（1）隔句押韵，即偶数句押韵。首句可押可不押。

（2）必须押平声韵。一韵到底，不能换韵。

（3）不能重韵，即韵脚字不能有重复。

第一个规则是基本常识，只要稍读过诗即知。第三个规则也是日常读诗中可以感受到的，因为律体诗只押偶数句韵，律诗都是八句，只有四个韵脚字，绝句只有两个韵脚字，如此少的押韵字，还有重复就说不过去了。以汉语如此多的同韵字，这个技术上的要求并不难达到。而且如果韵脚字重复，也会在音律上造成拖沓重复的感觉，缺乏美感。或许有少数诗韵脚字的重复可以避免这种情况，但这种个例太少，规则的制定也就排除了这个可能。

第二个规则最为要紧，近体诗必须押平声韵，这个要求和音乐性密切相关。近体诗是可以吟唱的，凡放在韵脚的字，不管是平声仄声，当拉长声调唱出来时，都会变成平声。这个规律让很多人意想不到，觉得有些惊奇。其实每个人试着唱唱今天的流行歌曲就可以感受到。流行歌曲的歌词通常也是押韵的，而且平仄通押，凡是仄声韵的韵脚，只要拉长声调，后面都会变成平声的调。近体诗也不能换韵，这也是和古体诗显著不同的地方。

学习写诗，最好将平水韵上、下平声的30个韵目字熟记：

上平声：一东、二冬、三江、四支、五微、六鱼、七虞、八齐、九佳、十灰、十一真、十二文、十三元、十四寒、十五删；

下平声：一先、二萧、三肴、四豪、五歌、六麻、七阳、八庚、九青、十蒸、十一尤、十二侵、十三覃、十四盐、十五咸。

学习写律诗，还要了解各韵部字的多寡。王力先生《汉语诗律学》根据这30个韵部字数的多少，分为宽韵、中韵、窄韵、险韵四类：

宽韵：包括四支、一先、七阳、八庚、十一尤、一东、十一真、七虞。作诗用这些韵，字比较多，有较多的韵字可供选择。

中韵：包括十三元、十四寒、六鱼、二萧、十二侵、二冬、十灰、八齐、五

---

① 此书今天仍有出版，有上海古籍出版社的影印本。初学者用《诗韵常用字表》足矣。

歌、六麻、四豪。作诗用这些韵，有较多的韵字可供选择。

窄韵：包括五微、十二文、十五删、九青、十蒸、十三覃、十四盐。作诗用这些韵，可供选择的韵字较少。

险韵：包括三江、九佳、三肴、十五咸。作诗用这些韵，可供选择的韵字很少，比窄韵更少，故称险韵。

初学写诗尽量选择宽韵、中韵，少用窄韵、险韵。险韵用艰僻字押韵，人觉其惊警险峻而又能化艰僻为妥帖，无凑韵之嫌，唐宋诗人中有故意押险韵炫技以显其才华的，不必仿效。

古典诗歌为什么都需要押韵呢？施东向先生这段话可参考：

> 利用相同的韵在诗歌中造成周期性的重复，在吟诵者和聆听者听觉上造成一种回环的美感。心理学理论指出当人们的期待得到实现时，内心会产生快感和美感。诗句的第一个入韵字往往给人暗示，使人产生期待。当下一个入韵字按照预期的节奏来到时，这种回环的美感便会产生，而且会对人的理解、记忆产生帮助。（《诗词格律初阶》）

四、近体诗的平仄

南朝齐、梁时期的沈约、周颙受汉译佛经的影响等，发现汉字有“四声”：平、上、去、入。他们将之运用到诗歌创作上，提出了“前有浮声，后必切响”的原则及“八病”之说。这种诗体在文学史上叫作“永明体”（“永明”为齐武帝萧赜的年号）。后来人们又进一步把四声分为平仄两类，并对五、七言诗的平仄、对仗、押韵、句式等作出严格的规定，这样，一种对中国的诗歌创作产生了极其深远影响的格律诗就此诞生。这个过程将近一百年，初唐时形成成熟的格律诗。

汉语的四声为平、上、去、入。平、上、去三声带有鼻音韵尾 m、n、ng 或元音韵尾 i、u 或者直接以元音结尾。入声带有塞音韵尾 p、t、k，具有发音短促、突然停止、不能延长的特点。

关于四声的发音区别，《康熙字典》有一句歌诀：平声平道莫低昂，上声高呼猛烈强，去声分明哀远道，入声短促急收藏。大体来说，现代汉语的第一、二调是平声，又分阴平、阳平，第一调是阴平，第二调是阳平。第三调是上声，第四调是去声。入声字在普通话中已经消失，原因是元代以后中原地区的语言被以北京话为基础的近代语言所取代，入声逐渐消失，原来的入声字被归到平、上、去三个声调中去，称为“入派三声”。但入声在一些地区的方言中还有所保留，比如江淮官话、吴语、晋语、粤语、湘语（新派湘语）、闽语、客家话、赣语等方言均保留入声。北方有些方言也还保留部分入声，但南方方言保留更多，尤其是广州话，是保留最多入声字的语言，潮汕话和客家话也大体保留了入声字。这对学习写诗的广东同学来说是个不小的优势。

有方言基础的同学可以用自己家乡的方言试着念念下面这些字音，感受一下是否有所区别：

东、懂、冻、笃　　方、仿、放、缚　　工、拱、共、各

同、动、洞、独　　空、孔、控、哭　　卢、鲁、路、禄

文、吻、问、物　　申、审、圣、设　　萧、小、笑、屑

鱼、语、御、玉　　诗、史、试、失　　基、几、记、吉

如果每一组字最后一字读起来感觉发音短促，与前三字区别明显，那么就说明自己的方言保留了入声字。

所谓平仄，是把四声中的阴平、阳平归为平声，上、去、入归为仄声。之所以叫平声，是因为发平声字时，声调大抵没有升降，且发音较长；叫仄声，是因为发仄声字时，声调有升降（入声字可能有微升或微降），且较短。古人称侧，即倾斜的意思，又称仄。

近体诗的平仄规则并不复杂，严格遵循如下几条规则即可。

我们先从五律说起，因为五律是七律的基础，理解五律的规则，七律类推即可。

规则一：一句之中节奏点上平仄交替，即俗所谓“二四分明”。

五律的四个基本句式：

①仄仄平平仄

②平平仄仄平

③平平平仄仄

④仄仄仄平平

②④是以平声结尾的，我们称之为平脚句；①③是以仄声结尾的，我们称之为仄脚句。这四个句式的特点就是一句之中节奏点上平仄交替。节奏点，即第二、四字。这四个句式的第二、四字平仄都是相反的。这四个句式必须背得滚瓜烂熟，后面的规则都以此为基础。

第二、四字之所以是节奏点，是因为人们诵读五言诗时，停顿点是固定的，会在第二、四字处作比较长的停顿，尤其是第二字，往往比第四字停顿得更长一些。第五字是结束字，自然也是长久的停顿。这停顿处即称为节奏点。规定节奏点的平仄是交替的，就是为了形成平仄交替的音声起伏，追求音律的美感。

刚接触平仄的人，可能会产生一些疑问。即如果我们按规则一去组合五字的平仄，会发现应该还有两个句式，即⑤仄仄平平平、⑥平平仄仄仄。为什么基本句式不包含这两个句式呢？古人没有明确地说明。但我们可以合理地推测，⑤仄仄平平平、⑥平平仄仄仄这两个句式会让后三个平声和仄声连着，而平仄的规则就是为了声音的抑扬起伏而造成音律的美感，三平和三仄就破坏了这个最重要的目的。特别是三平声，古人称为“三平调”，是古体诗中常见的句式，在律诗中是绝对要避免的。

有人可能还会有疑问：为什么句式③平平平仄仄、④仄仄仄平平就可以有三个平声、仄声连起来呢？这是因为这两个句式的三个平声和仄声在诵读诗歌时并不是连起来念的，它的节奏是“平平 / 平仄仄”“仄仄 / 仄平平”。

可能还会有另外一个疑问：为什么不一平一仄地排列呢，这样不是更有声音上的抑扬起伏吗，比如“平仄平仄平仄平”“仄平仄平仄平仄”？但只要一试着排列即知，这样更没有变化，只有两个句式。而且诵读诗歌时绝不会一字一顿地念出，这样压根就没有任何节奏感了。

规则二：四个句式遵循“对”“粘”的规则组合成八句的律诗。

律诗的八句，每两句一联，分别称为首联、颔联（又称次联）、颈联（又称腹联、中联）、尾联。第一、三、五、七句称为出句，第二、四、六、八句称为对句。

对，指一联中对句第二字与出句第二字的平仄相反。

粘（niān），也称黏，指上联对句第二字与下联出句第二字平仄相同（且两句平仄不能完全相同，即粘而不同）。

按对、粘的规则，分别以四个句式作为第一句，我们可将四种五律的标准格式列出如下：

格式一（仄起首句不用韵式）：

仄仄平平仄，平平仄仄平。
平平平仄仄，仄仄仄平平。
仄仄平平仄，平平仄仄平。
平平平仄仄，仄仄仄平平。

格式二（平起首句用韵式）：

平平仄仄平，仄仄仄平平。

仄仄平平仄，平平仄仄平。

平平平仄仄，仄仄仄平平。

仄仄平平仄，平平仄仄平。

格式三（平起首句不用韵式）：

平平平仄仄，仄仄仄平平。

仄仄平平仄，平平仄仄平。

平平平仄仄，仄仄仄平平。

仄仄平平仄，平平仄仄平。

格式四（仄起首句用韵式）：

仄仄仄平平，平平仄仄平。

平平平仄仄，仄仄仄平平。

仄仄平平仄，平平仄仄平。

平平平仄仄，仄仄仄平平。

可以看到，格式一、格式三实际上不过是把前四句再重复一轮。四种格式都把每个句式用了两次。

这里值得注意的是格式二、格式四，它们的第一句是平脚句，这个平脚的字必须是押韵的，即它和第二、四、六、八句的韵脚字同韵（也可以用邻韵）。这其实也算是一条处于规则二下的一个小规则。我们称格式一为仄起首句不用韵式，格式二为平起首句用韵式，格式三为平起首句不用韵式，格式四为仄起首句用韵式。

格式二、四的第一句是平脚句，对句又必须保证最后一字是平声字，因为这是韵脚，必须押平声韵，因此对句每一字的平仄就不能和出句每一字的平仄完全相对，但它第二、四字的平仄就一定是平仄相对的。

规则三：非节奏点上的字，其平仄可变通，即第一、三字可平可仄，即俗所谓的“一三不论”。

如果只有规则一、二，虽然也已经组成了一首律诗，但这首律诗每个位置上的字，其平仄都是固定的，这样严格的规则，在实际的创作中，一定会导致诗人被规则严重束缚，难以自由地创作，许多好句也会被抛弃。因此，规则三就赋予了它相当的灵活性。

这种可变通的平仄，我们用(平)(仄)表示，(平)表示应平可仄，(仄)表示应仄可平。因此四个基本句式的标准格式如下：

①(仄)仄(平)平仄　②(平)平(仄)仄平　③(平)平(平)仄仄　④(仄)仄(仄)平平

律体的四种格式将这些基本句式照套即可，这里不再列出。

规则四：平脚句要避免“犯孤平”“三平调”，这时一、三不能不论；仄脚句有“特拗”“大拗”的情况时，必须“救”，这时二、四会不分明。

孤平：一个平脚的句子，除韵脚以外只有一个平声字，而且此平声字与韵脚还不挨近。

三平调：一个平脚的句子，最后三个字全是平声（平平平）。

孤平，即句式②(平)平(仄)仄平，第一字必须是平声，不能可平可仄，不能用仄声[①]，否则第二个平声字单独放在句中，显得孤单，因此称为孤平。有一种特殊情况，第一个字如果用了仄声，那么可以将第三个本来应是仄声的改为平声，即形成“仄平平仄平”的句式。这种情况称为孤平拗救。即第一字应平而仄，拗了[②]，第三字由仄变为平，补救了回来，让两个平声字连在一起，不孤单了。这个孤平拗救算是规则四之下的一个小规则。下面是一个孤平拗救的实例：

春宫怨

［唐］杜荀鹤

早被婵娟误，欲妆临镜慵。
承恩不在貌，教妾若为容。
风暖鸟声碎，日高花影重。
年年越溪女，相忆采芙蓉。

欲妆临镜慵　　日高花影重
拗　救　　拗　救

① 上述孤平是王力先生的看法，学术界对此还有争议。启功先生认为律句中必两仄夹一平。王士祯认为一句中必有两个相连的平声字。吴丈蜀先生认为一句诗中只有一个孤立的平声字，这种句子必拗，应增加平声字，不仅是平脚句，也包括仄脚句。王力先生是语言学者，专门做过研究，写有《汉语诗律学》一书。按序言中的说法，他带领学生将《全唐诗》全部检索过。在《全唐诗》只找到两个犯孤平的例子：醉多适不愁（高适《淇上送韦司仓》），百岁老翁不种田（李颀《野老曝北》）。王力先生的说法应该更可信。今日学界也用他的观点。

② 拗即不顺从的意思。

“欲妆临镜慵”句中，“欲”字仄声，于是本应可平可仄的第三字就须是平声“临”，这样妆、临二字均是平声，就不会犯孤平。同样的，“日高花影重”一句也一样，也是“仄平平仄平”的句式。

三平调，即句式④(仄)仄(仄)平平，第三字不能可平可仄，必须是仄声，否则就成了三个平声字连在一起。古风常用此式，近体诗是绝对不允许出现的。这也是近体诗和古诗一个很重要的区别。三平调没有办法补救，无法像孤平一样通过拗救的方法来补救，只能避免。

如杜甫《春望》“恨别鸟惊心”“浑欲不胜簪”句，其中“鸟”“不”字均为仄声，不能是平声，否则就会是三平调。注意这里的“胜”字念第一调，平声。

特拗，即句式③(平)平(平)仄仄，第四个字仄声可以变为平声，这时第三字平声必须是仄声，不能可平可仄，即形成“平平仄平仄”的句式。

本应为：平平平仄仄，仄仄仄平平。

变　为：平平仄平仄，仄仄仄平平。

救　　拗

这个句式王力先生提议命名为“特拗”，也可以叫准律句，是因为这个句式很常见，王力先生做过统计，在《全唐诗》中这个句式和“平平平仄仄”这样标准的句式几乎是对半分的。下面是一些例句：

无为在歧路，儿女共沾巾。（王勃《送杜少府之任蜀州》）
情人怨遥夜，竟夕起相思。（张九龄《望月怀远》）
明朝挂帆席，枫叶落纷纷。（李白《夜泊牛渚怀古》）
凉风起天末，君子意如何。（杜甫《天末怀李白》）
遥怜小儿女，未解忆长安。（杜甫《月夜》）
何时倚虚幌，双照泪痕干。（杜甫《月夜》）

这个规则比较复杂，不好记忆。较好的记忆方法是依靠例句去记住这个规则。笔者一般建议学生将上述那句“无为在歧路”与“特拗”联系在一起加以记忆，因为本句的表面意思“歧路”与“特别的拗救”在意义上有一些关联，方便记忆。

值得注意的是，特拗句式的第一字是否是可平可仄的呢？答案是，运用这个句式时，头字以避免仄声为原则。为方便记忆，可直接记为标准的“平平仄平仄”。

大拗，即原本的一联为“仄仄平平仄，平平仄仄平”，变为“仄仄平仄仄，平平平仄平”。出句的第四字应平声，变为仄声，拗了。这种拗不像孤平拗救、特拗，可以在本句补救回来，只能在下一句救，于是对句的第三字应仄而变为平声[1]。

本应为：仄仄平平仄，平平仄仄平。

变　为：仄仄平仄仄，平平平仄平。

拗　　　救

大拗的例句如下：

落日池**上**酌，清风**松**下来。（孟浩然《裴司士员司户见寻》）
二月频**送**客，东津**江**欲平。（杜甫《泛江送客》）
蔼蔼花**蕊**乱，飞飞**蜂**蝶多。（杜甫《绝句》）
草木岁**月**晚，关河**霜**雪清。（杜甫《送远》）
孤雁不**饮**啄，飞鸣**声**念群。（杜甫《孤雁》）

大拗的规则也不好记忆，比特拗还复杂，和大拗一样，笔者建议初学者关联例句来记忆。笔者推荐的例句是：

野火烧**不**尽，春风**吹**又生。（白居易《赋得古原草送别》）

这个例句的表面意思与拗而得救也勉强关联得上，方便记忆。

初学者有时候会对规则二中的“对”“粘”只强调第二字相对相粘有疑问，学习规则四后即可明白，由于大拗、特拗的存在，同一联中，第四字有时会不“对”不“粘”。

前三个规则，古人用一句坊间熟悉的俗语表达，即“一三不论，二四分明”。规则四可以视为对规则三的一个补充和修正。即每一个基本句式都对应一个例外，会导致一三不得不论，二四会有不分明的情况。熟悉四个基本句式，明白对、粘的含义，然后熟悉记忆犯孤平、三平调、特拗、大拗四个例外情况，那么律诗最重要的规则即可掌握，写起诗起就不会犯不合律的毛病。

---

① 大拗句中，第一、三字还可平可仄。七言的第五字也可平可仄，初学者容易搞混，这里先不以可平可仄的符号(平)(仄)表达，免得混淆。比如下面的例句中“草木岁月晚”的第三字“岁”即仄声，“孤雁不饮啄”的第一字“孤”为平声，第三字“不”为仄声。这种大拗，王力先生认为显然是从五古中脱胎而来，因此五言中特别多，七言中特别少。下句平平平仄平，通常第一个字爱用仄。这样下一句句中不会有四个平声，显得高古些。

拗救是诗词格律中的难点，但不是重点，不必过于求深。对创作诗歌而言，不会也没有关系，并不影响创作。写的时候按正格写就好。如果非要拗救，弄不好还会不合律。

关于拗救的规则，王力先生不管是在奠定本学科基础的皇皇巨著《汉语诗律学》中，还是《诗词格律》一书中，均做了更详细的讲述。但这些拗救的情况在实际的创作中，是拗了可救可不救的。如果过细地讲解这些知识，对于写诗用处不大，笔者这里略而不论。有兴趣的同学可自行了解。

五、七律、绝句的平仄

明白了五律的平仄要求，七律及绝句的平仄要求就非常简单了。

（一）七律的平仄

七律：在五律四个句式前加上“平平”“仄仄”二字而已。如果五律句式前两字是“平平”，那么就加上“仄仄”，反之亦然。其平仄、对粘、拗救规则与五律相同。同样有孤平、三平调、特拗、大拗的问题。

七律的四个句式如下：

①㊥平㊀仄㊥平仄

②㊀仄㊥平㊀仄平

③㊀仄㊥平㊥仄仄

④㊥平㊀仄㊀平平

四种七律格式如下（这里不再标示可平可仄）：

格式一（平起首句不用韵式）：

平平仄仄平平仄，仄仄平平仄仄平。

仄仄平平平仄仄，平平仄仄仄平平。

平平仄仄平平仄，仄仄平平仄仄平。

仄仄平平平仄仄，平平仄仄仄平平。

格式二（仄起首句用韵式）：

仄仄平平仄仄平，平平仄仄仄平平。

平平仄仄平平仄，仄仄平平仄仄平。

仄仄平平平仄仄，平平仄仄仄平平。

平平仄仄平平仄，仄仄平平仄仄平。

格式三（仄起首句不用韵式）：
仄仄平平平仄仄，平平仄仄仄平平。
平平仄仄平平仄，仄仄平平仄仄平。
仄仄平平平仄仄，平平仄仄仄平平。
平平仄仄平平仄，仄仄平平仄仄平。
格式四（平起首句用韵式）：
平平仄仄仄平平，仄仄平平仄仄平。
仄仄平平平仄仄，平平仄仄仄平平。
平平仄仄平平仄，仄仄平平仄仄平。
仄仄平平平仄仄，平平仄仄仄平平。

值得注意的是，判断犯孤平、三平调、拗救这几种特殊情况时，七律每句中也只需要看后五字即可，前两字与第三、四字平仄相对即可。我们看几个例子：

特拗：

庾信平生最萧瑟，暮年诗赋动江关。
千载琵琶作胡语，分明怨恨曲中论。
伯仲之间见伊吕，指挥若定失萧曹。

（杜甫《咏怀古迹五首》）

“庾信平生最萧瑟”一句平仄格式为“仄仄平平仄平仄”，后五字“平平仄平仄”，说明这是特拗，或称准律句。“千载琵琶作胡语”一句平仄格式为“平仄平平仄平仄”，第一字应仄而平，这个字非节奏点，可平可仄，没有问题。后面也是特拗句式。

笔者建议用这个例句去记忆七律的特拗，原因无他，经典名句：

疏影横斜水清浅（林逋《山园小梅》）

七律的大拗：

一身报国有万死，双鬓向人无再青。（陆游《夜泊水村》）

仄平仄仄仄仄仄，平仄仄平平仄平。（一、国入声字）

“万”字拗，于是下句“无”字救。

注意，不管是五律还是七律的大拗，第一、三、五字仍然是可平可仄的。初学者容易忘掉这个规则。本句第一字“一”应平而仄，第五字“有”应平而仄；

对句第一字“双”应仄而平，第三字“向”应平而仄。

（二）绝句的平仄

绝句，有古绝、律绝之分。古绝即四句的古体诗，律绝即遵循近体诗格律要求的四句诗。本章所言绝句乃律绝，古人有时称为截句，乃是将律诗截取一半而成的。其平仄、对粘、拗救规则亦同于律诗。这里不细论，我们看一个大拗的例子：

南朝四百八十寺，多少楼台烟雨中。（杜牧《江南春》）

其平仄为：平平仄仄仄仄仄，平仄平平平仄平。出句第六字“十”应平而仄（“十”为入声字），拗了，于是对句第五字“烟”应仄而平，补救回来。这是大拗。“八”字应平而仄（“八”为入声字），“多”字应仄而平，这两个字属于“一三五不论”的范畴。

六、近体诗的对仗

（一）对仗的定义、要求

对仗是近体诗格律的又一要素。仗，仪仗的仗。古代的仪仗队往往两两相对，故取其义。现代修辞学称之为对偶。古人亦称之为对子、骈句、偶句、俪（丽）辞等。

对仗的基本要求如下：字数、句数相等；平仄相对，上联以仄声收尾，下联以平声收尾；出句与对句的字一般不得重复；意思常相对或相反。

（二）律诗中的对仗要求

格律诗中，关于对仗的要求是：

规则五：律诗中间两联必须对仗，即颔联（次联）、颈联（腹联、中联）须用对偶句。

在格律诗中，对仗的要求如下：

（1）对句与出句相应位置上的词性相同（名词对名词，形容词对形容词，动词对动词，虚词对虚词……），句法结构相同或相似。

（2）对句与出句节奏点上的字平仄相反（符合近体诗的格律要求）①。

关于律诗的对仗，有许多的名目和讲究。古人论述得很详细，我们这里只介绍最重要的一些知识。

（三）工对

对仗有工对、宽对之分。工对，即工整的对仗，古人又称严对，要求严格遵守词类相当、结构相应、节奏相同三个基本原则。特别是词类相当，要求所对仗的词属于同一小类（义类相同）。

王力先生《汉语诗律学》一书对义类做了很详细的说明，王步高先生《诗词格律与写作》一书有所补充，摘抄如下：

古人对于名词的范畴并没有明文规定。只有科举时代一些韵书里附载着的若干分类，通常分二十八门：

1. 天文门：天、空、日、月、风、雨、霜、雪、霰、雷、电、虹、霓、霄、霞、霭、气、烟、星、斗、岚、阳、照、晖、曛、露、雾、烽、火、阴、飙、辰、宿、云、汉。

2. 时令门：朝、暮、晨、夕、昼、夜、早、晚、寒、暑、伏、腊、年、岁、月、日、春、夏、秋、冬、昏、晓、上元、元夕、上巳、寒食、清明、除夕。

3. 地理门：土、地、山、水、川、江、河、潮、湖、波、浪、涛、海、冰、池、洲、渚、林、京、国、郊、潭、泽、渠、桥、乡、村、关、塞、戍、城、市、道、路、径、衢、峰、园、苑、圃、墓、坟、岩、崖、石、磴、堤、陇、禁、掖、郭、郊、州、县、邑、郡、镇、墟、壤、泥、畦、岸、田、谷、岛、屿、浦、溪、境、家、岭、原、涧、渡、驿、塘、沙、尘、泉、冈、矶、田野、城市、郡邑、乡镇、道路、岗谷、洞井。

4. 宫室门：房、宅、庐、舍、楼、台、堂、斋、宫、室、阁、门、间、塔、巷、街、墙、垣、壁、窗、牖、户、槛、梁、柱、檐、廊、阶、砌、庭、除、仓、库、坛、篱、扉、阙、殿、署、井、栏、楹、寺、观、庙、店、堞、壕、垒、屯、瓦、甍、馆、亭、榭、楼台、殿堂、馆阁、亭榭、轩栏、阶砌、庭除、户牖、梁柱、堞甍。

---

① 如果有特拗、大拗的特殊情况，那么节奏点上的字就不完全相对了。

5. 器物门：舟、船、舫、舠、车、辇、钟、磬、砧、床、榻、枕、簟、席、茵、旌、旗、鼓、角、干、戈、刀、剑、弓、箭、枪、槊、戟、弩、灯、檠、镜、案、座、幌、帘、箔、帏、屏、帷、幄、香、烛、炉、棹、桅、篷、樯、帆、桨、桡、壶、杯、觞、樽、觥、珂、铃、辔、鞍、鞭、策、绳、甑、釜、箱、箧、尺、盘、碗、缸、錀、钱、瓢、杓、瓮、瓶。

6. 衣饰门：衣、裳、襟、袂、裾、巾、冠、帽、环、佩、珮、珰、带、绂、绶、簪、缨、杖、屦、袍、衫、襦、毡、冕、旒、盔、甲、鞋、裘。

7. 饮食门：酒、茶、糕、饼、饧、醪、鲙、药、丹、茗、餐、酿、醅、浆、饭、肴、馔、蔬、菜、笋、酎、粥、饘、醢、醯、酱、脤、胙、羹、盐、汤、脯、蜜。

8. 文具门：笔、墨、纸、砚、笺、印、钤、签、筒、筹、书、剑、琴、瑟、弦、箫、笛、棋、卷、轴、幛、简、策、册、翰、毫。

9. 文学门：诗、书、赋、檄、疏、章、句、经、论、集、策、约、文、字、信、缄、诏、令、符、篆、旨、敕、篇、编、碑、碣、词、辞、咏、图、歌、谣、制、诰、典、籍、札。

10. 草木花果门：树、木、花、草、萝、藤、杨、柳、蕉、荇、菊、桂、枝、条、叶、桃、杏、李、梅、蕊、絮、梨、榴、橙、橘、柑、柚、芦、荻、麦、禾、苔、藓、药、蔬、莲、荷、茎、根、竹、篁、梗、芜、萼、兰、蕙、芝、葛、椒、松、柏、菱、芡、菰、榆、杉、椿、萱、楸、樗、葭、苇、蒲。

11. 鸟兽虫鱼门：马、牛、鸡、犬、鸿、雀、鲤、鲈、鹤、鸥、貂、狐、鱼、虾、雉、凤、莺、禽、兽、鹿、羊、虎、豹、狼、蛇、龙、狗、雕、雁、猿、蝶、鸭、鹏、鸦、虫、蝉、鸥、鸠、鸶、鹘、蚌、龟、蝇、蚊、乌、骏、骢、鹃、驹、骊、麞、麋、鸪、螭、獬、蟹、犀、象、蟾、蚕、兔、鹊、蛛、蛟、隼、鸳、鸧、鹭、鹳、鹅、凫、鼠、猫、蛾、虮。

12. 形体门：身、心、肌、肤、骨、肉、头、首、肩、眼、眉、鼻、准、额、颜、面、脸、颊、须、髯、耳、目、手、足、肩、腰、腹、脐、膝、胫、胸、背、睛、瞳、影、魂、声、色、音、容、迹、羽、翼、翅、翎、蹄、角、嘴、牙、齿、口、唇、毛、爪、翮、脊。

13. 人事门：功、名、恩、怨、愁、闲、才、情、歌、舞、妆、吟、笑、谈、宴、游、羞、妒、言、论、志、道、思、感、荣、宠、爱、憎、语、辞、力、势、醉、梦、气、怀、意、事、心、性、灵、德、品、行。

14．人伦门：兄、弟、父、母、君、臣、夫、妻、朋、友、翁、姑、子、妇、儿、女、婿、叔、伯、伴、侣、圣、贤、仙、道、佛、鬼、将、相、士、农、侯、王、军、兵、渔、樵、叟、僧、尼、伎（妓）。

15．代名对：吾、我、余、予、汝、尔、君、子、他、谁、何、孰、或、自、己、相、者、人。

16．方位对：东、南、西、北、中、外、里、边、前、后、左、右、上、下。

17．数目对：一、二、三、四、五、六、七、八、九、十、百、千、万、两、双、只、孤、独、数、几、半、再、扁（舟）、群、诸、众、亿、兆、京。

18．颜色对：红、黄、白、黑、青、绿、赤、紫、碧、翠、蓝、朱、丹、绯、赭、金（黄）、玉（白）、银（白）、粉（白）、彩、玄、素、黔、缁、皓。

19．干支对：甲、乙、丙、丁、戊、己、庚、辛、壬、癸、子、丑、寅、卯、辰、巳、午、未、申、酉、戌、亥。

20．人名对：韩安国—盛孝章、方回—道韫、王粲—信陵……（凡人名均可）

21．地名对：楚—吴、岘首—桐庐、香积—昭阳、荆—郢……（凡地名均可）

22．同义连用字：行役—鼓鼙、格调—梳妆、陵谷—友朋、宾客—绮罗……

23．反义连用字：兴亡—今古、前后—短长、纵横—高下、东西—表里……

24．连绵字：寂寞—凄凉、薜荔—芰荷、蟋蟀—鸳鸯、惨淡—依稀、翡翠—鹧鸪……

25．重叠字：嫋嫋—漫漫、腥腥—瑟瑟、处处—时时、寂寂—厌厌、小小—卿卿……

26．副词：忽、渐、才、乍、已、将、欲、拟、即、皆、俱、争（怎）、岂、空、徒、枉、频、屡、每、亦、却、休、莫、不、未、只、但、惟、尚、又、复、曾、尝、须、应、宜、合、犹、虽、且、更、可、能、殊、甚、颇、稍、堪、竟、还、顿、浑、漫、转、翻、浪。

27．连介词：与、和、共、同、并、且、还、于、而、则、於、因、为、之。

28. 助词：也、矣、焉、旃、欤（与）、乎、耶、尔、然、止、之。

有些同门类，在文章里常被用为对称者，如“歌舞”“声色”“心迹”“老病”等，如果用为对仗，就被认为最工。

有些词虽不同门，甚至不同类，但常被用为对称，如“诗酒”“金玉”“金石”“人地”“人物”“兵马”等等，如果用为对仗，也被认为最工。

如以下对偶：

敏捷**诗**千首，飘零**酒**一杯。（杜甫《不见》）
感时**花**溅泪，恨别**鸟**惊心。（杜甫《春望》）
草青临**水**地，头白见**花**人。（白居易《感春》）
晓战随**金**鼓，宵眠抱**玉**鞍。（李白《塞下曲六首》之一）

“无”“不”，一个是动词，一个是副词，但因为它们都是否定词，所以常被用为对仗。这样，“无”字下面自然是名词，“不”字下面自然是动词或形容词，在词性上虽不相对，也可认为相对。

在一联对仗中，只要多数字对得工整，就是工对。譬如李商隐《无题》中的“身无彩凤双飞翼，心有灵犀一点通”，“身无”对“心有”，“彩凤”对“灵犀”，“双飞”对“一点”，都非常工整；而“翼”对“通”，却不怎么工整；“通”为不及物动词，在这里可作为名词用：整个对仗还是工整的。

（四）邻对

相对仗的词是相邻的小类，也认为属工对。王力先生在《汉语诗律学》中把用于工对的相邻小类分为20种，分别是天文与时令、天文与地理、地理与宫室、宫室与器物、器物与衣饰、器物与文具、衣饰与饮食、文具与文学、草木花卉与鸟兽虫鱼、形体与人事、人伦与代名、疑问代词与副词、方位与数目、数目与颜色、人名与地名、同义与反义、同义与连绵、反义与连绵、副词与连介词、连介词与助词。

草青临**水地**，**头**白见**花人**。（白居易《感春》）

草与头不同类，水与花不同类，地与人不同类，这可以算是邻对。

疑问代词与副词：

谁言断车骑，**空**忆盛衣冠。（王维《故太子太师徐公挽歌》）

方位与数目：

巫峡**中**心郡，巴城**四**面春。（白居易《感春》）

数目与颜色：

相随**万**里日，总作**白**头翁。（杜甫《寄贺兰铦》）

人名与地名：

殷王期负鼎，**汶水**起垂竿。（李白《送梁四归东平》）

反义与连绵：

鞅掌未能逃物役，**乾坤**何处托身安。（孔平仲《西行》）

（五）宽对

宽对，即词性相对即可。名对名（有时名亦对动、形），形对形，动对动（动也可对形），副对副……基本上实词对实词、虚词对虚词即可。工对、宽对的判断有模糊之处，并没有绝对的标准。

晓**镜**但愁云鬓改，夜**吟**应觉月光寒。（李商隐《无题》）
星垂平野**阔**，月涌大江**流**。（杜甫《旅夜书怀》）
无**边**落木萧萧下，不**尽**长江滚滚来。（杜甫《登高》）

“镜”为名词，“吟”为动词，但在句子中，“镜”的意思即“照镜”，是名词活用为动词；“阔”为形容词，“流”为动词，但“阔”字在句中是“显得广阔”或“变得广阔”的意思；“边”为名词，“尽”为动词，但“尽”在句中可理解成“尽头”的意思，当名词用。

（六）对仗的变例

律诗要求中间两联对仗。但律诗的形成有一个逐渐成熟的过程，而且对仗的要求不是太严格，因此，在实际的创作中，有许多不完全符合中间两联对仗要求的诗歌，诗人们在编纂诗集时，仍然将这些诗歌归入律体中。今天我们仍然对此加以认可。

送岐州源长史归

［唐］王维

握手一相送，心悲安可论。
秋风正萧索，客散孟尝门。——不对仗
故驿通槐里，长亭下槿原。——对仗
征西旧旌节，从此向河源。

王力先生在《汉语诗律学》中说：

律诗的对仗可以少到只用于一联，多到四联都用。如果只用于一联，就是用于颈联；这时颔联不用对仗。律诗虽规定用对仗，还有些人稍存古法，偶然在颔联里免用。这种情形在盛唐的五律中颇为常见。……这种单联对仗的五律，直到中唐还未绝迹。

赋得暮雨送李胄

［唐］韦应物

楚江微雨里，建业暮钟时。——对仗
漠漠帆来重，冥冥鸟去迟。——对仗
海门深不见，浦树远含滋。——对仗
相送情无限，沾襟比散丝。

这首诗是三联都对仗。就五律而言，前三联用对仗与中两联对仗的几乎差不多，因为五律首句几乎都不入韵，首联就容易形成对仗。七律首联多入韵，不好对仗。

闻官军收河南河北

［唐］杜甫

剑外忽传收蓟北，初闻涕泪满衣裳。
却看妻子愁何在，漫卷诗书喜欲狂。——对仗
白日放歌须纵酒，青春作伴好还乡。——对仗
即从巴峡穿巫峡，便下襄阳向洛阳。——对仗

这首名作是后三联都用对仗。一般来说，第四联对仗的律诗极少，如果用对句，给人的感觉就像没写完，因此一般用散句结尾。如果用对仗结尾的，往往是流水对。

送杜少府之任蜀州

［唐］王勃

城阙辅三秦，风烟望五津。——对仗
与君离别意，同是宦游人。
海内存知己，天涯若比邻。——对仗
无为在歧路，儿女共沾巾。

这首是第一、三联对仗，古人称为偷春格，说就像是梅花偷春色而先开。又如：

一百五日夜对月

［唐］杜甫

无家对寒食，有泪如金波。——对仗
斫却月中桂，清光应更多。
仳离放红蕊，想像嚬青蛾。——对仗
牛女漫愁思，秋期犹渡河。

这首亦是偷春格。

夜闻筝中弹潇湘送神曲感旧

［唐］白居易

缥缈巫山女，归来七八年。
殷勤湘水曲，留在十三弦。

苦调吟还出，深情咽不传。
万重云水思，今夜月明前。

这首更特别。“缥缈巫山女”对“殷勤湘水曲”，“归来七八年”对“留在十三弦”，古人称为隔句对（又叫扇面对）。

一般来说，律诗第二联的对仗要求宽松些，第三联要求严格。

咏怀古迹五首（其二）

［唐］杜甫

摇落深知宋玉悲，风流儒雅亦吾师。
怅望千秋一洒泪，萧条异代不同时。
江山故宅空文藻，云雨荒台岂梦思。
最是楚宫俱泯灭，舟人指点至今疑。

第二联，“怅望”对“萧条”不够工整，“望”是动词，“萧条”则是一个连绵词；“千秋”对“异代”，“千”是数词，对“异”，半对不对；“一”对“不”，也不够工整。但第三联就是一个工整的对仗。

一般来说，七律第三联不用对仗的很少，因为五言可以仿古，七言无古可仿。但有时诗人喜欢在第二联用一种似对非对的句子。

春夜喜雨

［唐］杜甫

好雨知时节，当春乃发生。
随风潜入夜，润物细无声。——宽对
野径云俱黑，江船火独明。——工对
晓看红湿处，花重锦官城。

“潜”动词，“细”形容词，不够工整。

（七）绝句的对仗

律绝可认为是截取律诗一半而来的，可以截取前四句，也可以是后四句，还可以是中间两句，还可以截取第一、三联或第二、四联。因此，绝句是两联都可以对仗，也可以两联都不对仗，还可以第一联对仗，或第二联对仗。总之，可以认为绝句的对仗不是硬性要求，随诗人发挥。

绝　句

［唐］杜甫

两个黄鹂鸣翠柳，一行白鹭上青天。——对仗
窗含西岭千秋雪，门泊东吴万里船。——对仗

这是两联都对仗的。老杜诗律谨严，偏爱对仗，于此亦可见一斑。

黄鹤楼送孟浩然之广陵

［唐］李白

故人西辞黄鹤楼，烟花三月下扬州。
孤帆远影碧空尽，唯见长江天际流。

这是两联都不对仗的。李白天才纵横，不愿受规则束缚，故其绝句少用对仗。

七、近体诗格律总结

（一）格律总结

总结上述近体诗的三要素押韵、平仄、对仗方面的要求，忽略过细的规则，可以归纳如下：

（1）近体诗要押平声韵（一韵到底，不换韵，不重韵）。

（2）四个固定句式，按对、粘规则组合（同联二、四、六相对，邻联二、四、六相粘）。

（3）一三五不论，二四六分明。

（4）平脚句不能犯孤平、三平调，这时一三五不能不论；仄脚句有特拗、大拗，这时二四六不分明。

（5）中间两联（颔联、颈联）对仗。

笔者总结了一个口诀来辅助记忆：**同句相异，同联相对，邻联相粘，孤平三平，大拗特拗。**

（二）不尽合乎格律的律诗

古人的诗集大多是按体裁编排的，翻开诗集中那些归入五律、七律、五绝、七绝诗卷的诗作，它们是否都符合律诗的格律要求呢？答案是否定的。律诗的形成经历了长时间的发展，规则逐步完善的过程中诗人们所创作的不完全合律的诗歌所在多有，往往也归入了律体。同时，由于实际创作中的复杂性，有一些律诗并不完全符合上述规范，也被归入律体。

比如说，刚开始的时候，失对的情况偶尔会有：

山　中

［唐］王维

荆溪白石出，天寒红叶稀。——失对
山路元无雨，空翠湿人衣。——失对

简卢陟

［唐］韦应物

可怜白雪曲，未遇知音人。
恓惶戎旅下，蹉跎淮海滨。——失对
涧树含朝雨，山鸟哢馀春。——失对
我有一瓢酒，可以慰风尘。——失对

这两首诗都有失对的情况存在。《山中》两联均失对。韦应物《简卢陟》后三联全失对。“山路元无雨，空翠湿人衣”一句，“路”“翠”均为仄声，失对，但却是千古传诵的名句。可见写诗时内容重于形式，原是艺术的不二法门。

“对”在律诗初步发展时就确立起来，所以失对的极少，唐时也还有，不过极少。但失粘的情况到唐杜甫的时候还较常见。王维、孟浩然、李白等盛唐诗人失粘的不少。我们熟悉的很多名作都是失粘的，如孟浩然《春晓》、贾岛《寻隐者不遇》、王维《阳关曲》。

送元二使安西

［唐］王维

渭城朝雨浥轻尘，客舍青青柳色新。
劝君更尽一杯酒，西出阳关无故人。

滁州西涧

［唐］韦应物

独怜幽草涧边生，上有黄鹂深树鸣。
春潮带雨晚来急，野渡无人舟自横。

“舍”仄声，“君”平声，失粘。“有”仄声，“潮”平声，失粘。

因为失粘的情况较为常见，古人还给这种类型的诗歌起了个好听的名称，叫“折腰体”，像人中间的腰断掉了。

总的来说，律诗的格律要求，严格程度有区别：

（1）平仄上要求更严，避免犯孤平、三平调，有特拗这种准律句，大拗必须救。

（2）对、粘的规则及中间两联对仗的规则相对宽松。

（3）对比粘要求更严。

律诗的起源和对偶关系密切，因此“对”要求严格。自宋以后科场中不准有失对失粘的诗，它就成了金科玉律。我们今天写律诗，不能因为古人也有不尽合乎格律的诗作，就放松对自己的要求。尤其是初学者，一定要先学会创作完全合乎格律的诗作。

近体诗初始发展时，有更多音律上的要求，但这些要求后来没有成为固定的规范。

比如每句第一个字最好不要都是平声，如果连着三句都是平声，古人称“平头”，也认为不好。

又如律诗的仄脚句的末字最好不要都是一个声调，比如都是上声、去声，甚或入声，这也是不好的，古人称“上尾”，这是要尽力避免的。三个仄声即上、去、入都收集最好。

又如，一个句子当中如果几个字都是同样的韵，和诗韵相同，叫“挤韵”，读起来拗口，要避免。

又如，律诗当中如果第三、五、七句末字押了同平声韵部的仄声部的字，叫“撞韵”，也是不好的。

这些规则听起来有道理，但在实际的诗歌创作中总是可以找到例证去证明这些规则的不合理，南朝人沈约谓作诗应当避免的八项弊病，即平头、上尾、蜂腰、鹤膝、大韵、小韵、旁纽、正纽。有些规则就过于严格和烦琐，当时就已受到批评。这些要求没有成为律诗的规范，不能算是诗律的要求，只能说是一种艺术上更高的追求。

这里还要提到另一类特别的律体。诗人为了追求高古，刻意求奇，追求声律上的某种效果，故意写一些不合乎平仄的拗句，显得生涩瘦硬、崛奇古拙，称为拗体诗。这类诗歌不符合格律要求，照理说不属于格律诗，但诗人在编纂诗集时，仍然把这些诗放入五律、七律这样的体裁中。杜甫、黄庭坚就有不少这样的诗作。

白帝城最高楼

［唐］杜甫

城尖径昃旌旆愁，独立缥缈之飞楼。
峡坼云霾龙虎卧，江清日抱鼋鼍游。
扶桑西枝对断石，弱水东影随长流。
杖藜叹世者谁子，泣血迸空回白头。

此诗第一句“昃”“旆”均仄声，第六字“旆”字应平而仄；第二句“立”“缈”均仄声，“飞”平声，节奏点平仄不交替，按律体规则，第四字“缈”应平声，第六字“飞”字应仄声；第二联“鼋鼍游”、第三联“随长流”都是三平声；第三联“桑”“枝”平声，“水”“影”仄声，节奏点平仄不交替；“水”仄声，“藜”平声，失粘。

何为拗体，并没有统一、明确的概念。有失对、失粘、三平调、犯孤平等情况，五言第三字、七言第五字不合平仄，有孤平拗救、大拗、特拗情况的诗歌，似乎都可以叫拗体。有很拗的，也有拗得不多的。可以认为，凡平仄不完全依格律规则，诗人又把它归入律体的诗作，我们都可称为“拗体诗”。

近体诗的押韵、对仗、平仄三要素中，平仄是追求抑扬的美，对仗是追求对称的美，押韵是追求回环的美，这构成了近体诗的格律的美学特征。

八、如何快速地判定格律诗

要判断一首古人的诗是否为格律诗，是否需要将律诗关于押韵、平仄、对仗的规则都一一去对应，然后加以判断呢？理论上是这样的，但实际操作中简单得多：

（1）先看句数。四句或八句才可能是格律诗，非四句或八句者通常就可以排除掉（排律另说）。

（2）看所押韵是否为平声。仄声韵者非格律诗。

（3）将每句二、四、六节奏点上字的平仄标出，符合节奏点上平仄交替者（即平仄平、仄平仄）往往即格律诗。

（4）若偶有一两个句子二、四、六节奏点上的字不合平仄交替，看是否是“特拗”和“大拗”两种情况。若是，则是格律诗。

一般来说，古人的诗，基本上只需要看前三点就可以判断出来，无须再看其他条件，尤其是宋以后的诗歌。

对于今人创作的诗歌，再加上下面这一点：

（5）看押韵的二、四、六、八句是否有“犯孤平”“三平调”的毛病。

古人的诗基本不会犯以上的毛病，今人创作的诗歌则需要注意，尤其是初学者的作品。

实际上，判断一首诗是否格律诗，有一些习惯做法和窍门非常好用。

首先，一定要把诗歌排列成两句一行的样式：

□□□□□□□，□□□□□□□。

□□□□□□□，□□□□□□□。

□□□□□□□，□□□□□□□。

□□□□□□□，□□□□□□□。

这样排列的好处是一眼即可看到有几个句子，所押韵是否平声，韵脚字亦一眼看清，易于判断是否同韵部字（这个需要查诗韵表，不能根据普通话的读音来判断）。在二、四、六节奏点下列出字的平仄，则平仄交替、对粘与否，亦可一眼看出。基本上到了这一步就可以判断一首诗是否格律诗了。**一个小窍门是，第三、五、七句的最末一字一定是仄声**，若不是，则一定是对、粘出了问题。另一**个小窍门是，犯孤平、三平调的问题只出现在平脚句中，而且二和六成组合，四和八成组合**，每个组合只会犯同样的错误，要么犯孤平，要么是三平调。因此不要分别看第二、四、六、八句，而是要第二、六句一起看，第四、八句一起看，判断它们是否犯孤平或有三平调的问题。

今天的图书排列诗歌通常以这种形式来排列，道理即在于此。本书全部按这种形式排列诗歌，方便读者判断。不建议将八句诗排列成八行，这种形式看起来非常不舒服，判断平仄会浪费不少时间。

第二章

入声字的辨别

一、入声字辨别的重要性

在上一章讲诗的格律时，有一个很大的难点没有提到，即如何判断哪些字是入声字。尤其是普通话中那些已经变成平声的古入声字，最容易让人判断不清诗是否为律诗，写诗时也会犯错，误将入声字当成平声字来使用。许多讲解诗词格律及创作的书似乎都轻易地放过了这个难点，未在书中探讨，似乎辨别入声字轻而易举，或只需要翻查字典即可。在多年的教学生涯中，笔者发现这个问题其实是最大的难点之一，甚至可以说是最关键的难点之一。

今天的古典诗歌创作者分成了两派。一派认为诗歌必须与时俱进，既然普通话的入声已经消失，就没必要抓着它不放，直接按今天的读音来判断平仄，于是按中华通韵来写古诗、律诗；另一派则不认同，认为还是必须按古人的平水韵来写诗，于是分辨入声字就成了基本功之一。两派在各个诗歌论坛上吵得不亦乐乎，谁也说服不了谁。笔者认为两派的意见都有道理，不必执着于哪一派正确，各按自己的理解来写诗即可。更进一步地，笔者非常认同这个观点：古典诗歌不是一个简单的与时俱进的事物，它还是一种文化遗产，是需要保护下来的。既然要保护下来，那么就需要保存它的真。古人如何写诗，今天也应该有一小部分人能够继承和应用这些原则，尤其是中文系教授古代文学的教师和中文系的学生，应该熟知这些规则，这样他们才能够更好地从创作的角度去理解、鉴赏诗词。因此，辨别入声字是必需的技能之一。

辨别入声字在技术上并不难，只要翻字典，如《汉语大字典》，或直接用电脑搜索《诗韵常用字表》，或用“搜韵”或“诗词吾爱”APP（应用程序）查韵部①，就可以快速地查出一个字是否入声，但如果对入声字的判断没有把握，就要将一首诗中的每个字都去查询一遍，这几乎是每个人都不愿去做的事情，这太烦琐了，完全违背了人性。在笔者的日常教学实践中，学生写作诗词时最容易出错的情况之一，就是将平水韵中是入声而今天普通话是平声的字误用，却毫无察觉。辨别入声字，难的是不用查字典而相对快速、简便地辨别出来，如果做不到这一点，任何学生的写诗热情都会被打击，他们会很快放弃古典诗歌的写作。

关于如何辨别入声字，研究音韵的学者有很明确的说明，笔者结合自己学习

---

①“搜韵”和“诗词吾爱”是两个APP，软件中提供了诗词写作常用的很多工具，非常方便。

过程中的体会及教学实践中发现的问题，将这些说明的难易轻重等叙述出来，俾读者参考。

根据普通话的语音辨别古入声字，可以从三方面看：积极方面，哪些是入声；消极方面，哪些不是入声；另外还有一些辅助的方法。

二、哪些字是入声字

规则一：b、d、g、j、zh、z 六个声母阳平字（第二调）是入声①。

例如：

b 拔跋白帛薄别脖柏舶伯泊勃渤博驳……

d 答沓达得德笛敌嫡翟叠碟蝶牒独读椟渎毒夺铎……

g 各格阁蛤骼革隔膈葛国虢……

j 及极吉急棘疾集夹洁局菊决掘角脚觉爵绝……

zh 宅择着折哲轴竹竺烛逐酌直值殖执……

z 杂凿则择泽责贼足卒族昨……

这条规则头等重要，笔者没有做过数字的统计，但依日常感受来推测，掌握了这条规则，在日常读诗或写诗中，可以解决约60%左右的入声字的辨别②。

规则二：d、t、n、l、z、c、s 七个声母拼 e 韵母，不论阴阳上去（实际上只有阳平、去声）都是入声。

例如：

de 得德

te 忒特

ne 讷

le 肋勒乐泐

ze 泽

---

① 这条规则有几个例外字，“鼻”古为去声，“甭、咱”古是平声。但“甭”“咱”是后起字，诗词中几乎用不到。“鼻”字诗词中也较少用到，且为去声，属仄声，就算把它当成入声字对待，也很少会犯错误，为免记忆负担，笔者这里不把它列入正式的规则条文中。

② 这个60%不是指所有入声字的60%可以按这个规则来判断，而是说不避重复，日常读诗词见到的入声字约有60%可按此规则辨别。

ce　侧厕测恻策册

se　塞啬色涩

这个规则只可以辨别少数字，但诗中常用字还不少。

规则三：zh、ch、sh、r 四个声母拼 uo 韵母，不论阴阳上去（实际上没有上声）都是入声。

例如：

zhuo　卓桌捉拙酌浊镯（鋜）琢啄濯

chuo　戳绰龊绰辍

shuo　说朔硕

ruo　若弱

这个规则可以辨别少数字，都是一些诗中常用字。而且 zhuo 这个音的第二调其实可以根据第一条规则来判断。

规则四：b、p、m、d、t、n、l 七个声母拼 ie 韵母，不论阴阳上去都是入声[①]**。**

例如：

bie　别憋鳖瘪

pie　瞥撇

mie　灭蔑篾乜

die　叠碟牒蝶谍蹀迭瓞

tie　铁贴帖餮

nie　捏聂镊孽臬

lie　列烈裂猎劣

这个规则可以辨别不少常用字，尤其是 d、t、l 三个声母的字。同时 b、d 两个声母阳平（第二调）也和规则一有重叠。

① 这个规则有两个例外字，“爹”（diē）、“咩”（miē）是古平声。但诗词中极少用到这两个字，为免记忆负担，笔者这里不把它们列入正式的规则条文中。

规则五：fa、fo 不论阴阳上去都是古入声。

例如：

fa　法发伐阀乏罚

fo　佛

这个规则辨别的入声字非常常见。

规则六：üe 韵除了“瘸”（qué）、“靴”（xuē）之外，都是古入声。

例如：

nüe　虐疟

lüe　略掠

jue　决绝爵倔脚镢蹶孓（孑孓）

que　缺阙确却

xue　薛雪学血穴

yue　曰约哕悦阅月越粤岳乐

这个规则辨别的入声字不少，也是常用的入声字。其中 j 声母阳平（第二调）也和规则一有重叠。

规则七：g、k、h、z、s 五个声母拼 ei 韵母，不论阴阳上去（实际上没有去声）都是古入声。

例如：

给（gěi）、剋（kēi）、黑（hēi）、贼（zéi）、塞（sēi）（今音读 sāi 或 sè，闭塞之意）

这个规则就可以判断这几个入声字。

三、哪些字不是入声字

规则一：带鼻音韵尾 n、ng 的音节（an，ang，ian，en，eng，in，ing，un，ong），都不是入声。

例如：

东同冬农江宗窗真因文闻元原寒韩删潸先前阳杨庚更青经蒸烝侵寻覃潭盐檐咸

这是一个很重要的规则，可以排除掉非常多常见的字。如果去翻看诗韵表，就可以发现，有不少韵目就是鼻音韵尾。一东、二冬、三江、十一真、十二文、十三元、十四寒、十五删，这是上平声。一先、七阳、八庚、九青、十蒸、十二侵、十三覃、十四盐、十五咸，这是下平声。还有相对应的上声、去声的对应韵部，这里就不罗列了。

这个规则还包含一个对方言使用者来说很有用的技巧，即以鼻音韵尾 m 结束的字，也不会是入声字。在普通话中，鼻音韵尾 m 已经消失，但方言大多还保留。因此会方言的同学，如果读一个字是以鼻音韵尾 m 结束，那么这个字就不可能是入声字。

规则二：zi、ci、si 音节都不是入声。

例如：

梓紫自差雌词慈次赐斯似丝死四寺

这个规则也能够排除不少字。翻查诗韵表，可以发现读这些音的字主要在上平声的四支、去声的四寘。

规则三：er 韵（零声母字）不是入声。

例如：

而二耳儿迩尔饵

这个规则能够排除的字不多。而且这个规则对一些拼音不够好的同学会是一个陷阱，发 e 音的字，有一些是入声字，如恶（善恶）、额、厄、谔、鄂、鳄、愕、噩、垩等，而 e、er 音有时候容易搞混。入声字发音是短促的，er 却是一个儿化音结尾，自然不可能是入声字了。这个规则建议不用记忆。

规则四：uei 韵不是入声。

例如：

为位微味维胃伟危慰

发这个 uei 音的字，在上平声的五微、上声的五尾、去声的五未。这个规则能够辨别的字也不多，建议不用记忆。

四、辅助方法辨别入声字

掌握了以上两个方面的辨别入声字的方法，是否就可以完全辨别入声字了呢？答案是否定的。大概有一百多个现代读平声而古代是入声的字，用以上方法都辨别不了：八、搭、塌、插、察、杀、煞、夹、侠、瞎、辖、狭、匣、黠、鸭、押、压、刷、刮、滑、猾、挖、蜇、舌、鸽、割、胳、搁、喝、合、盒、盍、曷、钵、剥、泼、摸、脱、托、撮、缩、活、切、汁、织、掷、湿、虱、失、十、什、拾、实、食、识、石、昔、席、锡、檄、揖、一、壹、扑、匍、仆、嚼、粥、妯、熟……

这些字在诗歌中很常见，该怎么办呢？最简单的方法是硬背下来，最可靠的方法是查字典，但都烦琐又麻烦。没有简单的解决之道，不过有几个辅助性的方法可以在我们辨别入声字时起到参考的作用，这几个辅助的办法不只是针对这一百多个字，它对所有的入声字都是有效的。

方法一：一个字是入声字，那么以它作声旁的形声字一般也是入声字。

例如：

直：值 植 殖

白：百 白 伯 佰 栢（柏）䄸 迫 泊 魄 珀 粕 洦 湘 岶 砶 箔 铂 帛 舶 鲌 菂 狛 帕 葩 苩 袙 吧 陌 貊 銆 絔 帞 袹 帥 蛨

合：盒 答 鸽 塔 翕 蛤 洽 恰 袷 给 拾

卖：读 犊 渎 牍 黩 椟 赎 续 觌

枼：渫 牒 蝶 堞 葉（叶）

犮：拔 魃 钹 跋 袚 黻

夹：箧 颊 侠 惬 荚 浃 挟 铗 峡 硖 狭 蛱

曷：揭 碣 羯 蝎 渴 遏 竭

昜：場（场）踢 剔 惕 錫（锡） *赐、陽（阳）、楊（杨）非

昔：错 鹊 籍 惜

辟：僻 癖 甓 霹

蜀：燭（烛） 屬（属） 觸（触） 矚（瞩） 躅

力：勅（敕） 肋 協（协） 饬 勃 劾 勒 劫 *动非

失：跌 佚 秩

弗：佛 拂 绋 ＊沸非

乞：讫 吃 迄 纥

术：術（术） 述 秫 怵

及：极 级 吸 汲 殛 笈 岌 亟

咠：戢 檝 楫 缉 辑 葺

末：沫 抹 秣

各：略 落 阁 洛 络 酪 恪 骆 格 骼

责：積（积） 帻 碛 绩

甲：匣 鸭 押 狎 岬

亥：核 刻 劾

叔：淑 菽 督 寂 俶

乍：昨 窄 酢 作

畐：福 幅 辐 蝠 ＊仅限于发 fu 音者，逼、副等非

敫：缴 檄 激

兑：祝 脱 说 悦 阅

复：腹 馥 覆 蝮 復（复） 複（复）

至：屋 幄 喔 握 渥 室 窒 侄

匊：菊 掬 踘

百：宿 缩 蓿 弼 陌

谷：俗 欲 浴 鸽

菐：僕（仆） 撲（扑） 璞 樸（朴）

啇：適（适） 摘 謫（谪） 敵（敌） 滴 鏑（镝） 嫡

吉：诘 黠 结 颉 撷 拮 桔

意：薏 億（亿） 臆 憶（忆）

咢：萼 锷 谔 鄂 鳄 愕

录：禄 碌 绿 渌 剥 逯 録（录） 騄

睪：繹（绎） 驛（驿） 釋（释） 譯（译） 擇（择） 澤（泽） 籜（箨）

去：劫 怯 法

斤：析 折 浙 柝 斥 晢 淅 蜥

必：密 蜜 宓 ＊仅限发 mi 音者，秘非

勿：物 笏 忽

出：黜 诎 掘 拙

骨：鹘 猾 滑 榾

厥：阙 蹶 蕨 劂

坴：陸（陆） 睦 褻（亵）

立：泣 粒 笠 拉

勺：灼 酌 药 芍

犬：伏 哭 茯 默

目：苜

辱：缛 褥 蓐

式：拭 轼

只：织 识

夜：掖 液 腋

亦：奕 弈

历：枥 沥 雳

莫：漠 寞 膜

益：溢

占：帖 贴

疌：捷 睫 婕

聿：律 筆（笔）

桼：漆 膝

足：促 捉

隺：榷 確（确） 鹤

鹿：麓 簏 漉 辘

或：惑 域 蜮

若：诺 喏 匿

世：绁 泄

（这个列表保留了部分繁体字和异体字，因为有些字简化后就看不出原来的偏旁了）

笔者在这里几乎把常见的偏旁都列了出来。但这个方法记忆上的负担太大，而且有太多例外，比如“置”字以“直”为声旁，但它是去声。上面标 * 号部分即列出一些例外。因此，这个方法只能是辅助性的。大概在心中建立起这么一种印象即可。

方法二：西南官话中入声字都读第二调阳平。

西南官话主要分布在四川、重庆、云南、贵州四省市，湖北、湖南大部，广西桂柳片区等。当对某些字是否入声模棱两可时，有这种方言基础的人可以试着用自己的方言念这个字，可以起到辅助判断的作用。

方法三：利用广东方言如粤语、客家话、潮汕话来辅助判断。

粤语又称广州话或广东话，是广东省最主要的方言之一，主要分布在广州、佛山、东莞、中山、深圳等地。粤语的形成融合了古代中原普通话和百越话，具有九声六调，保留了较多的古汉语特征。客家话主要分布在梅州、河源、惠州等地，以及粤东和粤北的部分地区。客家话因其分布地域广泛且各区域间交通不便，形成了多种不同的口音。潮汕话又称潮州话，主要分布在汕头、潮州等地。潮汕话保留了较多的古汉语词汇和发音特征，与闽南语有一定的相似性。

这三种方言都保留了较多的古入声字，尤其是粤语，它是中国所有方言中保留了最多古入声字的语言，掌握粤语可以说是辨别入声字的最高效、最简单的方法。

这个方法对广东的学生非常重要。笔者在广东教学，对此深有体会。这三大方言片区基本覆盖了整个广东，即便是少数特殊的人群，母语不是这三种方言的，一般也会说这三种方言中的一种。因此方言对广东的学生来说是一个极其宝贵的财富。

是否会这三种方言，尤其是会粤语，就可以自然而然地依靠方言发音辨别出入声字呢？答案是否定的。笔者在多年的教学实践中，认识到还需要两方面的训练：

1. 了解入声字的发音特点

入声字发音短促，以［-p］［-t］［-k］三个音结尾。这三个音的发音特点是：

［-p］，发音在最后闭上双唇发 p 的音但是不出声，只要闭上双唇就可以。

［-t］，用舌头顶住口腔上壁，发 t 的音而不出声，只要顶住就可以。

［-k］，喉部收缩发 k 的音不出声，只要收缩就可以。

会说这三种方言，尤其是会说粤语的人试着发“白、十、物、碧”的音，这是［-p］音，发“湿、实、塞、局”的音，这是［-t］音；发“叶、热、亦”的音，这是［-k］，就可以体会得到这几个发音的特点。

大部分的［-p］都可以和［-t］［-k］分辨开来，但是［-t］和［-k］对于非入声母语的人来说就比较难分辨了①。

这几个音也类似于英语中的闭音节，熟悉英语的人也可以用英语的闭音节发音来感受。如英文 stop，在美语发音中最后那个［-p］只是阻碍，双唇闭起，并不爆破出来。［-t］［-k］都一样，［-t］是舌头只是挺到上牙后面，［-k］只是喉部阻塞住②。

2．拿诗韵表的入声字来进行方言的发音练习

母语是粤语，又了解了入声字的发音特点，是否就可以完全准确无误地判断入声字了呢？也未必，这是因为诗韵表中的字很多是书面语，平时的口语中很少见，大部分人也许压根就不知道如何发音。而有些字的发音，即便是以粤语为母语的人，猛然间也不一定发得出音来。因此还需要训练自己去熟悉这些字的读音。如果没有把握，可以翻查字典，根据同音而常见的字的字音即可判断这些字的读音，还可以使用网络上粤语的发音词典来辅助学习。

母语是粤语的人，再多加进行上面的发音练习，基本上就可以辨别入声字了。那一百多个变为平声的古入声字的辨别也就解决了。

五、总结

辨别入声字的积极方面、消极方面、辅助方法大致就以上那些。其实还有一些规则，但笔者认为那些规则太细致，例外情况又多，只会增加记忆负担。本着够用即可的原则，只列举上述规则。即便只是上述规则，也会引发这个问题：规则实在太多了，记住这些规则本身就是重大的负担。

---

① 这三个音节的发音只用文字描述，对很多人还是很困难的。笔者建议上哔哩哔哩（bilibili.com）寻找相关学习粤语的视频来学习，多练习几次就有感觉了。

② 香港的媒体把英国足球明星贝克汉姆（Beckham）译成“碧咸”，就是因为“碧咸”的粤语读音和英语的发音非常相像，“碧”就是一个入声字。

笔者是广西壮族人，在广西西北部长大，母语有两种，一是壮话，一是桂柳话（西南官话），大约小学三年级才学会说普通话，成年后又开始学习广州话，在辨别古入声字方面探索过不少方法。在这里笔者以自己辨别入声字的切身体验来做一些说明，或许能给他人以启发。

积极方面的规则，规则一是最紧要的，必须记住。笔者记忆的方法是，b、d、g、j、zh、z 六个声母与六个送气的 p、t、k、q、ch、c 是相对应的。汉语拼音声母中就这些送气音。记住它们，那么相对应的不送气音也就容易记住了。

积极方面的规则二、三、四、五、六，用一个顺口溜把它们串联起来记忆：

憋撇灭烈蝶铁镊，德特诺勒塞泽侧，戳濯硕弱发佛觉。

这个顺口溜是笔者声调高低、排列先后都是为了声调协调而特意设计的，并不完全按照前面规则的排列顺序，可以减轻不少记忆的负担。读者朋友如果没有找到更适合自己的记忆方法，不妨参考笔者这个。

至于规则七，大可不记。如果想要记住，可以将“塞给黑贼”一并放入顺口溜最后。不过要记住，这里“塞”读 sēi（今音读 sāi 或 sè，闭塞之意），至于边塞（sài）的“塞”字则是去声。至于这几个规则的几个例外字，“爹”（diē）、“瘸”（qué）、“靴”（xuē）不好记，不过依笔者的经验，这三个字不记也问题不大，因为诗词中较少用到它们。非要记住，大可将这三个字塞入前面的顺口溜，变成“塞给黑贼爹靴瘸”，也不失为一种方法。

消极方面的几条规则，第一、二条应该记住，可以排除大量的汉字。第三、四条可不记。

辅助方法方面，第一个方法有大致的感受即可，后两个则根据自身的母语来选择即可。因为所教授的大多是广东籍的学生，笔者给学生的建议是：

如果母语是粤语，那么多练习诗韵表入声字的发音就可以了。如果粤语不是母语，不管母语是客家话、潮汕话还是外省的方言，最好利用在广州学习的机会学习粤语。辨别入声字只是小用，日后的学习、工作，甚至出国游玩都有相当的实用价值。更何况学习一门新的语言对人的脑子总是有好处的，日后还可以防老年认知障碍，何乐而不为！

当然学习粤语是一个长久的过程，不能等到完全学会粤语才辨别入声字，何况母语非粤语的人辨别粤语九声六调非常困难，即便以粤语为母语的人，不专门去训练，也不一定能分辨出粤语细微的声调区别。因此前面提及的积极、消极、辅助的方法和规则还是需要在学习诗词时立马拾起来，与粤语学习同步进行，相辅相成，这样进步会更快。

辨别入声字还可以分为两个层级。第一层只需要关注那些变为平声字的入声字，这也是足够的。因为不变为平声字的入声字（上、去）仍是仄声，不影响分辨和创作格律诗。但如果要填词，那么完全分辨入声字就有必要了，因为词牌有专门的入声调。

入声字辨别中还涉及一个多音多义字的问题，即有的字有几个读音，不同的读音意义不一样。有的读音是入声，有的读音不是，这种情况就非常麻烦。如觉（jiào）是去声，“睡觉”的意思，觉（jué）则是入声，“睡醒”的意思。虽然王力先生的《诗韵常用字表》针对这种情况，在多音字后列出了其常见意义分属的不同韵部，但毕竟不够详细。而且诗人实际用字时还有通假字的问题，情况就更复杂了，这已经涉及文字学的问题了。所以最可靠的方法仍然是翻查专业的《汉语大字典》①。

最后，以笔者自己的记忆方法总结如下，供读者参考：

（1）b、d、g、j、zh、z（不送气音）六个声母第二调阳平是入声。（硬记，大概六成入声可辨别出来）

（2）顺口溜：憋撇灭烈蝶铁镊，德特诺勒塞泽侧，戳濯硕弱发佛觉，塞给黑贼爹靴瘸。

（3）鼻音韵尾都不要，支词丝死都去掉，西南官话第二调。

（4）勤查字典最给力，学好白话劳永逸（学好广州话基本可一劳永逸）。

六、其他平仄需要注意的字

读诗、写诗过程中，除了辨别入声字是一个困难之外，还有一些平仄需要特别注意的字，也会造成阅读或写作的困难。约略可分为三类：

① 即便翻查专业的字典，仍然可能有疑惑，因为不同版本的字典对某个字的读音也有争议，古人编的韵书或字典所标注的反切也有分歧，对字归属的声调有不同意见。这已经涉及到韵学的问题。如果只是读诗写诗，就不必深究这些问题。

（一）古代平仄两读而意义不变（今天只有一个读音）

这些常见的字有：叹、看、过（经过）、望（观望）、忘、跳、醒、漫（形容词，大水貌）、听、莹、患、阆、凭、售、钿、挠、泡、批、嵬、撞、谆、泯、妊、笼（名词，笼子）、纫、拼……①这些字用在律诗中，如果不了解它们有平仄两读而意义不变，而以现代读音去理解，就可能误以为诗句不合律。如：

蓬山此去无多路，青鸟殷勤为探**看**。（李商隐《无题》）——应读平声
红楼隔雨相**望**冷，珠箔飘灯独自归。（李商隐《春雨》）——应读平声

“过”作“经过”意时，平仄两读意义一样。如“鸿雁不堪愁里听，云山况是客中过”（李颀《送魏万之京》），这里应读平声。

“漫”字，平仄两读时都有“大水貌”的意思，如“故园东望路漫漫”（岑参《逢入京使》），这里应读平声，而在“漫漫澄波阔，沉沉大厦深”（岑参《河西太守杜公挽歌四首之四》）中读仄声。但要注意，“漫”作副词时读仄声，有“徒也，空也”的意思，如“更为后会知何地，忽漫相逢是别筵”（杜甫《送路六侍御入朝》），这里读仄声。

（二）古代平仄两读而意义不同

从今天的读音来看，这类字可分为两种：一种是今天还保留着几个读音，就是我们日常所说的多音字，如“空”“教”“和”等；另一种是今天已经不是多音字，在普通话中仅保留一个读音的。后一种不容易分辨。这类字相当多。诗韵表和词韵表收入不同的韵部时，会加括号简单地注明其意义。如“空”字，收入一东部，注明其义为“空虚”；收入一送部，注明其意义为“空缺”。再看看几个例子：

思：平声，动词，思念。仄声，名词，思念。二者均为思念的意思，但这个意思可作名词，也可作动词。今俱平声。如李商隐《锦瑟》：“锦瑟无端五十弦，一弦一柱思华年。”这里“思”读仄声。

治：平声发“持”（chí）音，治理的意思。仄声为形容词，“治安”的意思。今俱仄声。如“治国平天下”读平声。如“定命元知不可移，更兼狂疾固难治”

① 附录《平仄需要特别注意的字》列有更多，并标注易错的读音，可参看。

（陆游《定命》），“治”读平声。

干：平声，如江干。仄声，如干犯、树干、干练。今保留两声。如杜甫《宾至》：“岂有文章惊海内，漫劳车马驻江干。”“干”在这里念平声。

这些常见的字有：治、论、判、翰、燕、便、要、教、颇、那、浪、傍、令、胜、不、任、禁、雍、从、供、离、吹、骑、施、衣、污、疏、分、殷、闻、观、冠、间、先、旋、烧、和、华、行、王、兴、乘、称、占，等等。

附录《平仄需要特别注意的字》列有更多，并标注读音，可参看。

（三）古平今仄或古仄今平

古平今仄：俱（jū）、竣（qūn）、闽（mín）

古仄今平：播（bò）、拥（yǒng）、茗（mǐng）、抒（shǔ）

如：

野径云**俱**黑，江船火独明。（杜甫《春夜喜雨》）——平声

出岭年登三十二，入**闽**蚤是四旬馀。（义存《住山后作》）——平声

白发怀**闽**峤，丹心恋蓟门。（戴叔伦《独坐》）——平声

迁**播**共知臣道枉，猜谗却为主恩深。（刘长卿《送侯中丞流康州》）——仄声

地偏初衣夹，山**拥**更登危。（杜甫《云安九日郑十八携酒陪诸公宴》）——仄声

就凉安坐石，煮**茗**汲邻泉。（贾岛《过雍秀才居》）——仄声

登楼得句远，望月**抒**情深。（沈颜《书怀寄友人》）——仄声

聊**抒**小诗酬厚赐，自惭布鼓若为音。（韦骧《谢通甫寄交藤方并气术图》）——仄声

空有捐家志，莫**抒**报国忠。（钱澄之《广哀其九》）——平声

值得注意的是，“抒”字在唐宋时读仄声，到明清时已变为平声，诗人们在诗中就把它当作和今天一样的平声来处理了。所以某些字还涉及一个历时性的问题。好在这类字不多，不必专门记忆，写诗直接按照平水韵来写就好。分析律诗平仄时，看到应平而仄，或应仄而平，也没有拗救存在时，考虑应该是碰到了这类字，翻查字典即可确定。

以上几类字，韵表一般会加括号以注明。如果是在韵脚或是句中平仄关键处，要注意去分析，往往可以按句子的平仄规律猜测出它的读音。当然最可靠的方法是查专业的字典（如《汉语大字典》）来区分。最方便的工具还是我们在书中多次提及的综合性诗词APP：搜韵、诗词吾爱。使用时直接查韵部字即可。特别是搜韵，设有写诗的各类工具，非常方便。

第三章

近体诗的写作一：对仗

学习写作古典诗词，应当先学写律诗，还是先学古诗呢？这个问题其实不算是大问题。自从近体诗在唐代成形后，它就成了主流。后来的诗人创作的大部分体裁的诗歌都是近体诗，即便是写古诗，也自觉不自觉地受到律诗的影响，把律句应用到古诗的写作当中。一般人学诗都是从写律诗开始，虽然刚开始难度高些，但掌握了平仄规则，学会写律体后，再写古诗就简单了。创作一定是在大量阅读的基础上进行的，不了解平仄，不了解律诗的规则（闻一多先生说“诗人必须戴着镣铐跳舞”），就没法了解诗歌的内在奥秘。只会写古诗，代表没有入中国诗歌写作的大门。

接下来将从对仗开始，进而到结构、句法再到各个体裁，由小到大，分解近体诗的写作。

写律诗为什么先从对仗开始呢？初学者写律诗，最难的是中间两联的写作，因为这两联的形式要求最多，除平仄的要求外，还要对仗，需要在这两联中反复调整、斟酌，寻找适合平仄、对仗要求的词语，还要兼顾意义的表达，初学者往往半途而废，或是硬凑出半通不通的句子。因此，第一步最好是学习对仗如何写。古人学习写诗，小时候先开始“对对子”，《声律启蒙》《笠翁对韵》的出现和流行就是这个道理。

同时，对仗还可以拓展到对联的写作，而对联的写作在日常生活中有一定的实用价值。中文系的学生尤其应该学会写对联。因此本节先从对联讲起。

一、对联的基础知识

对联首先要字句对偶。对偶最基本的要求：字数、句数相等；对应位置上的字词性相对，实词对实词，虚词对虚词；意义相关；出句与对句的字一般不得重复。对联当然首先要满足这些要求。对联还有平仄的要求，关于对联的平仄，有三个层级的规则要求：

规则一：联脚字上仄下平（上联最后一字仄，下联最后一字平）。

规则二：句脚平仄相对。

规则三：句中节奏点平仄相对。

我们看下面这副对联：

广州越秀山镇海楼联

［清］彭玉麟

万千劫，危楼尚存，问谁摘斗摩霄，目空今古？
五百年，故侯安在？使我倚栏看剑，泪洒英雄。

这个对联，上联最后一字“古”仄声，下联最后一字“雄”平声。符合规则一。

句脚：劫（入声字）（仄）—载（仄），存（平）—在（仄），霄（平）—剑（仄）。这个对联句脚不完全对上，但尽量对上。不完全符合规则二。

句中节奏点：楼（平）—侯（平），谁（平）—我（仄），斗（仄）—栏（平），空（平）—洒（仄）。句中节奏点也是尽量对上，但不完全对得上。不完全符合规则三。

由此可见，对联的平仄可分严守与宽遵两种情况：

严守：联脚、句脚、句中节奏点都严格遵守平仄相对。

宽遵：只遵守第一项即联脚，尽可能遵守第二项即句脚、第三项即句中节奏点，但不遵守规则二、三也可。尤其规则三最不严格遵守。

一般来说，对联越短越严格，长联就不可能太过严格。

一字联、二字联、三字联的平仄都比较简单，我们不探讨。我们看看四字联：

平平仄仄—仄仄平平
梧**桐**院落—杨**柳**楼台
风**吹**海黑—雨**过**天青
台**荒**鹿走—峡**断**猿啼

仄平平仄—平仄仄平
海**蟾**轮**满**—江**水**流**长**
日**迟**风**暖**—雪**冷**霜**严**

四字联的节奏点在二、四，需要平仄相对。

六言联只有一种形式：

仄仄平平仄仄—平平仄仄平平

日落江声带湿—风来海气含腥

金谷酒酣夜永—玉楼花醉春晴

风劲火烧赤壁—月明竞猎蓝田

至于五、七言的平仄，就是按照律诗那四个基本句式来对的，不赘述。

我们这里简单探讨对联的平仄，是按照严守的情况，即联脚、句脚、句中节奏点均平仄相对来论的。如果是宽遵，那么只要字句对得上，最后一字平仄再对上即可。

笔者这里列出一些好的对联，供读者参考：

毋意，毋必，毋固，毋我；如切，如磋，如琢，如磨。

虽然毫末生意，却是顶上功夫。（理发店联）

我辈此中宜饮酒，先生在上莫题诗。横批：太白楼

白山黑水，碧血丹心。（李海章撰通化杨靖宇烈士陵园联）

不幸周郎竟短命，早知李靖是英雄。（小凤仙挽蔡锷联）

人从宋后羞名桧，我到坟前愧姓秦。（秦涧泉题西湖岳飞墓）

但得夕阳无限好，何须惆怅近黄昏。（朱自清自题联）

挥泪叙从头：抗战三四年，吾伯有死，吾叔有死，吾兄有死，吾弟有死，吾师有死，吾友有死，吾徒有死，吾侄有死。到如今五亲离散，六眷飘零。总算为国家尽忠，替民族尽孝。

伤心话遗裔：悲愁千万种，饥者无依，病者无依，老者无依，幼者无依，鳏者无依，寡者无依，孤者无依，独者无依。徒令我两鬓枯萧，百忧丛集。真不知何处报怨，到几时报仇。（1941 年长沙追悼抗战殉难军民大会）

二、对仗的形式

（一）正对

正对：出句、对句的意思是同一方向并立的，相互补充，相互烘托，内容相似或相关。

小楼一夜听春雨，深巷明朝卖杏花。（陆游《临安春雨初霁》）
破帽遮颜过闹市，漏船载酒泛中流。（鲁迅《自嘲》）
锦江春色来天地，玉垒浮云变古今。（杜甫《登楼》）

这类对仗虽然上下两句意思同一方向并立，但各具意义，内容并不相同。正对上下两句的内容，须力避同义、近义。因为短小的近体诗中须包含丰富的内容，若出现重复内容，哪怕是一点，也会使诗作显得臃肿、苍白。

（二）反对

出句、对句的意思反向并立，具有强烈对比、映衬作用。

新松恨不高千尺，恶竹应须斩万竿。（杜甫《将赴成都草堂途中有作先寄严郑公》）
敏捷诗千首，飘零酒一杯。（杜甫《不见》）
横眉冷对千夫指，俯首甘为孺子牛。（鲁迅《自嘲》）
青山有幸埋忠骨，白铁无辜铸佞臣。（西湖岳飞墓前对联）

这类对仗可表达爱憎，可揭示矛盾，能够做到形象对比强烈，写得好的具有很高的艺术感染力。

（三）借对（借义、借音）

不用诗句中字的意义，而借用它的另一义项来相对，称借义对；借用与之同音的某字的意义的，称借音对。

少**年**曾任侠，晚**节**更为儒。（王维《济上四贤咏·崔录事》）
岐王宅里**寻常**见，崔九堂前**几度**闻。（杜甫《江南逢李龟年》）

沧海月明珠有泪，**蓝**田日暖玉生烟。（李商隐《无题》）

野鹤**清**晨出，山精**白**日藏。（杜甫《陪郑广文游何将军山林》）

第一联“年”对“节”，这是借义对。“晚节”的“节”指节操，这里借用“节”的另一个意义“节日”来对“年”。

第二联“寻常”对“几度”，也是借义对。按照对仗的要求，数字要对数字，“寻常”意为“平常”，表面上看对不上“几度”。但寻、常是古代的长度单位，八尺为寻，一丈六尺为常，寻常于是喻短或小。

第三、四联是借音对。“沧”借音“苍”，青色，对颜色“蓝”。“清”借音“青”，对颜色“白”。

借对用得好，可为诗增色，但需要较高的文化修养和文学修养，初学不宜轻易尝试。

（四）掉字对

同一句中使用相同的字作对称掉字对。

桃**花**细逐杨**花**落，黄**鸟**时兼白**鸟**飞。（杜甫《曲江对酒》）

即从巴**峡**穿巫**峡**，便下襄**阳**向洛**阳**。（杜甫《闻官军收河南河北》）

掉字对用得好可增加诗句的韵律感，古诗中也很常见。

（五）叠字对

句中用叠字相对，称叠字对。

望**日日**已晚，怀**人人**不归。（唐代无名氏《联绵对诗》）

漠漠帆来重，**冥冥**鸟去迟。（韦应物《赋得暮雨送李胄》）

晴川**历历**汉阳树，芳草**萋萋**鹦鹉洲。（崔颢《黄鹤楼》）

叠字必须叠字相对，否则就不是对仗。叠字对很常见，在表达声情、塑造韵律感上非常有效。

（六）双声、叠韵对

句中用双声词、叠韵词相对。

零落槿花雨，**参差**荷叶风。（许浑《寻周炼师不遇》）
但愿暂成人**缱绻**，不妨常任月**朦胧**。（朱淑真《元夜》）
梦里**依稀**慈母泪，城头**变幻**大王旗。（鲁迅《悼柔石》）

双声、叠韵对需要掌握丰富的连绵字和必要的音韵学知识，难度稍大。

（七）流水对

出句跟对句在意思上上下贯通，一气相承的联语，即两句连起来才表达一个完整的意思。

欲穷千里目，更上一层楼。（王之涣《登鹳雀楼》）
海内存知己，天涯若比邻。（王勃《送杜少府之任蜀州》）
那堪玄鬓影，来对白头吟。（骆宾王《在狱咏蝉》）
一从归白社，不复到青门。（王维《辋川闲居》）
闻报故人当邂逅，便临近馆为迟留。（沈遘《过冀州闻介甫送辽使当相遇，继得移文以故事清避诸路，又以诗见寄，次韵和答》）
请看石上藤萝月，已映洲前芦荻花。（杜甫《秋兴八首（其二）》）

普通的对仗，上下两句所述的是并列的事物或平行的事件，即使互换，原则上也不影响其意思。流水对的两句有时间上的先后，逻辑上的因果、条件、判断、承接等关系，不能颠倒。流水对用得好，一气呵成，语意连贯，如行云流水，可增强诗的艺术感染力。一般来说，律诗第四联很少用对仗，通常以散句作结才能写得好。如果用到对仗，流水对较为可行，否则不容易收住。

（八）本句对（句中自对）

人事有代谢，往**来**成**古**今。（孟浩然《与诸子登岘首》）
儿童**相见**不**相识**，笑问客从何处来。（贺知章《回乡偶书》）
群山万壑赴荆门，生长明妃尚有村。（杜甫《咏怀古迹五首（其三）》）
座中**醉客**延**醒客**，江上晴云杂雨云。（李商隐《杜工部蜀中离席》）

有一种本句对，形式上字数并不对称，但在意思上是对称的：

秦时明月汉时关，万里长征人未还。（王昌龄《出塞》）
云想衣裳花想容，春风拂槛露华浓。（李白《清平调其一》）
青山隐隐水迢迢，秋尽江南草未凋。（杜牧《寄扬州韩绰判官》）
烟笼寒水月笼沙，夜泊秦淮近酒家。（杜牧《泊秦淮》）

句中自对时，只须考虑上下的结构相对，不用考虑上下的单个词也要相对。即便词性上不是同一小类的词语，也可以认为是工整的对仗。句中自对，是写诗的法门之一，它将整个词语整体考虑，可以拓展字词的选择范围。句中自对写得好，常可以避免以辞害意，容易写出好诗。

（九）无情对

字面完全相对，但意义并不对的对仗叫“无情对”。

动武—挪威
公门桃李争荣日—法国荷兰比利时
三径渐荒鸿印雪—两江总督鹿传霖
丈夫白死花岗石，天下苍生风马牛。（聂绀弩《挽毕高士》）
青眼高歌望吾子，红心大干管他妈。（聂绀弩《钟三四清归》）

无情对近于文字游戏。前几联是纯粹的文字游戏，让人颇觉好玩，有趣味。但也有诗人用到诗中，造成一种特殊的效果。现代诗人聂绀弩的这几句诗就写出了时代的荒诞感。

三、对仗的优劣

关于对仗的优劣，古人有两个公认的看法：正对忌合掌，反对优于正对。这段话从刘勰《文心雕龙·丽辞》那里来：

故丽辞之体，凡有四对。言对为易，事对为难。反对为优，正对为劣。言对者，双比空辞者也。事对者，并举人验者也。反对者，理殊趣合者也。正对者，事异义同者也。长卿《上林赋》云：“修容乎礼园，翱翔乎书圃。”

此言对之类也。宋玉《神女赋》云：“毛嫱鄣袂，不足程式，西施掩面，比之无色。”此事对之类也。仲宣《登楼》云：“钟仪幽而楚奏，庄舄显而越吟。”此反对之类也。孟阳《七哀》云：“汉祖想枌榆，光武思白水。”此正对之类也。凡偶辞胸臆，言对所以为易也。征人资学，事对所以为难也。幽显同志，反对所以为优也。并贵共心，正对所以为劣也。又以事对，各有反正，指类而求万，条自昭然矣。张华诗称：“游雁比翼翔，归鸿知接翮。”刘琨诗言：“宣尼悲获麟，西狩泣孔丘。”若斯重出，即对句之骈枝也。是以言对为美，贵在精巧。事对所先，务在允当。若两事相配，而优劣不均。

合掌即上下句完全同义或基本同义。这是正对才会犯的毛病。合掌是后人提出的名词，刘勰在这里举出了张华诗“游雁比翼翔，归鸿知接翮”和刘琨“宣尼悲获麟，西狩泣孔丘”，认为这两句都犯了“重出”的毛病，重出即合掌的意思。尤其是后一句，只不过用不同的词语表述同一件事，意思完全重复。这样的句子用于对联还勉强可以[①]，一般是绝不能用于诗句的。因为诗本就字数不多，合掌就会显得诗才不足。合掌的毛病被诗人认为比失粘更为严重，极少有诗人会犯。

刘勰这里还提出了言对为易，事对为难。言对，即直接说出意思；事对，即举事例来表达意思。从难易程度上来说，确实事对难，言对易。但难易不代表优劣。不管言对、事对，都要写得好才行，不是说用了事对就是好的，用了言对就不好。

为什么反对优于正对呢？刘勰没有特别细地论述，只是用两句话表述了一下：“反对者，理殊趣合者也。正对者，事异义同者也。”“幽显同志，反对所以为优也。并贵共心，正对所以为劣也。”笔者觉得“理殊趣合”这句非常重要。按笔者的理解，反对上下两句表面意思相反，但不仅仅是相反而已，在相反中还蕴含了相成的意思。在心理上，读者看到上句，会激起一种紧张的期待的心理。如果下句与上句同一无变化（正对），则心理转为失望。若下句意思相反，对读者是一种意外。但这还不够，在这两句相反的意思之外，又蕴含了一个新的意义。读者在变化起伏中能体会到相反相成的意味，而这种意味乃是在两句之外得到的，于是心理预期得到满足，乃觉其妙。此即所谓“相反相成”，所谓“理殊趣合”也。

① 如“拳打南山猛虎，脚踢北海蛟龙”之类。

我们来看一些例子：

敏捷诗千首，飘零酒一杯。（杜甫《不见》）

《不见》是杜甫怀念李白的一首诗，这两句可说是对李白一生的绝妙概括：“李白你文思敏捷，下笔成诗千首；无奈身世飘零，消愁唯酒一杯。”一个诗酒飘零的浪漫诗人形象呼之欲出。“敏捷诗千首”给人以期待，“飘零酒一杯”则让人意外，在这期待与意外之外，又让人悟出此乃诗人必然之命运。而杜甫对李白之深深怀念，绵绵情思，乃至理解同情，无不隐含在这一诗句中。它与杜甫另一句“冠盖满京华，斯人独憔悴”异曲同工，叫人击节赞叹不已！

尘世难逢开口笑，菊花须插满头归。（杜牧《九日齐山登高》）

世俗凡间难得知心人，“相视一笑，莫逆于心”的好友常常只能在书上看到。因此登高的诗人不畏世俗的眼光，插满了一头菊花下山。前句悲叹，后句张狂，让人在出乎意料之余，点头含笑，兴起知音之感。千古之下，人同此心。“孤独的人是心灵相通的”，诚哉斯言！

十有九人堪白眼，百无一用是书生。（黄仲则《杂感》）

天下人十个有九个不堪与之交往，可是自己呢，对这个世界又有多大用处吗？书籍就是一个读书人的安身立命之本吗？这是清代天才诗人黄仲则的悲叹，又何尝不是前世千百读书人，乃至今天的文科学者们无奈的悲叹之一呢？前句狂傲之态毕出，下句若再循此意而写，实已无可为继。于是反而出之，哀叹己身之无奈。一大一小，一扬一抑，一狂一卑，人世许多难言的意味尽在其中！伟大的诗人常常能够写出人类普遍的悲哀，所谓“悲天悯人”是也。

这些反对的诗句可以说都是“理殊趣合”，在艺术上达到了很高的境界。

四、如何写出好的对仗

不管正对、反对，都是一个比较笼统的说法。在具体的创作技巧上，该如何做才能写出好的对仗呢？难道只要上下句写成反对就是好句？情况当然没有这么简单，我们来看看古人的说法：

要宁粗毋弱，宁拙毋巧，宁朴毋华。忌俗野。（元·杨载《诗法家数》）

两句须有变幻，不可一律……或上句写远，下句写近，或上句写所闻，下句写所见。（清·朱庭珍《筱园诗话》）

一动必一静，一高必一下，一纵必一横，一多必一少。（清·冒春荣《葚原诗说》卷一）

相似的论述很多，再结合诗论中举的例子，可以简单总结为：**以实对虚，以动对静，以纤微对宏大，以阳刚对阴柔，即上下句一定要有变化，然后这种变化还要能够融合出新的意味。**

实际的创作当然很复杂，没法一概而论，只能就具体作品、具体情境加以探讨，上述也只是提供一些原则性的说法。从模仿入手永远都是写作的法则。笔者这里摘录一些自己读书过程中感觉符合上述原则的对句，简单罗列，不加评述，读者可自行体会。若有所感，不妨找全首来读，或更有所得。

大漠孤烟直，长河落日圆。（王维《使至塞上》）

山中一夜雨，树杪百重泉。（王维《送梓州李使君》）

亲朋无一字，老病有孤舟。（杜甫《登岳阳楼》）

细雨鱼儿出，微风燕子斜。（杜甫《水槛遣心》）

雨中黄叶树，灯下白头人。（司空曙《喜外弟卢纶见宿》）

万里伤心严谴日，百年垂死中兴时。（杜甫《送郑十八虔贬台州司户，伤其临老陷贼之故阙为面别情见于诗》）

沉舟侧畔千帆过，病树前头万木春。（刘禹锡《酬乐天扬州初逢席上见赠》）

君埋泉下泥销骨，我寄人间雪满头。（白居易《梦微之》）

此日六军同驻马，当时七夕笑牵牛。（李商隐《马嵬》）

曾是寂寥金烬暗，断无消息石榴红。（李商隐《无题》）

身无彩凤双飞翼，心有灵犀一点通。（李商隐《无题》）

鸟去鸟来山色里，人歌人哭水声中。（杜牧《题宣州开元寺水阁》）

深秋帘幕千家雨，落日楼台一笛风。（杜牧《题宣州开元寺水阁》）

溪云初起日沉阁，山雨欲来风满楼。（许浑《咸阳城西楼晚眺》）

一水护田将绿绕，两山排闼送青来。（王安石《书湖阴先生壁》）

老子犹堪绝大漠，诸君何至泣新亭。（陆游《夜泊水村》）

一身报国有万死，双鬓向人无再青。（陆游《夜泊水村》）

小楼一夜听春雨，深巷明朝卖杏花。（陆游《临安春雨初霁》）
桃李春风一杯酒，江湖夜雨十年灯。（黄庭坚《答黄几复》）
常思天下无双祖，得读人间未见书。（黄庭坚《次韵元翁从王夔玉借书》）
天于万物定贫我，智效一官全为亲。（黄庭坚《次韵戏答彦和》）
海水有门分上下，江山无地限华夷。（陈恭尹《崖门谒三忠祠》）
寒甚更无修竹倚，愁多思买白杨栽。（黄景仁《都门秋思》）

具体的创作原则固然重要，但不能沉溺于技巧，诗歌讲的还是整体的意境，对仗也是为此服务的。古人对此有很清醒的认识：

上句偶然孤发，其意未全，更资下句引之方了。其对语一句便显，不假下句。此少相敌，功夫稍殊。请试论之：夫对者，如天尊、地卑，君臣、父子，盖天地自然之数。若斤斧迹存，不合自然，则非作者之意。又诗语二句相须，如鸟有翅，若惟擅工一句，虽奇且丽，何异于鸳鸯五色，只翼而飞者哉？（皎然《诗式·对句不对句》）

王荆公晚年诗律尤精严，造语用字，间不容发。然意与言会，言随意遣，浑然天成，殆不见有牵率排比处。如“含风鸭绿粼粼起，弄日鹅黄袅袅垂”，读之初不觉有对偶。至“细数落花因坐久，缓寻芳草得归迟”，但见舒闲容与之态耳。而字字细考之，若经檃括权衡者，其用意亦深刻矣。（叶梦得《石林诗话》）

作诗之妙，全在意境融彻，出音声之外，乃得真味。如曰：“孙康映雪寒窗下，车胤收萤败帙边。”非事不核，对非不工，恶，是何言哉？（明·朱承爵《存余堂诗话》）

这些都是论对仗的，用现代汉语总结：

对仗应以意（或气）以主，无意求工而自工，是对仗而不似对仗，天然无痕，达到形式与内容的完美结合，内容不只是意义，还是意味，是言外之意。

五、对仗写作练习实例

1．孙行者，对出下联；独角兽，对出下联

“孙行者”是陈寅恪先生在清华大学教书时出的招生试题之一，“独角兽”则和鲁迅先生有关。笔者在课堂上要求学生作对。这两则故事流传颇广，学生们大多也知道，立马报出“孙行者—祖冲之”“孙行者—胡适之”“独角兽—比目鱼”。但笔者要求他们寻找不一样的答案。

结果，“孙行者”除了已知的答案，没有找到新的。笔者再问他们，从平仄的角度考虑，“祖冲之”和“胡适之”哪个更好？在学生思考之后，笔者和他们分析，“孙行者”是“平平仄”，“祖冲之”是“仄平平”，是完美对上的；而“胡适之”是“平仄平”，平仄上不完全对得上。当然了，对联最宽松的要求是联脚平对仄即可。“胡适之”是没有问题的，但至少在平仄上不够完美。同时，“祖”对“孙”，在意义上也更相对，比“胡”对“孙”更准确一些。从这个意义上说，“祖冲之”这个原先准备的答案是最合适的。如果放得更宽松些，只是把“孙”当作姓看待，那么答案就可以更多了，比如古代汉语课上常提到的“王引之”也可。韩愈字退之，“韩退之”也可以。

“独角兽”的下联就比较热闹了。学生们打开思路后，给出了众多的答案：双头蛇、四眼鸡、七星瓢、九尾狐、百足虫、百节虫、千足虫。但这些答案比原答案“比目鱼”还是差一些，为什么呢？笔者如此询问学生。学生一思考，即明白，“独”表示数量是隐晦的，而直接用数字“四、九、百、千”等对，不够好，以“双”对较好，所以“双头蛇”要强于其他答案。循此思路，还有哪些汉字可以表示数目字呢？不好找。勉强找到一个“对”字，对上“对眼人”一联。

2．万里春光满①

学生对的下联：

第一组：千山秋意浓、九州秋意浓、千山夏木繁、千山秋雁鸣、一泓秋水清、一叶秋意知

---

① 以下“万里春光满”“松鹤延年人延寿”“秋静竹帘卷雨”“雪引探梅路”四句，是东南大学王步高教授在其课程“诗词格律与写作”中给学生的训练题，笔者也将这几题作为学生的训练题，所评讲的学生作业则为笔者所教授学生给出的答案。

第二组：八方气象新、九州气象新、九州瑞气盈、四方宾客盈

第三组：千山绿意浓、千堤绿树荫、千山草色新、千家桃树开、千山杜鹃啼、一枝梨花开

第四组：半园红杏开、满园桃李芳、百年霜雪融、孤窗月色寒、兆民家财多

这个上联是对联常见语，其平仄为“仄仄平平仄”，下联应对以“平平仄仄平”。字面意思相对并不难。“千山秋意浓”“九州气象新”之类的对语即字面意思相对。前二组的对语可以说只考虑到了字面意思的对应。其中“一叶秋意知”的“叶”仄声，句中平仄不相对，但如果按宽遵来说，也可接受。句子颇有诗意。

如果把这句当作诗歌中语，那么第三组的对句一般来说会更恰当。因为顺承第一句诗意来写景，那么“千山绿意浓”“千山草色新”之类的写春天景色显然更合适。“千山杜鹃啼”“一枝梨花开”两句的第四字为平声，也是不完全对上的。

第四组的几个对句不用常人想到的数字对数字，以半、满、孤、兆等字对万。“孤窗月色寒”就只是字面对，意义上无甚联系了。而“半园红杏开”“满园桃李芳”两句，对得工整、稳妥，有意义上的联系，是比较优秀的。也有学生别出心裁，以“兆民家财多”对，这只能当挂家门的对联用了，而且“财”字平声，换用仄声为好。但只改“财”一字，不好找合适的字，笔者建议学生改为“兆民家业兴”。

“万里春光满，百年霜雪融”一联可以有某种隐喻，如若写合适的题材，是可入诗的句子。

总的来说，上联是通俗语，句意平实，下联要对以相反的意思对出是很困难的。这句话的反对太难，正对是正常选择。这句联语可说是考查学生一般的水平，能对得上即算合格。

3. 松鹤延年人延寿

学生对的下联：

第一组：江山永固国永安、社稷安定民安康、江山安稳民安康、山河常绿国常春、山河常绿国常青、日月长明家长安、日月永存家永安、龙凤呈瑞家呈祥

第二组：竹柏长青家长兴、松柏常绿景常青、桃李满园花满楼、梅兰满阁花

满楼、花叶满园春满楼、百花争艳鸟争鸣

第三组：富贵满堂福满门、芝兰满室福满堂、芝兰长秀德长馨、梅鹿贺岁仙贺春、花鸟娱人酒娱情、椿萱同茂家同欢、萱椿长青家长存、菊梅傲雪岁傲霜

第四组：山林长青水长流、菊酒淡雅志淡泊

第五组：鸳鸯成对蝶成双、岁华易逝业易荒、鸡犬升天人升官

第六组：富贵润屋德润身

这个联语明显是祝寿的，能够上下联联系而有意义的通常是哪些呢？富贵、子孙、家国、风景、健康、事业、名声等。因此大多数学生的对语即由此入手。又由于本句自对，因此下联也要自对才算工整。至于平仄，这句不能入律诗，其本身的平仄即古诗的平仄，对语亦可宽松，不必追求节奏点均平仄对，最后一字对上即可。值得注意的是有学生以“青山”“高山”对“松鹤”，不合格，应含两个名词才是对语。

第一组对句写家国，合格。

第二组以风景对，亦常见。但最后一联“百花”是对不上的，笔者建议学生改为“桃李”。

第三组直接回应祝寿的主题。“椿”出自《庄子·逍遥游》“上古有大椿者，以八千岁为春，八千岁为秋”，以喻长寿，用来指代父亲。萱即萱草，出自《诗经·卫风·伯兮》“焉得萱草，言树之背”，指母亲。后人以“椿萱”指父母，一般椿放在萱前面。建议将“萱椿长青家长存”中的“萱椿”改为“椿萱”。学生能够知道这两个典故已是难得。

第四组可喻人之气节，也算对得工整。值得注意的是“菊酒淡雅志淡泊”一句，最后一字“泊”是入声，是不合格的对语。“泊”今天已是第二调阳平，学生不熟悉入声字，遂致此误。笔者建议学生修改为“淡然”。

第五组仅追求字面对，意义的连接不恰当。“鸳鸯成对蝶成双”喻爱情，多指年轻人的爱情，和上句接不上。“岁华易逝业易荒”一句，尤为不当，故意追求反对，但上句讲延年之祝福语，下句却又劝人珍惜年华，实在不贴合气氛。若真祝寿时接到这么一联，估计气氛就要凝结住了。而“鸡犬升天人升官”一联，估计要气死老寿公了。

笔者最为赏识最后一句“富贵润屋德润身”，既是祝福语，又有对道德的褒扬与劝诫，深得中国古典文化之精髓。

4．秋静竹帘卷雨

学生对的下联：

第一组：春深柳岸飞烟、春幽杨柳拂风、春深杨柳依风、春深柳岸飞烟、春闲水榭抚琴、夏幽莲叶含风、夏喧罗扇扑萤、夏喧流水听蝉、冬寒梅影浮香

第二组：夜深明月伴人、夜凉睡榻留香、夜凉秋千随风、夜凉月色含霜

第三组：夜阑玉烛剪花、夜深松阙听风、夜阑风静扑萤、夜阑红袖添香

第四组：菊残夜气涵香、酒阑笙箫留情

本联是富有诗意的一句诗，平仄为“平仄仄平仄仄”，当对以“平平仄仄平平”，其中第一、三、五字可平可仄。

第一组以季节对季节，每句各有其诗意。笔者评讲，以为“春闲水榭抚琴”“夏喧罗扇扑萤”“夏喧流水听蝉”三句更优。其他的对句只是写风景，而这三句后面有人，而且与上一句相比有变化，一静对一动。

第二组以“夜”对“秋”，也只是风景相对，工整，但不够好。

第三组亦以“夜”对“秋”，但好于第二组，是因为这些景物的描写背后是有人的活动的，这样上下联有变化。“夜深松阙听风”一句中“松阙”不够好，笔者建议改为“松阁”。阁入声，仄声，合律。笔者最为赏识“夜阑红袖添香”一联，和上一联形成某种读书的氛围。

第四组亦好。上联以季节开头，大部分学生没有打开思路，只是简单地季节对季节。其实季节可对时日（晨、昏、夜、晓等）、宫室（楼、台、亭、榭、轩、栏、窗、圃、斋等）、乐律（钟、鼓、琴、瑟、笛、箫、笙）、花木（菊、兰、竹、梅等）等，找出与季节相应的这些物事，再把情境构筑出来，可对出好联，如本组“菊残夜气涵香”一句。又如“酒阑笙箫留情”一句，亦有人的情感在后面，而且“卷雨”若不舍雨，而“留情”亦对应此，可谓妙对。

5．雪引探梅路

学生对的下联：

第一组：风邀迎客松、风吹度玉门、风牵望月心、风敲赏竹扉、风传折竹声、风回听雨亭、花开拥月楼、霜催采菊天、雨敲听竹轩、云开见月明、烟迷问月楼

第二组：月怜归路人、香勾迷客魂、酒邀爱诗人、帘招沽酒翁、花怜寻梦人

第三组：风吹度玉关、风怜葬花人、诗怜葬花魂、月怜葬花人

这一联的平仄是“仄仄仄平仄”，应对以“平平仄仄平”，第一、三字可平可仄。如果只追求字面对，那么“风高放火天”也对得很工整，但就了无诗意。上联富有诗意，下联要对得好，必须注意意境的构筑。

第一组可说是字面对得工整，意义上联系不大，因为“梅”“路”对的仍是自然之物，较为板滞。

第二组有些意境，盖因有人有活动在里面，只因以“人”“魂”“翁”对“路”。

第三组有些特别。“风怜葬花人”“诗怜葬花魂”“月怜葬花人”三句，“葬花人”不免让人想到黛玉。《红楼梦》中有“冷月葬诗魂”句，学生应是想到此句而对的。可惜这三句有问题，“花”平声，应用仄声才是。当然放宽也算可以。但就无法入律诗中了。

“风吹度玉关”这句挺特别，把“春风不度玉门关”截取了得来。这里可把“度玉关”当作关名来理解，也对得上。

笔者对这联期待最大，但学生没有对出特别让笔者满意的下联，遂自己对了一联，“雪引探梅路，香怜迁客魂”，感觉颇为满意。如果把这句放到某个古人写的《左迁过大庾岭》之类的诗中，或可聊备一联。

6. 杜诗两首

江 村

［唐］杜甫

清江一曲抱村流，长夏江村事事幽。
自去自来梁上燕，______________。
老妻画纸为棋局，______________。
但有故人供禄米，微躯此外更何求。

练习对仗，更好的一种方式是将古人的诗中的某个对仗抽出来，然后自己加以补足。选择哪一个诗人，根据自己的喜好，尽量选择自己最喜欢的诗人。每次只选择一个诗人的多首作品来进行。这样做有几个好处：

（1）需要通篇考虑，不能光顾着字面对。这样更接近实际写诗的情境。

（2）可更深入地了解一个诗人。

（3）可以更好地理解诗人是如何创作这首诗的，对提高鉴赏诗歌的能力大有帮助。

杜甫是写对仗的高手，而且各体兼善，是一个很好的模仿对象。历代学诗者常从杜诗入手。笔者选了两首杜甫的诗歌给学生练习，第一首如上。第一次练习，学生常忘了必须押韵，交上许多仅是字面对的，都不合格。笔者提醒他们之后，学生翻看诗韵：

【十一尤】尤邮优忧流旒留榴骝刘由油游遊猷悠攸牛修脩羞秋揪周州洲舟酬雠柔俦畴筹稠邱抽瘳遒收鸠搜驺愁休囚求裘球仇浮谋牟眸侔矛侯猴喉讴鸥楼娄陬偷头投钩沟韝幽虬疣绸鞦犹啾酋赒售（宥韵同）蹂揉邹泅裯糇兜勾惆呦樛琉（瑠）蚯踌丘

十一尤韵常用字如上，要对上“自去自来堂上燕”，下联最后一字，可选的就很少了，“骝牛鸠猴鸥虬蚯”都是动物，可对得很工整。但全首写江村悠闲的环境，“骝、鸠、猴、虬、蚯”中实在不好找合适的意思去贴合这个环境，要对上极难。可选的基本只有鸥和牛两个动物了。本句又“自”字重复，这是掉字对，难度实在太高了，学生们勉强可对出：

时飞时止水中鸥、或游或卧江边牛

如果考虑名词，那么韵字中“旒驺榴洲舟筹球侯楼钩沟韝疣糇琉丘”可以用，但适合此诗的名词大约只能选“钩、舟、楼、丘”，对句亦不好对，勉强对出：

且浮且隐江中舟、亦高亦下江中舟

对比杜甫原句“相亲相近水中鸥”，不能不佩服诗人的功力。通过这样的操作，学生可明白，看起来不算特别出色的一联，实际也是诗人千锤百炼的结果，而且有时候几乎可能是唯一能够契合此情此景的选择了。

“老妻画纸为棋局”一句类似，“棋局”一词，可选择的对语不外乎“旒驺榴洲舟筹球侯楼钩沟韝疣糇琉丘蚯”，因为没有句中自对，对句相对好找一些。

学生所作如：

稚子折枝作阁楼、稚子围沙起小丘

杜甫原作“稚子敲针作钓钩”，上句作“老妻”，下联以“稚子”作对，确实是更合适的对语。此诗是杜甫经历安史之乱后定居于浣花江畔，起了一草堂，过上了一段难得的安定生活后所作。这两句表现了一种亲情的温暖和生活的闲适美好。上联既写老妻，下联写儿子方可对应上，故很难摆脱“稚子”一词。只有亲自去体会诗人创作的过程，方明白他选择此词的合理性，明白诗中之意味。

笔者选择的另一首杜诗是《野望》。

野　望

西山白雪三城戍，南浦清江万里桥。
海内风尘诸弟隔，____________。
惟将迟暮供多病，未有涓埃答圣朝。
跨马出郊时极目，不堪人事日萧条。

“海内风尘诸弟隔”平仄为“仄仄平平平仄仄”，应对以“平平仄仄仄平平”，其中第一、三、五字可平可仄，必须选择二萧韵。二萧韵常用字如下：

【二萧】萧挑（挑担）貂刁凋雕鵰迢条髫跳蜩苕调（调和）枭浇聊辽寥撩寮僚尧么宵消霄绡销超朝潮嚣樵骄娇焦蕉椒燋饶桡烧（焚烧）遥徭姚摇谣瑶韶昭招飙标镳瓢苗描猫要（要求，要盟）腰邀鸮乔桥侨妖夭（夭夭）漂（漂浮）飘翘翛祧佻徼（徼幸，徼福）鹪飖潇骁獠鸼嘹逍憔（顦）剽嫖

学生对出符合平仄的对句如下：

眼前离乱满心焦、天涯柳絮驿边飘、天涯落絮一人憔、天涯苦忆一笺遥、天涯尺素漫消寥

杜甫原对句“天涯涕泪一身遥”，顺承上句与诸弟相隔而起，有些流水对的味道，学生多不能摆脱“天涯”一词，笔者告知学生，“海内”其实并不难对，

“内”为方位名词，相对应的词还是有很多的，如边、上、前、中、间、傍、端、头、东、西、南、北等，“云中”“灯前”“镜中”“道傍”“城中”“江边”等词均可对上。打开思路，还是可以对出一些句子的。

学生通过将诗作原句与自己所写的对比，既更深刻地了解了本诗，也在对比中领悟到一些作诗的法门。这种抽去对句再自己补足的法子，学生需要更多地自己在课外练习，才能得到持续的进步，课堂上的练习只能是抛砖引玉。

第四章 近体诗的写作二：句法、结构

一、句法

句法，属语法学中研究词组和句子的组织及句法成分之间各种关系的部分。一句诗只有五或七字，要合乎格律的要求，还要尽量表达全面、广阔、深刻的意义，它的语言和日常的语言不能相等同，一定会有特殊的形式，如省略、错位、改变词性等。王力先生在《汉语诗律学》中说：

> 1. 在区区五七言之中，要舒展相当丰富的想象，不能不力求简洁，凡可以省去而不至于影响语意的字，往往都要省略；
> 2. 因为有韵脚的约束，有时候不能不把词的位置移动；
> 3. 因为有对仗的关系，词性互相衬托，极便于运用变性的词，所以有些诗人就借这种关系来制造“警句”。

可以说，句法将诗歌语言与散文的语言（日常语言）区分开来。

（一）省略

故国犹兵马，他乡亦鼓鼙。（杜甫《出郭》）
故国犹遭兵马，他乡亦闻鼓鼙。省动词。

上穷碧落下黄泉，两处茫茫皆不见。（白居易《长恨歌》）
上穷碧落下穷黄泉。省动词。

勋业频看镜，行藏独倚楼。（杜甫《江上》）
勋业尚赊，频看镜以自惕；行藏未定，独倚楼而深思。省谓语。

乾坤万里眼，时序百年心。（杜甫《春日江村五首（其一）》）
时序迁流，百年之心已碎；乾坤浩荡，万里之眼徒劳。省谓语。

丛菊两开他日泪，孤舟一系故园心。（杜甫《秋兴八首（其一）》）
丛菊两开，他日泪未干；孤舟一系，故园之心弥切。省谓语。

迟日江山丽，春风花草香。（杜甫《绝句》）
迟日辉辉，江山益丽；春风习习，花草弥香。省谓语。

莫厌潇湘人少处，水多菰米岸莓苔。（杜牧《早雁》）

水多菰米，岸多莓苔。省平行语。

今日江南老，他时渭北童。（杜甫《社日两篇其二》）

今日是江南之老，当年是渭北之童。省判断词“是”。

山雪河冰野萧瑟，青是峰烟白人骨。（杜甫《悲青坂》）

青是峰烟白是人骨。省判断词“是”。

草木变衰行剑外，兵戈阻绝老江边。（杜甫《恨别》）

草木变衰行于剑外，兵戈阻绝老于江边。省介词。

沧海月明珠有泪，蓝田日暖玉生烟。（李商隐《锦瑟》）

月明之时沧海之珠有泪，日暖之时蓝田之玉生烟。省略关系语。

白发悲明镜，青春换敝裘。（岑参《武威春暮闻宇文判官西使还已到晋昌》）

看明镜而悲白发生，青春只换来敝裘。省关系语。

诗可省略主语、谓语、介词、连词、助词、判断词、平行语等。只要不影响句意的理解，只要上下文允许，任何成分都可以省略。

是否省略，或者省略了什么成分，或者是别的语法关系，关系到对诗歌句子意思的理解。如“迟日江山丽，春风花草香”一句，如上所理解外，也可以理解成“迟日使江山显得秀丽，因春风而闻到花草香”，这样省略的不但有谓语，还有表因果关系的介词。

（二）错位

春日繁鱼鸟，江天足芰荷。（杜甫《暮春陪李尚书、李中丞过郑监湖亭泛舟（得过字韵）》）

春日鱼鸟繁，江天芰荷足。

竹喧归浣女，莲动下渔舟。（王维《山居秋暝》）

竹喧浣女归，莲动渔舟下。

楚塞三湘接，荆门九派通。（王维《汉江临泛》）

三湘接楚塞，九派通荆门。

以上三例是因押韵、平仄、对粘的需求而错位。

绿垂风折笋，红绽雨肥梅。（杜甫《陪郑广文游何将军山林》）
风折之笋垂绿，雨肥之梅绽红。

香稻啄余鹦鹉粒，碧梧栖老凤凰枝。（杜甫《秋兴八首（其八）》）
鹦鹉啄余香稻粒，凤凰栖老碧梧枝。

以上两例是故意错位，追求一种特殊的效果。

（三）改变词性

改变词性，即古代汉语语法中所说的“活用”，名词活用为形容词、动词，形容词活用为动词，动词的使动、意动用法，动词活用为形容词，名词、动词、形容词活用为状语等。

日落江湖白，潮来天地青。（王维《送邢桂州》）
日落时江湖更白了，海潮涌来，天地都变青了。“白”“青”，形容词活用为动词。

孤云独鸟川光暮，万井千山海色秋。（李嘉祐《同皇甫冉登重玄阁》）
川光如暮色一般，海色如秋天一样。“暮”“秋”，名词作形容词。

泪逐劝杯下，愁连吹笛生。（杜甫《泛江送客》）
泪跟着劝酒的杯子而流下，愁跟着吹奏的笛子而生。“劝”“吹”，动词作形容词。

涧花轻粉色，山月少灯光。（王维《从岐王夜宴卫家山池应教》）
山涧间的花使粉色轻（淡），山月使灯光变少。使动。

除了上述三种常见的句法关系，还可再举数例：

山水寻吴越，风尘厌洛京。（孟浩然《自洛之越》）
寻吴越山水，厌洛京风尘。述宾式。

阶前短草泥不乱，院中长条风乍稀。（杜甫《雨不绝》）

阶前短草因泥不乱，院中长条因风乍稀。插入与补足。

管乐有才真不忝，关张无命欲何如。（李商隐《筹笔驿》）

孔明有才，真不比管仲、乐毅差，可是无命，虽有关羽、张飞二人，又能如何呢？插入与补足。

七子论诗谁似公，曹刘须在指挥中。（杜牧《酬张祜处士见寄长句四韵》）

论诗建安七子谁比得上公您呢，连曹植、刘桢都应在您的指挥之中。插入与补足。

树绕温泉绿，尘遮晚日红。（孟浩然《京还留别新丰诸友》）

树绕温泉，温泉更绿；尘遮晚日，晚日更红。兼语式。

笔者以上所引诸例，多见于王力先生《汉语诗律学》，王力先生用了三节来讨论近体诗的语法，除常见的省略、错位、变性外，还讨论了二十多个语法关系。笔者认为，过多地关注这种句法的分析，对诗歌的鉴赏和创作是弊大于利的。明白诗歌的句法有别于散文，对省略、错位、改变词性三者多少了解一些即可，不必纠结于过细的语法规则。专业的研究者才需要深究这些领域。

王力先生是站在语法研究的角度去探讨这个问题的，这里面隐含了一个陷阱，初学者如果不察，对理解鉴赏诗歌、写作诗歌都会有不好的影响。诗歌的句意究竟怎么理解，它的语法关系一定是如王力先生所说的这样理解吗？把诗句当作某个固定的汉语语法去解释，有时候反可能遮蔽了诗歌内在的含义与妙处。诗歌的意义理解有时需要保持在懂和不懂之间，过于执着诗一定是这个或那个意义，往往破坏了诗歌的奥妙。对诗句的语法分析或许可以加深我们对诗歌的理解，但也有可能遮蔽了另一种理解的可能。对诗了解不深的人如果不能理解这一点，就有可能走入偏门，把诗歌当作有固定意义的散文来解读，未能进入诗歌的堂奥。因此，对诗歌的理解保持某种多义性、模糊性，保留瞬间的直觉，才是更为可靠的。

古人诗歌的注释往往不会译出整个句子，今人注释诗歌通常也保持这个传统，其原因或许就有这种考虑在内。这个问题相当复杂，这里没法深入展开论述。仅举一例，以窥一斑。

枯藤老树昏鸦，小桥流水人家。（马致远《天净沙·秋思》）

枯藤、老树、昏鸦到底是什么关系？小桥、流水、人家之间又有什么关系？中间省略了什么成分呢？这两句诗就是三个偏正句词的排列。能否把“枯藤老树昏鸦”译成：一只昏睡的乌鸦站在一棵枯藤缠绕的老树上？另一句译成：一户人家坐落在一座桥下有着流水的小桥后面？我们怎么知道是一只昏鸦而不是两只呢？乌鸦就一定在树上吗？是一户人家还是几户人家？人家和小桥、流水的方位又是如何的呢？这些都是不确定的。每个人的想象可能都有差别，因此，对诗句的理解一定要保持一种开放性，诗歌其实是有无限的可能性的。

二、结构

结构，即谋篇布局。一首诗如何开头，如何过渡，如何拓开，如何结句，都有一定的讲究。古人把律体写作的结构用“起承转合”加以总括。这个说法虽然有简化之嫌，但确实是入门的不二法则，对理解律诗的写作非常有帮助。

元代杨载《诗法家数》：

△律诗要法　起、承、转、合

破题　或对景兴起，或比起，或引事起，或就题起。要突兀高远，如狂风卷浪，势欲滔天。

颔联　或写意，或写景，或书事，用事引证。此联要接破题，要如骊龙之珠，抱而不脱。

颈联　或写意、写景、书事、用事引证，与前联之意相应相避。要变化，如疾雷破山，观者惊愕。

结句　或就题结，或开一步，或缴前联之意，或用事，必放一句作散场，如剡溪之棹，自去自回，言有尽而意无穷。

用现在的话说：起句点题；承是承接上句；转是引深一层或另起一层，转入新境界；合是收结全文，追求言外之意。我们看看一些实例：

寻隐者不遇

［唐］贾岛

松下问童子，（起）言师采药去。（承）
只在此山中，（转）云深不知处。（合）

“问童子”是起题，表明寻者怀希望来找人。童子回答“采药去”是承题，寻者失望。“只在此山中”是转，寻者复又振起希望。“不知处”是合，寻者希望又落空。一首短短二十字的小诗，情感几次转折，曲尽意味。结句“云深不知处”回应诗题“寻隐者不遇”，且又宕开一层意思，引人无限遐想：这位隐者一定是位世外高人吧，如此神龙见首不见尾。整首诗浑然一体，平淡道来，似乎无甚谋篇布局，却是天然佳构，实是五绝中的绝顶之作。

西过渭州，见渭水思秦川①

［唐］岑参

渭水东流去，（起）何时到雍州。（承）
凭添两行泪，（转）寄向故园流。（合）

起句平凡，承句出乡思，让起句不平凡。转句亦平凡，合句又让承句皎皎不凡，同时又照应起承两句。这个合句在情感上深情沉痛，艺术上可说石破天惊，是诗人句。

春　望

［唐］杜甫

国破山河在，城春草木深。（起）
感时花溅泪，恨别鸟惊心。（承）
烽火连三月，家书抵万金。（转）
白头搔更短，浑欲不胜簪。（合）

本诗的起句即很特别，不点题说自己在何时何因而有“春望”，直接说自己所望到的景象。起句即直切入情感。第二联承前句所望之景，说如此之景令人如何如何。这一联直入肺腑，夺人魂魄。第三联转而叙及自身境况，平实交代。最后一联合得不够好，力度稍显不足，但亦是无可奈何之事。本诗押下平十二侵

① 本首是律体。“雍州”的“雍”为去声。“凭添两行泪”平平仄平仄，特拗，或说准律句。

韵，韵部常用字如下：

侵寻浔林霖临针箴斟沈砧深淫心琴禽擒钦衾吟今衿金音阴岑簪骎琳琛忱壬任（负荷）黔嵚歆禁（力能胜任）森参（参差；又音森，星名）涔淋祲

可供选择的韵字不多，因押韵的缘故，本诗或难再找更好的字句了。

登岳阳楼

［唐］杜甫

昔闻洞庭水，今上岳阳楼。（起）
吴楚东南坼，乾坤日夜浮。（承）
亲朋无一字，老病有孤舟。（转）
戎马关山北，凭轩涕泗流。（合）

本诗是一首典型的起承转合结构的诗篇。首联点题“登岳阳楼”。次联写登楼所见之景。这个景既有眼前所见实景，又有想象展开所摹之景，虚实相生，虚正由实而来，与“气蒸云梦泽，波撼岳阳城”有异曲同工之妙。第三联转向写自身境况。第四联合得有力，关山北犹有戎马声，国家尚处动荡之中，而己身亦漂浮不定，能不凭轩涕泗横流吗？老杜诗常如此写，由己一身而至家国。“一饭不忘君”之叹，确有来由。

所谓起承转合，不能简单理解成必由一联承担一种功能。本诗也可理解成“戎马关山北”一句方才是转，中间两联是转完又继续深入。

蜀　相

［唐］杜甫

丞相祠堂何处寻，锦官城外柏森森。（起）
映阶碧草自春色，隔叶黄鹂空好音。（承）
三顾频烦天下计，两朝开济老臣心。（转）
出师未捷身先死，长使英雄泪满襟。（合）

本诗也是一首典型的起承转合结构的诗作。首联点题，交代诸葛丞相墓何在。次联写祠堂之景。注意本联中的两个虚字“自”“空”，“自春色”，“空好音”，就把祠堂少人来凭吊衬托出来，“诸葛大名垂宇宙”，可真能理解他的又有几人。第三联转向特别有力，以两句诗而概括诸葛亮一生功绩，语调既铿锵有力，又颇含无奈，一种功败垂成，英雄气短的郁勃不平之气已蕴含其中。第四联

直接喷薄而出，不假掩饰。老杜又何尝没有“致君尧舜上，再使风俗淳”（《奉赠韦左丞丈二十二韵》）的宏愿呢？可时也命也，人生总有如许多无奈之事，只能付之“泪满襟”，既叹丞相，又哀自身。老杜“沉郁顿挫”的诗风，于此诗可深切感受之。

本诗起平实，承有味道，转则大开大合、势大力雄，合则言尽意余、沉郁顿挫，在谋篇布局上是非常完美的架构。正完美契合前述杨载《诗法家数》提到的，次联“要如骊龙之珠，抱而不脱”，颈联“如疾雷破山，观者惊愕”，尾联“如剡溪之棹，自去自回，言有尽而意无穷”。与老杜《春望》一首相比，更显艺术的完美风范。

有起承转合法，就有由此而产生的变化，古人以“起承继转合”“起承展转合”等称之。我们看看几个例子。

登快阁

［宋］黄庭坚

痴儿了却公家事，快阁东西倚晚晴。（起）
落木千山天远大，澄江一道月分明。（承）
朱弦已为佳人绝，青眼聊因美酒横。（继）
万里归船弄长笛，此心吾与白鸥盟。（转合）

第一联点破题目，忙完公事，来登快阁。第二联承接上两句，写登快阁所见之景。这联写景宏大，有老杜的风采，是名句。第三联仍写快阁宴饮，言已无知音，唯喜美酒，写其无聊孤独之情，与首句“公家事”回应。第四联上句转向内心所感，吹笛坐船回故乡非眼前景物，乃内心所思所想。下句结全首，做如此想者，乃在于诗人早已有归隐之心。

本诗把四联分别视作起承转合亦可。起说明登快阁，次写登阁所见之景，第三联转向写人的心情，第四联用归隐之情收尾。

赋得古原草送别

［唐］白居易

离离原上草，一岁一枯荣。（起承）
野火烧不尽，春风吹又生。（继）
远芳侵古道，晴翠接荒城。（继）
又送王孙去，萋萋满别情。（转合）

首联上句点题，写古原草。下句承，写草一岁一枯荣。次联承一岁一枯荣而来，两句正是对“枯荣”二字的生动诠释。第三联写草之繁茂，伸向远方，连接荒城，“古道”二字已为下联送别张目。第四联上句转向本诗主题“送别”，下句就本题直接收结。

春题湖上

［唐］白居易

湖上春来似画图，乱峰围绕水平铺。（起承）
松排山面千重翠，月点波心一颗珠。（展）
碧毯线头抽早稻，青罗裙带展新蒲。（展）
未能抛得杭州去，一半勾留是此湖。（转合）

首句点题，说春天西湖的景色如图画一般漂亮，第二句承接上句，开始写景。中间两联四句都是铺展，写景色如何美丽。第七句转向写人的情感，第八句接第七句作结。

过香积寺

［唐］王维

不知香积寺，数里入云峰。（起承）
古木无人径，深山何处钟。（展）
泉声咽危石，日色冷青松。（展）
薄暮空潭曲，安禅制毒龙。（转合）

首句点题，不知道香积寺具体在哪，仍要去拜访，“过”意谓“访问”“探望”。第二句接着就写诗人开始入云峰去寻找香积寺。中间四句，都是写寻找途中所见的风景。深山密林，古木参天，钟声冥冥，不知来自何处。泉水在耸立的危石间艰难穿行，发出幽咽之声。已是傍晚，照于青松上的日色竟然给人以寒冷之感。“咽”“冷”是诗眼，可见诗人炼字炼意之妙。第七句写诗人终于来到寺前的深潭，只见水潭澄清透彻、空阔幽静，第八句接第七句，以佛理结全首，潭中毒龙已被高僧以佛法降服而飞去，喻寺中僧人安坐打禅，以制服心中种种世俗的欲望。

清人赵殿成《王右丞集笺注》评：“此篇起句极超忽。谓初不知山中有寺也，迨深入去峰，于古木森丛，人踪罕到之区，忽闻钟声，而始知之。四句未易多觏。”按其意思，前四句才完成起承。

同一首诗，哪一句、哪一联是起、承、继、转、合，不同的人理解常不一样，不必执着于哪一句、哪一联是起、承、转、合，那样就是“死于句下”了。我们明白这种概括是一种大概的说法，这种写法是大多律诗的结构特点即可。最终应该是通过对谋篇布局的了解，明白诗歌的写作有一定的法则。初学作诗可由此入手，达到相当水平之后，自然可以因具体的题材和情境而变化。

总之，律诗的结构大体是这样的：

前面两句点题，承不要太死。如“海上生明月，天涯共此时”，起句“海上生明月”其实很平凡，是实，普通诗人可能就会写月下之景。如《春江花月夜》“海上明月共潮生。滟滟随波千万里”，承句则虚写，将景与情、人与自然、自己与他人、广袤的宇宙（海洋和大陆）都囊括进来，气势高远，即所谓的“狂风卷浪，势欲滔天”“骊龙之珠，抱而不脱”。

中间两联贴着题目，或就景物加以渲染勾勒，或就人事加以点染，或叙写，或议论，或引事，或比拟，皆为深化题旨。

中间两联要注意相应相避，有变化。颔联写景，颈联往往就写人事；颔联写了人事，颈联就写景。如果两联都写景，那么一联可写整体，另一联则勾勒细节。两联都写人事，往往颔联写他人，颈联则言己身。

中间两联，颈联尤其重要，对偶要求工整，字句要精心锤炼，往往诗歌的警句就在这一联。

最后一联要么直接就本诗主题作结，要么宕开一笔，尽力表达更深刻的思想。以景语结的话，要含有不尽之味。总之要收得住。

有固定的起承转合法，必然会有打破此种架构的。

捣　衣

［唐］杜甫

亦知戍不返，秋至拭清砧。
已近苦寒月，况经长别心。
宁辞捣衣倦，一寄塞垣深。
用尽闺中力，君听空外音。

这是一首思妇诗，写戍边士兵的妻子制衣寄与良人。捣衣，是将衣料放在石砧上用棒槌捶击，使衣料绵软以便裁缝；或者将洗过头次的脏衣放石板上捶击，去浑水，再清洗。“宁辞”，即岂辞、不辞。“深”字与“戍不返”相对应。“空外”，即天外。亦知，已近，况经，宁辞，一寄，连用几个虚词摹神。

试译如下：已经知道你戍边没法回来，秋天到了我擦拭清洗捣衣砧。时已近于苦寒之月，何况经历长久别离之心，更为凄苦。岂害怕捣衣的劳倦，只因要将它寄到遥远的边关，我用尽力气捶打，希望远隔千山万水的你能听到这响彻天外的声音①。

清人浦起龙《读杜心解》说：“上四，俱在题前领意。赶至五、六，才以落题为点题，却仍是凌架过去。虽两字明点，实不曾着纸也。结联乃咏叹法。旅农云：全以神行。”

翻译浦起龙的意思，本诗前四句都是在捣衣前做铺垫，为点题做准备，到第五、第六句才点题“捣衣”，而且点题也不只是点破题目，一点题即寄以最深情感，结联两句分外有力，以思妇无限思恋之咏叹作结。全首很难截然分出所谓的起承转合，通篇字字句句都渗透了思妇深深的思恋与情感，以“全以神行”作评，确实得其神韵。

三、写作练习实例

笔者这里展示写登山的一首诗的过程，即如何用起承转合的结构来谋篇布局，如何调整句子，用省略、错位等方法，寻找合适的词语使之合乎格律的要求，把这首诗创作出来。我们把这座山定为火炉山，它坐落在广州天河区，离我们身边比较近，有亲切感；登山的时日为重阳节，这样更生活化些，诗题就定为“重阳登火炉山”。

起：点题，把重阳节里来登火炉山挑明。

承：接上两句，写登山路上看到的景象。

转：不写景了，要有转折，可以写人事，也可以写情，这里我们两者结合起来写。

合：简单就登山作结就好，把作者登上山顶后的感受写得深刻一些。

---

① 读此诗，东亚女性善良、坚强、隐忍不屈的形象如在眼前，笔者想起一首现代流行歌曲《等待》的歌词：可我知道有一天你一定会回来 / 这世上的孤独 / 我需要去忍耐 / 等待 / 永久地等待 / 树叶绿了又黄你还没来 / 等待 / 永久地等待 / 在这世界上 / 你是我的唯一。这首歌的曲调正适合女高音歌唱，其“等待”二字拉长的曲调真是如怨如慕，如泣如诉，令人听之目溢泪光，感慨“总有一种爱让我们泪流满面”。推荐读者朋友上网搜一搜歌手黄绮珊的演绎。

结构好全篇后，我们把内容细化。开头就写火炉山多少还是远离了闹市，重阳节这天特意来攀登。因为诗题已有重阳，诗中没必要再写，于是我们第一句就写“佳节人多登”好了。路上看到好多登山的老人步伐矫健，都不用拄杖，一路向上登。而孩子就更活泼可爱了，争先看谁更快。我（作者）看到走石阶路的人太多了，心里爱着僻静，于是独自一人找寻小土路向上登。最后登上山顶，虽然只是座小山，但登到上面后，也感心情愉悦，情怀得一时的放纵。

我们不妨就上述意思，随意写出诗句来，先不考虑平仄、押韵的问题，但中间两联意思的对仗通常要考虑到，否则后面很难修改。好在这四句在总体谋篇布局时已有相对的意思。于是先写出下面的诗句：

重阳登火炉山

群峰远闹市，佳节人多登。
老人不策杖，儿童争先上。
石阶满人声，土路我独行。
小山虽不高，登临亦纵怀。

把意思表达出来后，我们要考虑押韵的问题，因为只要韵部一定，许多文字就得固定住，如果漫无目的地改词语，最后再找韵部，改动就会很大，有时不得不从头再起，比较麻烦。如果在写诗时突然有了灵感，已经找到了一句很妙的诗句，不可更改，那么就要就着这句诗来寻找别的句子，韵部就得照着已得的妙句来选择。

刚开始笔者随意选择了几个韵部的字，一时也决定不下。后来考虑第三联时的对仗时，找到一个句子：石阶人济济，野径我闲闲。平仄对得上，句子也还不错，于是就定下来了。韵部于是就只能选择十五删：

【十五删】删潸关弯湾还环鬟寰班斑颁蛮颜奸攀顽山鳏间（中间）艰闲（安闲）娴悭孱潺殷（朱殷）患

这个韵部的常用字不多。只能在这里面选，于是第一联马上就可以写出：

群峰远闹市，佳节共登攀。

老人、孩子都在热闹地登山，这一联怎么用这个韵部的字来表达呢？不好找。笔者最终只能用“班”这个韵字。班有“序列、排列等级”的意思，于是写出：

白首不扶杖，顽童争列班。

这里考虑到平仄的问题，勉强用了“列班”二字。本来用“顽童争头班”在意思上会更合适，但“头”字那里必须用仄声，这个词语不好找。找不到平仄合适的词语，不管古今，都是写诗时会遇到的问题，好在古人为此早就编撰了工具书，可以查用。

写诗时寻找合适的词语，有两种情况：一是已定首字而找尾字，这时可查《骈字类编》；一是已定尾字而找首字，这时可查《佩文韵府》。这两本书都提供了大量意思相同或相近而平仄不一样的词语供写诗时参考。当然了，这两本书都太过浩繁，比较简洁的韵书（如《诗韵合璧》）会以韵字为中心，撮录有这两类词，也可备查。

但今天我们有更趁手的工具，即用智能手机直接查“搜韵”和“诗词吾爱”这两个 APP，它们提供了“对仗词汇”查询、“典故词汇”查询、“知首字，查尾字”或“知尾字，查首字”的功能，还可以用查询全文的方法查询古人诗词中的用语，这样可以查找许多相关的词语，供我们写诗时参考，非常方便。

通过这两个工具，我们发现除了“列班”一词，还可以用“首班”一词。则诗句也可如此：

白首不扶杖，顽童争首班。

意思还是对的，虽然可能诗句不够好，但我们首重在先写出一首完整的诗歌，所以先不计较那么多。

最后一联，要保留原来的句子不好办，因为韵字不好找。于是只能多少改变句意，最后斟酌之下，改成：

凌顶览山小，已忘独步艰。

“凌顶览山小”是把杜甫名句“会当凌绝顶，一览众山小”（《望岳》）缩成一句。这也是写诗时常用的法门之一：把古人诗句的意思变换一下，用自己的语言表达出来。这里变换得太过直接，不够好。但初写诗，先不计较那么多，成句即可。

于是一首诗就出来了：

重阳登火炉山

群峰远闹市，佳节共登攀。
白首不扶杖，顽童争列班。

石阶人济济，野径我闲闲。
凌顶览山小，已忘独步艰。

构思中间，为了平仄、对粘的规则，词语也要更换。比如初稿“老人”是平声，不能用，于是改换成“白首”；“不策杖”，“策”应用平声，于是改为“不扶杖”。总之，多用换字法。不合平仄的字，换成合平仄的意义相同的字即可。多换位，不合平仄的字或上下换位，或上下两组词语调换，并不一定影响句意。如“千山万水”改成“万水千山”，意思不变，而平仄发生变化。汉语组词特别灵活，这为我们调整、变换词语创造了足够的空间。

最后，注意全句、全联调整。最终总是可以调整出一首合乎格律的小诗的。可能没有那么好，比如这首诗不够合格的地方是“白首不扶杖，顽童争列班”一联对仗不够工整，但大体上是一首合乎格律的五律，多少像那么一回事。

我们再举一实例：写一首常见诗题“秋夜怀人”的诗歌。

起，首先写风景，点明时节。故先想到“南国炎州地，秋来木犹青”一联，这句出自《楚辞·远游》：“嘉南州之炎德兮，丽桂树之冬荣。”

次承上联亦写景。写得更深入一些，最好与怀人联系起来。刚开始没有想到好的句子，翻看《太平御览》卷三《岁时上·秋部》，看古人描写秋的一些常用词句，于是写下“白露结为霜，寒蝉高树鸣”，主要是为了用“鸣”这个韵脚。

第三联应该转入人的描写。于是写出“夜深犹未寐，凉月还思卿”，乃是为了套用“卿”这个韵部字。

第四联应该结。想到李白的“我寄愁心与明月，随风直到夜郎西”这句，就写成“寄心与流光，为君照归程”。这主要是为用“程”这个韵部字。

一查韵部字，青在下平声九青部，鸣、卿、程在下声平八庚，于是第一句改为“南国炎州地，秋来翠色盈”。全诗为：

秋夜怀人

南国炎州地，秋来翠色盈。
白露结为霜，寒蝉高树鸣。
夜深犹未寐，凉月还思卿。
寄心与流光，为君照归程。

以上四步解决了押韵及大概的诗意的问题，下面要调整句子，使之合平仄。

第一联“秋来木犹青”，改“犹”为“亦”，即合韵。曾想过改为“长青”，但不合平仄。也可改为“叶”，即“木叶青”。

第二句，为合粘的规则，由于“寒蝉”一句很难改动，于是将它提前到“白露”句前面，就易于调整平仄了。改为“寒蝉鸣碧树”，下一句则须重找韵部字，找来找去，只一个“橙”字稍合，于是改为“白露结霜橙”，既押韵，也对偶。这个联的改动花费了相当长的时间。曾经想过用“凉风愁离人”之类的句子，但不想过早提到怀人这个主题，而且这样也不好调平仄。

第三句，为合粘的规则，“夜深”可改为“深夜”，“未寐”因“未”字不合平仄，可改为“难寐”，但感觉不好，于是查《汉语大词典》，看到“成寐”一词，便改为“未成寐”。后又觉得“深夜”太过现代汉语化，于是又查词典，觅得“中夜”一词，于是本句改为“中夜未成寐”。下句第二字须平声，若改为“月凉”，则不对偶。于是多方推敲，想到过“孤步”“独步”“微步”等词，但“步”字仄声，不合。又想到“披衾”“揽枕”等词，又为对偶计将“披衾”改为“单衾”，将“揽枕”改为“孤枕”。但觉得这两个词太过女性化，可能比较适合女性用，而且似乎太过闺情化。“单衾还思卿”，念起来也太不舒服。后来突然由“衾”字想到“琴”字。于是查词典，得“清琴”一词。又将“还”字改为“犹”。于是本联成为“中夜未成寐，清琴犹思卿”。本句“思”字仄声。因其可平可仄。这句改到最后，发现和阮籍的《咏怀》诗“夜中不能寐，起坐弹鸣琴”几乎一致，不禁哑然失笑。

最后一联。因为“流光”处的二字须为仄声，若改为“月亮”“月兔”“玉兔”，虽可通，但不是诗语，于是考虑到将“月”字放到最后，即成“□月”，再查词典，有“桂月”“缺月”“碧月”“璧月”“朗月”等词，以“朗月”最恰当，于是上句改为“寄心与朗月”。下句“为君照归程”须将“君”字改为仄声，可改为“为照君归程”。这样全诗如下：

秋夜怀人

南国炎州地，秋来翠色盈。
寒蝉鸣碧树，白露结霜橙。
中夜未成寐，清琴犹思卿。
寄心与朗月，为照君归程。

写完还得看看平仄，有否犯三平调、孤平，或拗救的问题。分析的结果，是

“为照君归程”一句犯了三平调，因此需要修改。这一句颇难修改。思虑半天，查了词典，勉强改为“为照返归程”或“为照所归程”，但都不满意，均太过生硬。

反复诵读原诗，还有不满意的地方。“寄心与朗月”一句，这是现代人爱说的话，但在五言诗中，一般少用虚词，故可改为“愁心寄朗月”，“愁心”改为“素心”“远心”均可。而“为照君归程”亦有这个缺点，可改为“长照君归程”。这样全诗如下：

秋夜怀人

南国炎州地，秋来翠色盈。
寒蝉鸣碧树，白露结霜橙。
中夜未成寐，清琴犹思卿。
愁心寄朗月，长照返归程。

思来想去，觉得最后一句还是有点怪异，于是结合自己的实情，有所感发。改成：

秋夜怀人

南国炎州地，秋来翠色盈。
寒蝉鸣碧树，白露结霜橙。
中夜未成寐，清琴犹思卿。
愁心寄朗月，长照锦官城。

通观全诗，这并非一首好诗，典型地体现了“为文造情”的特色。但是刚开始练习写诗，只能如此一步一步地来，先熟练掌握作诗的方法，再熟练掌握一些常用词语、典故的使用。先做到技术熟练，方可在情绪激动之时较为顺畅地写出诗来。古人写诗也一样要花不少时间酝酿、修改。老杜还说“新诗改罢自长吟”。如果总是要等到有写诗的激情才提笔，平时从来不加以训练，到时空有情感，照样写不出诗来。其实不单古诗如此，现代诗亦如此，都要平时加以训练。

笔者之所以如此不厌其烦地把一首诗的构思过程、修改过程完整呈现出来，是想给初学者一个示例，说明写诗并没有什么神秘感，都是要反复思虑，不停试错、调整，通过合适的工具书去寻找适宜的词语，透过广泛的阅读，更通过自身的生活去寻找材料和思想的火花，最终花费若干的功夫才写得出来。这是大多数普通人的正常进阶之路。确实有天才型的诗人，他们写起诗来可能轻而易举，但那是不可学的。即便是中文系的学生，绝大多数人也没法成为诗人、作家，就算成为持久的写作者也是很难的，但这并不妨碍我们通过适当的训练而写出诗来。体验诗人的创作过程，从而对诗歌有更深的体验与了解，把这种体验与了解带入自身的教育工作中，以一个灵魂唤醒另一个灵魂，这种传承也是非常重要的。优秀传统文化的传承需要每一个普通人的努力，而不只是天才的工作。

笔者在日常教学中感受到，打破诗词创作的神秘感是非常重要的。由于古典诗歌的日常写作确实已经远离了现代人的生活，也由于各种古代诗歌创作传奇故事的流传，如王勃挥笔而就《滕王阁序》、李白斗酒诗百篇等，如果普通人身边缺少学习古典诗歌的资源，从未接触会写作古诗的人，那么对他来说古典诗歌创作多少是带着一层神秘感的。而今日诗坛操觚者因为已经进入一个相对自由的创作阶段，多少忘记了当初进入的艰难，这种无意造成的巨大的信息鸿沟，让诗歌写作的最简单的入门功夫被忽略了。笔者读至博士研究生时才多少接触到古典诗歌创作，拜读沚斋先生的诗作，惊叹无已，原来现代人也可以写出不亚于古代大诗人的诗作啊！而个体之命运与时代之氛围、独立之精神与理想之人格，亦浸染其中而感发人心。古典诗歌精神仍在，古典诗歌在当代亦有传承者。笔者并不擅长创作，好在可用“写作和教人写作是两回事，作家通常都不会教人写作”这个说法安慰自己，在此不揣浅陋，将自己写作的第一首诗分享出来，让人明白，创作古典诗词没有那么艰难：

乙酉初冬，同钟先生东、麻先生爱民、李先生君明、张君红、张君星、聂君文莉、莫君尚葭登白云山观碑林。

遁世亦怀闷，来从同道游。
山随白云尽，江傍楚庭流。
酒肆客常满，碑前人少留。
高冠多刻字，读罢我心愁。

（注：广州古称楚庭）

第五章

近体诗的写作三：七绝、七律

一、七绝的写作

（一）五绝可不学

说绝句即律体的截句，这个说法不准确，不符合诗歌发展的历史。古人作诗，常以四句为一层意思的完结（绝），故单独四句的诗即谓之绝句，在律诗之前就已产生。这种不讲平仄的绝句称古绝。但以格律论，说绝句是截句也是可行的，这种绝句指今体绝句。

绝句以五绝最为简单，我们学习学诗，是否应该从五绝入手呢？今天大多数有所成的诗人会告诉你，这个路径不合适。我们只要回顾诗歌史，就会发现，五绝名作大多在唐宋，唐代尤其多名作，以王维最多最有名，宋以后就很少五绝名作了。为什么呢？

宋人胡应麟说：

> 五言绝尚真切，质多胜文；七言绝尚高华，文多胜质。五言绝昉于两汉，七言绝起自六朝；源流迥别，体制自殊。（《诗薮·内编》卷六）

五绝仅有二十个字，非常短小，只能写一个小的场景，不能写大的场面。如果写得辞藻工丽，就会辞多而意少，显得太纤弱。五绝句短，民间贩夫走卒、妇人、樵夫随意吟咏，自然成句成篇，讲求的是质朴无文。可以说五绝自神理中来，不可假人力为之。而且前代诗人在很多题材上已经写得差不多了，后人要在如此短小的篇幅内再翻空出新极难。而且诗歌的发展，从前期审美的路径走向了审智的路径，以五绝写人之深思熟虑，难乎其难。

我们翻看五绝名作，会发现五绝以古绝为正宗，下语多古拙有致，偏爱采用问答体，或者通首都比兴的手法，婉曲而多讽。如王维《杂诗》："君自故乡来，应知故乡事。来日绮窗前，寒梅著花未。"又如金昌绪《春怨》："打起黄莺儿，莫教枝上啼。啼时惊妾梦，不得到辽西。"又如柳宗元《江雪》："千山鸟飞绝，万径人踪灭。孤舟蓑笠翁，独钓寒江雪。"

因此，我们今天学习写诗，不是说五绝不能写，而是说，五绝可不必专门学习。绝句直接从七绝学起即可。

（二）七绝要点

关于七绝的写作，前人探讨得非常充分，笔者这里直接列出相关要点：

（1）七绝以首句入韵为常。不入韵的，常是对仗句。

（2）起、承、转、合的章法也适用于七绝，但不像律诗那么明显。

（3）七绝章法通常是第一、二句正说，第三、四句转捩，往往第三句最为关键。结尾句要注意让诗意不绝①。

（4）七绝比七律短小一半，要求精练。

（5）七绝多追求通俗流畅，七绝的名作大多如此。

（6）七绝上手容易，但写得好难，它特别能见出一个诗人的才情。

这些要点里面，第三点特别重要，我们看看前人的说法：

> 绝句之法，要婉曲回环，删芜就简，句绝而意不绝，多以第三句为主，而第四句发之。有实接，有虚接，承接之间，开与合相关，反与正相依，顺与逆相应，一呼一吸，宫商自谐。大抵起承二句固难，然不过平直叙起为佳，从容承之为是。至如宛转变化工夫，全在第三句，若于此转变得好，则第四句如顺流之舟矣。（元·杨载《诗法家数》）
>
> 岑参《逢入京使》，此诗只第三句是正面，上二句是未逢前一层，末一句是既逢后一层，谓之双锁。然起句不过言望乡，次句不过因望乡而堕泪。万不料得逢此使，故第三句将题意转出，则第四句传语一事，不得不郑重声明。（民国·刘铁冷《作诗百法》）

这两段话都强调了绝句第三句的重要性，它往往是全诗的转捩处，写作时要下功夫去琢磨。本节第四部分“七绝范例”可参看体会。

（三）七绝模仿实例及评讲

初学写诗，应由模仿入手，再达成变化②。笔者在课程教学中要求学生模仿唐司空曙《江村即事》一诗：

---

① 第三句常见的转捩方式，或以否定词（不、莫、无）、疑问词（假设或设问之辞：何处，何如，谁识，若问，何人，何似）、转捩连词（只、却、惟）等提起。

② 沚斋先生曾撰有《模仿入手，达成变化》一文，亦曾在多次对谈中言及此。

江村即事

［唐］司空曙

钓罢归来不系船，江村月落正堪眠。
纵然一夜风吹去，只在芦花浅水边。

此诗通俗流畅，毫不晦涩，其章法正是标准的起承转合，第三句转折，第四句有言外之意，是一首在章法上很标准的七绝。模仿入手容易，写好则不易。下面是学生的仿作及笔者的评讲。

听　雨

客舍归来月未眠，围炉自饮醉窗边。
犹闻夜雨萧萧下，飘入屋檐作幕帘。

评：眠、边、帘并非同一个韵部。眠、边一先韵，帘十四盐韵。一定要查韵书！

押错韵是不可接受的错误，但初学者有时候凭今天的读音选韵字，就很容易犯错。今人写诗一定要翻韵书，凭感觉通常会出问题。

“客舍”稍突兀，可改“欢宴”“秋宴”“游宴”“饮宴”。最后一句合得不好，太直白，无诗意，只能换掉。最后修改如下：

游宴归来月半弦，围炉自饮醉窗边。
犹闻夜雨萧萧下，长伴幽人浅浅眠。

秋　日

天高云淡晚来风，叶散水寒秋意浓。
一曲渔歌江上起，满船载得月明中。

评：风、浓、中并非同一个韵部，一东二冬韵部字如若不查韵书，极易出错。最后一句可再斟酌。此两韵部字较少，不好修改，勉强修改如下：

天高云淡晚来风，叶散水寒秋意空。
一曲渔歌江上起，满船载得月明中。

秋夜未眠

行罢归来过雨痕，江村渔火暮西沉。
小阁夜半钟声起，梦里竟觉秋已深。

评：阁、觉均入声字，不合平仄。入声字一定要掌握。此诗写得还不错，但作者没掌握入声字，结果就导致了不合律。必须修改过来。修改如下：

行罢归来过雨痕，江村渔火暮西沉。
小楼夜半钟声起，梦里悄然秋已深。

离家即事

宴罢歌歇烛影昏，披星踏月别村门。
明日异乡帏帐里，香衾犹存故园温。

评：诗意顺畅。“村门”改“家门”为好。“歇”入声，此处应用平声。第四句“存”平声，应用仄声。但如此则失粘，若不改，则为折腰体。若要不失粘，则词句的平仄调整颇多。“明日”改为“明朝”，则“异乡”可改为“异地”“异土”“异境”“异国”“异室”等，“帏帐”改为“帏帘”，“香衾”改为“衾枕”，“故园”改为“故土”。最终笔者修改如下：

宴罢曲终烛影昏，披星踏月别家门。
明朝异室帏帘里，衾枕犹存故土温。

华农即事

千穗清芬比竹铭，紫荆倾座斗风铃。
任陵成谷时局易，君自芳名垂汗青。

评：“局”入声，但下句“垂”救，已经注意到拗救，不错。外人看不懂“竹铭”二字，写这样的诗，应加以注解为好（丁颖，字竹铭，华南农业大学第一任校长，中国稻作科学之父，是我国杂交水稻试验的先驱），这样“千穗”就有了着落，否则诗意不明。“倾座”意为“倾动全座”，华农以紫荆闻名，但用在此处不够恰当。第三句转得有些突兀。此诗不好修改，写身边事，亦难得，故存之。

春日即事

一年春事已阑珊，又见东风到牡丹。
花气暗随帘影动，柳丝轻拂马蹄寒。

评：此诗粗读似乎颇为不错，但细思，有硬凑意味。牡丹花开在四、五月。马蹄寒喻何意？与诗意似无关涉。查十四寒韵字，可用字有：残、欢、繁。以改为“欢”为好。修改如下：

一年春事已阑珊，又见东风到牡丹。
花气暗随帘影动，柳丝轻拂马蹄欢。

夜游纵歌

游罢归来不愿眠，湖光树影照星河。
纵然一夜无酣睡，得幸徐行且放歌。

评：第一句末字若用平声，则须入韵。“眠”字不入韵。模仿不必亦步亦趋，可稍加变化。修改如下：

游罢归来又赏荷，湖光树影照星河。
纵然一夜无酣睡，得幸徐行且放歌。

送友人

夜半湖边一两杆，钟鸣停箸客船催。
柳花吹尽终须别，遥问其君何日回。

评：合律。第一联生硬，勉强成诗。第一句“一两杆”不成文，须修改。“其君”二字生硬，用某字代替“其”更好。“其君”，改成“刘君”“陈君”等，用上朋友的姓，更贴切，更显亲近。修改如下：

夜半湖边三四桅，钟鸣停箸客船催。
柳花吹尽终须别，遥问陈君何日回。

江村晚景

江村晚景水云间，落日余晖映晚烟。
渔唱悠悠归棹远，芦花深处有人眠。

评：合律。第三句直接承前两句来，同一意境，虽然不用绝句第三句转的章法，但全诗一体，难得。

画馆即事

为抵流年事画工，轻描细染与真同。
纵然皓腕如霜映，只在雕栏尺幅中。

评：合律。最后两句转得太平淡，与前两句意境不符。此诗意甚好，有修改潜力。故不惜花费心力，次序变动稍多，见笑。

佳人皓腕如霜雪，细染轻描见画功。
为抵流年事艺道，青春长在尺幅中。

这里评选的诗歌在诗意上都已经有不错的水准，但都有一些小缺点，或押错韵，或平仄不完全合律，或者词语有些突兀，这都是初学者常会犯的错误。笔者不揣浅陋，为他们做了修改，在不改动原诗意思的基础上，使之首先合律，次之则在诗意上为之斟酌一二。但不过分修订，因为若修改太多，基本就变成自己写诗了。

举这些实例，是想让初学者看到自己容易犯的错误，同时也表明，只要利用合适的工具书，再花费若干心思，是可以把这些诗修改得完全合格的。诗不惮于修改，有时候就是在反复的修改中找到了更好的表达方式，开拓了诗境，让诗臻于完善。

（四）七绝范例

七绝以唐人名作最多，李白、王昌龄是此中圣手。宋人诗风求变，七绝风格与唐人迥异，也开创出一片新天地。此后写七绝，就有了一个宗唐宗宋的问题。这在诗歌史上是一个颇重要的问题，历来有争议。从创作实绩来看，主唐宋融合的清代大诗人龚自珍所取得的成就极高，其七绝历来为人所赞扬。这里选取其诗数首，多选自其《已亥杂诗》组诗，看看今日若再写七绝，该当以什么样的作品为典范。

漫　感

绝域从军计惘然，东南幽恨满词笺。
一箫一剑平生意，负尽狂名十五年。

己亥杂诗　三三[①]

少慕颜曾管乐非，胸中海岳梦中飞。
近来不信长安隘，城曲深藏此布衣。

（别会稽少白山人潘谘）

译文：潘谘少年时就仰慕颜渊、曾参，贬斥管仲和乐毅。他遍游名山大川，因此胸中藏着大海和山岳，它们在梦中也会飞翔起来。北京的小巷里近来有潘谘这样的人居住，也就不觉得北京狭小了。

---

① 以下数首均选自《己亥杂诗》，仅列序数，不再标明“己亥杂诗”。同时，为方便阅读，在可能会妨碍理解诗意的地方做简单的注释，并以现代语体文翻译，全部录自刘逸生所著《龚自珍己亥杂诗注》。

四四

毫霜掷罢倚天寒，任作淋漓淡墨看。
何敢自矜医国手，药方只贩古时丹。

（己丑殿试，大指祖王荆公上仁宗皇帝书。）

译文：文章写完，把笔丢下，它仿佛倚天而立，发出凛凛寒光。任凭人家拿我的文章当作一般科举文章看待吧。我哪里敢自称是医国能手？我只是转贩用古代药方制成的丹药罢了。

六十

华年心力九分殚，泪渍蟫鱼死不干。
此事千秋无我席，毅然一炬为归安。

（抱功令文二千篇见归安姚先生学塽。先生初奖惜之。忽正色曰："我文着墨不着笔，汝文笔墨兼用。"乃自烧功令文。）

译文：少年时把十分之九的精力花在写作八股文上，因此想把这些文章保留下来。但自己在八股文的写作上是占不上一席位置的，听了姚学塽一句话，我毅然把它们全都烧了。

六二①

古人制字鬼夜泣，后人识字百忧集。
我不畏鬼复不忧，灵文夜补秋灯碧。

（尝恨许叔重见古文少。据商周彝器秘文，说其形义，补《说文》一百四十七字。戊辰四月书成。）

译文：听说古人制作文字的时候，鬼在夜间哭泣。后代的人认识文字，于是各种忧患都招惹回来。我既不怕鬼，也不怕忧患侵袭。我把《说文解字》所不收的古文字给它补上一些，秋灯仿佛变成了绿色。

六五

文侯端冕听高歌，少作精严故不磨。
诗渐凡庸人可想，侧身天地我蹉跎。

（诗编年始嘉庆丙寅，终道光戊戌，勒成二十七卷。）

译文：我好像魏文侯穿上冕服来听歌曲一样（指严肃恭敬），年少时写的诗歌，精密谨严，所以不可磨灭。近年写的诗渐渐变得凡庸了，人的思想感情如何

① 本首为古绝。

也就可想而知。置身天地之间，自叹空费光阴，毫无进步。

九六

少年击剑更吹箫，剑气箫心一例消。
谁分苍凉归棹后，万千哀乐聚今朝。

注：

谁分（fèn）：谁能想到，谁料。

译文：少年时期，我既能舞剑，又能吹箫。如今两者一律都消失了（剑气箫心，指豪情壮志与侠骨柔情）。我带着苍凉的情绪南归故乡之际，心头的各种哀和乐，今朝忽然一齐奔集，这真是料想不到的事。

一百零四

河汾房杜有人疑，名位千秋处士卑。
一事平生无齮龁，但开风气不为师。

（予平生不蓄门弟子。）

注：

河汾：黄河、汾水，指王通，唐开国功臣多出其名下。

处士：普通的读书人。

齮龁（yǐ hé）：牙齿相咬，指毁伤、陷害、倾轧。

译文：有人怀疑唐朝开国功臣房玄龄、杜如晦不是隐居河、汾之间的王通的弟子，因为房、杜两人功业载在史册，声名地位流传千古，而王通地位卑微，只是一个普通的读书人。我有一件事情，从我的生平来说，是没有人能够加以损害的。我只用言论、著作来开启一代风气，绝不招收学生，不当老师。

一七〇

少年哀乐过于人，歌泣无端字字真。
既壮周旋杂痴黠，童心来复梦中身。

译文：我少年时代，不论是悲哀还是快乐，表现都比别人强烈。无端的高歌和哭泣，一字一句都是十分真实的。三十岁以后周旋于官僚群中，少年的锋芒收敛起来，还夹杂些小痴呆和小狡猾，那颗童心，只能在梦中恢复。

纯审美的路数，唐人已基本不留什么路径给后来者。学宋人哲理一类的宋诗，又与古典诗歌典雅纯正的风格相冲突，后人要写好七绝，思想和情感都不可少，但这种思想和情感必须带上时代气息，要站得高，带有历史的厚实感。以这种历史感来抒发情感，方能动人。这就对诗人提出更高的要求，甚至是多少有些矛盾的要求，因为它要求创作者得兼有学人的学识见地和诗人的情感。

因此，学习写七绝，固然要多熟读熟记熟背唐宋的名作，但模仿入手的作品不宜选择唐宋的作品，尤其是唐人的作品，还是以近世人的作品为宜。

二、七律的写作

（一）七律要点

七律是最成熟的一种诗歌体裁，自老杜大量创作之后，即成为后世诗人最喜爱的载体。后世名作名句多出自七律，苏轼、黄庭坚等均以七律最胜。清人赵翼对七律的发展、七律为何最为盛行、诗人为何偏爱七律有一段很到位的论述：

自《古诗十九首》以五言传，《柏梁》以七言传，于是才士专以五七言为诗。然汉、魏以来，尚多散行，不尚对偶。自谢灵运辈始以对属为工，已为律诗开端；沈约辈又分别四声，创为蜂腰、鹤膝诸说，而律体始备。至唐初沈、宋诸人，益讲求声病，于是五七律遂成一定格式，如圆之有规，方之有矩，虽圣贤复起，不能改易矣。盖事之出于人为者，大概日趋于新，精益求精，密益加密，本风会使然，故虽出于人为，其实即天运也。就有唐而论：其始也，尚多习用古诗，不乐束缚于规行矩步中，即用律亦多五言，而七言犹少，七言亦多绝句，而律诗犹少。故《李太白集》七律仅三首，《孟浩然集》七律仅二首，尚不专以此见长也。

自高、岑、王、杜等《早朝》诸作，敲金戛玉，研练精切。杜寄高、岑诗，所谓“遥知对属忙”，可见是时求工律体也。格式既定，更如一朝令甲，莫不就其范围。然犹多写景，而未及于指事言情，引用典故。少陵以穷愁寂寞之身，藉诗遣日，于是七律益尽其变，不惟写景，兼复言情，不惟言情，兼复使典，七律之蹊径，至是益大开。其后刘长卿、李义山、温飞卿诸人，愈工雕琢，尽其才于五十六字中，而七律遂为高下通行之具，如日用饮食之不可离矣。西昆体行，益务数典，然未免伤于僻涩。东坡出，又参以议论，纵横变化，不可捉摸，此又开南宋人法门，然声调风格，则去唐日远也。（《瓯北诗话》卷十二·七言律）

历代七律名作可说数不胜数，各种风格的七律诗人们都做过探索，对于七律的写作，古人的诗话论述甚多。这里择一二以见一斑。

七言律难于五言律，七言下字较粗实，五言下字较细嫩。七言若可截作五言，便不成诗，须字字去不得方是。所以句要藏字，字要藏意，如联珠不断，方妙。(元·杨载《诗法家数》)

七言律不难中二联，难在发端及结句耳。发端，盛唐人无不佳者。结颇有之，然亦无转入他调及收顿不住之病。篇法有起有束，有放有敛，有唤有应，大抵一开则一阖，一扬则一抑，一象则一意，无偏用者。句法有直下者，有倒插者，倒插最难，非老杜不能也。字法有虚有实，有沉有响，虚响易工，沉实难至。五十六字，如魏明帝凌云台材木，铢两悉配，乃可耳。(明·王世贞《艺苑卮言》卷一)

七言律平叙易于径直，雕镂失之佻巧，比五言更难。(沈德潜《唐诗别裁集·凡例》)

总结前人的论述，七律的要点大概如下：

(1) 首联多入韵，可押邻韵。

(2) 立意须阔大，主题须集中。七律形式上严谨，虽然字数最多，但也仅56字，不能写太多内容，须围绕一个中心思想展开，避免内容散乱无章。

(3) 中间两联是对仗，要注意血脉贯通，音韵相应，对偶相称，上下匀称。

(4) 中间两联须有变化。内容上上联写景，则下联宜写人事；一大一小，一开一阖，一扬一抑。句法上也须有变化，四句尽量不要用完全同样的句式。总之，从内容、句法、章法上要创造变化，避免板滞。

(5) 注意虚词的运用。虚词能让句子飞动，情感曲折有变化。虚字运用得好能让全诗生色。

(6) 尾联可合起句作结，也可宕开一笔，另生他意作结，也可以景语作结，要之能使思想显得深刻，产生意不尽的效果为佳，所谓“意在言外”也。

(7) 用典须得体恰当。

(8) 注意炼字炼句炼意。七律中若有一两句精警，即可振起全诗。

关于律体的写作，古人还喜欢按诗歌所写的内容做分类，如元代杨载《诗法家数》为分荣遇、讽谏、登临、征行、咏古、赠别、咏物、哭挽、赓和等体裁，具体论述如何作各类诗。这里摘抄一则以见一斑：

赠别之诗，当写不忍之情，方见襟怀之厚。然亦有数等，如别征戍，则写死别，而勉之努力效忠；送人远游，则写不忍别，而勉之及时早回；送人仕宦，则写喜别，而勉之忧国恤民，或诉己穷居而望其荐拔，如杜公唯待吹嘘送上天之说是也。凡送人多托酒以将意，写一时之景以兴怀，寓相勉之词以致意。第一联叙题意起。第二联合说人事，或叙别，或议论。第三联合说景，或带思慕之情，或说事。第四联合说何时再会，或嘱付，或期望。于中二联，或倒乱前说亦可，但不可重复，须要次第。末句要有规警，意味渊永为佳。（元·杨载《诗法家数》）

分体裁学习七律的写法，有一本书很值得参考，即元代方回选评、今人李庆甲集评校点的《瀛奎律髓汇评》。书中将五、七律分为登览、送别、怀古、闲适、风土、宦情、宴集、老寿、季节（春夏秋冬晨暮）、节序、日常物（茶、酒、梅等）、雪、月、边塞、论诗、伤悼等共47类内容，可以说将古典诗歌的内容包含殆尽，又有元至民国时不少有名诗人的简短评论。如果要写某类内容的诗歌，可以从书中找到作品模仿和参考。

（二）七律范例

将赴荆南寄别李剑州

［唐］杜甫

使君高义驱今古，寥落三年坐剑州。
但见文翁能化俗，焉知李广未封侯。
路经滟滪双蓬鬓，天入沧浪一钓舟。
戎马相逢更何日，春风回首仲宣楼。

注：

使君：指李剑州，当时任剑州刺史，名字不详。

文翁：西汉庐江舒县人。治理蜀中有政绩。

滟滪（yàn yù）：即滟滪堆，在重庆市奉节县东五公里瞿塘峡口，旧时是长江三峡的著名险滩。

沧浪（cāng láng）：水名。

仲宣：汉末文学家王粲字仲宣，曾到荆州投靠刘表避难。

这是一首堪称典范的七律，题材是常见的离别诗。杜甫离蜀东行，将要出三峡到荆州，写诗寄别李姓的剑州刺史。这首诗的章法也是典型的起承转合。前四句写李剑州。起句赞扬李剑州的政绩，可惜却未能高升，三年仍在剑州刺史任上。承句仍就此发议论，但不是直白发表议论，而是巧妙地用典来表达看法，这就做到了婉曲。不熟悉古典诗歌句法的读者初读第三、四句，未必明白他想表达什么意思。清人仇兆鳌《杜诗详注》："能化蜀，承剑州。此引太守事。未封侯，承流落。此用同姓人。"点出了用典的巧妙与贴切。但如果仅这样用典，不算出奇，老杜加以"但见""焉知"两个虚词，就将典故改造了，注入了新义。"但见"云云，是说李剑州当官一心为民，并不为自己的升迁与否而在意。"焉知"云云，李广不得封侯，耿耿不乐，而李剑州则毫不在意。两个典故，一正一反，都紧扣"高义"二字。杜甫七律中很爱用这样类似的句子。如"但觉高歌有鬼神，焉知饿死填沟壑"（《醉时歌》）、"且看欲尽花经眼，莫厌伤多酒入唇"（《曲江二首之一》）。

第五、六句转写老杜自己，想象自己"将赴荆南"的情景。马茂元《唐诗鉴赏辞典》说："'路经滟滪'，见瞿塘风涛之险恶；'天入沧浪'，见江汉烟波之浩渺。这是他赴荆南途中所经之地。在这里，诗人并未诉说其迟暮飘零之感，而是以'一钓舟'和'沧浪'，'双蓬鬓'和'滟滪'相对照，构成鲜明的形象，展示出一幅扁舟出峡图。"这段评述把这两句诗的奥妙说得很好。这种构图方式，很像今天影视剧中航拍的镜头，描画一个人投身于广大宇宙的山水之中，苍茫之感扑面而来。两句是诗中的警句。清人仇兆鳌《杜诗详注》："王、李七子，全学此等句法。"清人方东树《昭昧詹言》："五、六造语奇警，则义山，放翁且难之。"施补华《岘佣说诗》："'路经滟滪双蓬鬓，天入沧浪一钓舟'，李义山'永忆江湖归白发，欲回天地入扁舟'全学此种。"可见这种句法对后世诗人的影响。

最后两句结得有意味。又转回到和李剑州惜别之意。在这战乱的年代里，何时才能相逢呢？而我在荆南，也像王仲宣一样，是寄身他人，回望剑州，自是百感交集。

七言比五言每句多了两个字，才能够用到四间四联那种复沓回环的句法。为让读者感受到七律和五律的区别，笔者试着每句去掉两字，看诗作变成什么样：

君义驱今古，三年坐剑州。
文翁能化俗，李广未封侯。
滟滪双蓬鬓，沧浪一钓舟。
戎马相逢日，回首仲宣楼。

去掉两个字，有些句子就半通不通了，为什么会这样呢？因为整首诗有诗人的议论、评述在里面，去掉两个字，就没法把这层意思表达出来了。可见，七律更讲筋骨思理，能够容纳诗人的更多主观感受。这点我们从五律以王孟诗派为正宗、七律以杜诗为最高典范也可感受得到。本书之所以不讲五律写法，除课程学时所限外，也和这层道理有些关系。今天学习创作七律更合适。

七律的名作太多，风格多样，要举范例的话，很难一一列举。老杜既是开创者，也是集大成者。我们这里仅举他七律一首，其他各个诗人的诗作要靠读者自行阅读感受。模仿写作时，可选自己最喜欢的诗人或诗作来入手。

（三）学生习作评讲

初学者写七律，难度是比较高的，能够写出大体合格的七律已是不易。因此不再像七绝要求固定的仿作，笔者要求学生不限题材，不限韵部，模仿亦可，自创亦可，能够写出完全合律的七律即可。下面是学生的一些习作，笔者加以简短的评讲。

观　海

日升月落倚栏干，云坠天边雾锁山。
东去竹听风浩荡，西来鱼感水清寒。
莫思天地无穷苦，且醉人间有限欢。
海上笛声消散处，迢迢春水隐白帆。

评：“山”属十五删，“帆”属十五咸，“寒”“欢”属十四寒，四字韵部不同，不能凭现代语音来押韵！除非标明“用新韵”。但本课程要求以平水韵写诗。由于第三联较妙，建议以此句为根基，用十四寒韵来修订此诗。“东去”“西来”对得有些突兀，不必硬对。“竹听”“鱼感”不成词，断作“听风浩荡”“感水清寒”则前面不成句。第二联可改为“倚竹且听风浩荡，戏鱼忽感水清寒”。第三联仿杜甫“莫思身外无穷事，且尽生前有限杯”，由模仿入手，是个好办法。

笔者最终为之修改如下：

日升月落倚栏干，云坠天边雾锁滩。
倚竹且听风浩荡，戏鱼忽感水清寒。
莫思天地无穷苦，且醉人间有限欢。
海上笛声消散处，迢迢春水隐桅杆。

农　事

初秋硕果挂枝头，勤勉人家不再愁。
养足精神展后院，积成财富盖高楼。
丁男有志信心壮，惠女无忧情意浓。
都说轮流风水转，功名岂用向天求。

评：“浓”出韵，可改为“悠”或“柔”。“惠女”这个词有生造之嫌，既然全诗用语通俗，直接对以“妇女”即可，用“儿女”“农女”“邻女”亦可。全诗平实，虽然通俗，但合律，诗意集中。初写诗，能完全合律也算可以，但一定要学会使用典雅的诗歌用语，否则就不能进入诗道之门。切记！切记！①

笔者最终为之简单修改如下：

初秋硕果挂枝头，勤勉人家不再愁。
养足精神展后院，积成财富盖高楼。
丁男有志信心壮，妇女无忧情意柔。
都说轮流风水转，功名岂用向天求。

书　愤

自古乖人众不周，舍园日夜两奔游。
灯销月影天桥黯，瓦蔽流光书馆愁。
有信恐闻同学贱，无才愧谒老师楼。
谁知发愤添思食，且自加餐以忘忧。

评：第三联妙，有韵味，是七律句法。乖人，即离人，背离众人。“谁知”一句转得不够好，可再斟酌。

① 笔者不愿对学生过于苛求，但在此不得不重点提及，用日常大白话固然能写出合律的诗歌，但此是野狐禅，非古典诗歌正途，一定要有意识地抛弃这种做法。先多读多背，涵泳久了，自然下语合乎正道。

题五山大学

搦管长天终不解，书香早忘柳荫前。
遗贤倚翠学三变，动怒焚章有老泉。
此处蒸蒸惟绩点，他时甸甸尽堪怜。
何需蝜蝂将身累，会且乘桴任自然。

（华农有“五山大学”之戏称）

评：已能熟练使用典故，不错。《玉台新咏·古诗为焦仲卿妻作》：“府吏马在前，新妇车在后；隐隐何甸甸，俱会大道口。”“甸甸”乃车马声。今有“沉甸甸”，指物体重而下垂的样子。此处“甸甸”用得不妥，建议改为“寂寂”或“草草”。“绩点”“堪怜”对得不工整，建议根据全诗意思再找合适的词语。“老泉”之典与全诗意思似乎不契合。

忆壬寅岁末楚国旧游

昔辞故国远游东，踏雪西飞来去鸿。
未解高唐神女赋，惟余云雨楚王宫。
斜行寄纸江流外，沧海扬尘梦寐中。
欲借虞弦歌郢曲，南薰应与此风同。

评：合律，能用典。已是合格的律诗。但全诗意思太散，只是以各种意思凑在一起。特别是第三联，不知与全诗有何关涉。建议只写一个主题即可。

闲　坐

老来无事不关心，独坐南窗日正阴。
万里风尘双鬓短，百年身世一灯深。
山中有客传新句，海上何人识旧琴。
欲问故交今在否，白云流水自相寻。

评：王维《酬张少府》“晚年惟好静，万事不关心”，元好问《浣溪沙·宿孟津官舍》“万古风云双短鬓，百年身世几长亭”，苏轼《赠王子直秀才》“海上何人识故侯”，“独坐南窗”“万里风尘”“百年身世”“白云流水”等，均是古人诗中常见语。用古人诗句而能加以变化，集成为诗，亦为难得。全诗流畅而有余味，唯不似少年人诗。

春夜听雨有怀

潇潇暮雨伤流景，寂寂梨花落玉庭。
旧梦三更怅离索，残灯一盏照孤亭。
无心落笔将花瘗，有意携琴对雨听。
却叹春来三月半，青山落寞已伶仃。

评：“旧梦”一句有拗救。全诗合律。第二、三联对得工整。抒发伤春落寞之感，虽无具体所指，但“将花瘗”云云，隐约可感。

哀明皇

本自人间第一流，偏怜国色纵情游。
烽烟骤起惊残梦，玉钿空埋寄远愁。
泪雨霖铃新曲怨，梧桐更漏故宫秋。
若无日后马嵬事，不信耽欢误九州。

评：合律。对仗工整。咏古诗，初学不容易写好。最后两句议论有今人观点，但缺乏历史感。可以多读史学书，当可以写得更好。

成都幽趣

成都风物最堪夸，池上莲花映日华。
茗饮蔗浆消暑气，倚江楠树绿交加。
百忧抛却随云去，蜀酒盈杯待月斜。
莫道沉疴难自愈，茅庵垄亩有仙槎。

评：合律。对仗不够工整。“百忧”可改为“繁忧”。第七句“沉疴”用语稍突兀。结两句不够有味，可再斟酌。

月夜抒怀

花荫院落寂寥天，昨夜星辰到眼前。
入梦梨云非往事，萦愁梅雨自轻烟。
长亭聚散三年过，人世浮沉一枕眠。
唯有多情南海月，依稀流照晋江边。

自注：

昨夜星辰：化用李商隐《无题》句：“昨夜星辰昨夜风”。

梨云：即梨花云。唐代诗人王建曾梦见梨花如云，醒后赋诗曰：“薄薄落落雾不分，梦中唤作梨花云。”这里指梦中的事物。

晋江：泉州市第一大江。“晋江边”指泉州。

评：合律。对仗工整。诗意很好。初学有此水准，难得。

归　途

野塘春水涨桃花，十里烟云带晚霞。
山色满堤迷去路，溪声绕舍隔人家。
风生古寺钟初动，日落荒村树半遮。
回首故园芳草绿，几时归兴入天涯。

评：合律。对仗工整。是好诗。初学有此水准，难得。

月夜挥毫

砚池微润侧锋柔，墨色淋漓兴未收。
松雪细研寻道趣，元常深悟味清遒。
云烟落纸风生雨，雁字回书影渐幽。
意在笔先心自远，高悬明月照孤舟。

自注：元代书画家赵孟頫号松雪道人。三国魏书法家钟繇字元常。

评：合律。对仗工整。好诗。初学有此水准，难得。

三、初学写诗注意事项

通过前面学生七绝、七律作品与修订，我们展示了初学者易犯的错误。古人对于初学写诗有许多经验之谈，笔者摘录一些明白易懂的，有的会解释一二。

> 方回言，学诗于前辈，得八句法：平澹不流于浅俗；奇古不邻于怪僻；题咏不窘于物象；叙事不病于声律；比兴深者通物理；用事工者如己出；格见于成篇，浑然不可镌；气出于言外，浩然不可屈。尽心于诗，守此勿失。（魏庆之《诗人玉屑》卷五）①

这八句法把学诗在总体风格上的把握说得明白晓畅。尤其前两句，初学者最易犯。

① 以下数则俱见于《诗人玉屑》卷五，不再出注。

初学作诗，宁失之野，不可失之靡丽；失之野，不害气质；失之靡丽，不可复整顿。（《吕氏童蒙训》）

宁拙无巧，宁朴无华，宁粗无弱，宁僻无俗：诗文皆然。（《后山诗话》）

按我们今天的话来说，即内容重于形式，表达情意最为重要，不可为形式而牺牲内容。格律诗为了形式的严谨，最易犯这个毛病。创作实践中有这样的时候，得到了一句很妙的诗句，却不合律，虽不停调整修改，仍难舍弃此句。如此，不如保留，宁可写成古诗以存其句，不可为律而放弃意。

学诗须是熟看古人诗，求其用心处。盖一语一句不苟作也。如此看了，须是自家下笔要追及之。不问追及与不及，但只是当如此学，久之自有个道理。若今人不学不看古人做诗样子，便要与古人齐肩，恐无此道理。陈无已云："学诗如学仙，时至骨自换。"此语得之。（《漫斋语录》）

这里强调了多读和模仿的重要性。写诗由模仿入手，模仿久了，自然有所变化，注入自家性情，就成了自家诗。

学老杜诗，所谓刻鹄不成尚类鹜也；学晚唐诸人诗，所谓作法于凉，其弊犹贪，作法于贪，弊将若何！（《黄鲁直与赵伯充书》）

学诗当以子美为师，有规矩，故可学。退之于诗本无解处，以才高而好耳。渊明不为诗，写其胸中之妙耳。学杜无成，不失为功，无韩之才与陶之妙，而学其诗，终乐天耳。（《后山诗话》）

近时学诗者率宗江西，然殊不知江西本亦学少陵者也。故陈无已曰：豫章之学博矣，而得法于少陵，故其诗近之；今少陵之诗，后生少年不复过目，抑亦失江西之意乎！江西平日语学者为诗旨趣，亦独宗少陵一人而已。余为是说，盖欲学诗者，师少陵而友江西，则两得之矣。（《渔隐》）

古人学诗，都特别强调学老杜的重要性。直至今日，写近体诗，向老杜学习仍然是不二法门。

学　古

大概学诗，须以三百篇、楚辞及汉、魏间人诗为主，方见古人好处。自无齐梁间绮靡气象也。(《吕氏童蒙训》)

东坡教人作诗曰：熟读毛诗国风、离骚，曲折尽在是矣。仆尝以此语太高，后年齿益长，乃知东坡之善诱人也。(《许彦周诗话》)

学古诗，则学《诗经》《楚辞》及汉魏诗。

第六章

词的格律

词是“诗余”，它在律诗的基础上形成，又与音乐密切相关，其格律亦与近体诗相类似。只要掌握了近体诗的格律，那么词的格律就不难了。

一、词的用韵

词韵实际上是诗韵的合并、调整，是后人根据前人的词作归纳整理出来的。今天我们填词，普遍用清嘉庆年间戈载编的《词林正韵》。近代词人、学者龙榆生先生著有《唐宋词格律》一书，其中收有张珍怀辑的《词韵简编》，该“简编”在《词林正韵》基础上将常用字择出来，更为方便使用。

对比诗韵表和词韵表，可以看到，词韵比诗韵宽，诗韵的106部，合并而为19部。19部中前14部有平声、仄（上去）声，后面5部则都是入声。如第一部平声为“一东二冬通用”，仄声为“上声一董二肿去声一送二宋通用”，第十八部入声为“五物六月七曷八黠九屑十六叶通用”。我们试看平声韵的合并：

1. 东、冬；
2. 江、阳；
3. 支、微、齐、灰（半）；
4. 鱼、虞；
5. 佳（半）、灰（半）；
6. 真、文、元（半）；
7. 元（半）、寒、删、先；
8. 萧、肴、豪；
9. 歌；
10. 佳（半）、麻；
11. 庚、青、蒸；
12. 尤；
13. 侵；
14. 覃、盐、咸。

可以看到，词韵就是将音相近的诗韵的字归并到一个部中。有一些韵部字分为两半，归入不同的部。因此韵目字后加括号以说明，如佳（半），即佳部字有部分字归入此部。词韵之所以排列为平、仄（上去）、入三个部分，是因为词的用韵的规则：

规则一：词韵同部的字，平声通押，上、去通押，入声独用。少数词牌同部的平声又可和上声、去声通押而构成“叶韵”。

我们看一些例子，即可明了。

（一）平韵格

浪淘沙[①]

［五代］李煜

帘外雨潺潺。春意阑珊。罗衾不耐五更寒。梦里不知身是客，一晌贪欢。

独自莫凭栏。无限江山。别时容易见时难。流水落花春去也，天上人间。

《浪淘沙》的韵脚字分属两个诗韵部，珊、寒、欢、栏、难属诗韵上平声十四寒，潺、山、间属诗韵上平声十五删，它们和上平声十三元（半）、下平声一先合并为《词林正韵》第七部。此词是平声独用。

（二）仄韵格（上、去通押）

踏莎行

［宋］欧阳修

候馆梅残，溪桥柳细。草薰风暖摇征辔。离愁渐远渐无穷，迢迢不断如春水。

寸寸柔肠，盈盈粉泪。楼高莫近危栏倚。平芜尽处是春山，行人更在春山外。

《踏莎行》的韵脚字细属诗韵去声八霁，辔、泪属诗韵去声四寘，水、倚属诗韵上声四纸，外属诗韵去声九泰。它们都在《词林正韵》第三部的仄声，这一部的仄声乃是将诗韵上声四纸五尾八荠十贿［半］去声四寘五未八霁九泰［半］十一队［半］归并。此词是上、去通押。

---

① 本书词作的标点不用问号，只用逗号、顿号、句号；也不按句子意思点断，凡句号处乃词之韵脚字。这样做是为了方便初学者看清词作的格律。韵脚字下方平声用◎、仄声用△标示。

（三）仄韵格（入声独用）

雨霖铃

［宋］柳永

寒蝉凄切。对长亭晚，骤雨初歇。都门帐饮无绪，留恋处、兰舟催发。执手相看泪眼，竟无语凝噎。念去去、千里烟波，暮霭沉沉楚天阔。

多情自古伤离别。更那堪、冷落清秋节。今宵酒醒何处，杨柳岸、晓风残月。此去经年，应是良辰好景虚设。便纵有千种风情，更与何人说。

《雨霖铃》韵脚字切、噎、别、节、设、说属诗韵入声九屑，歇、发、月属诗韵入声六月，阔属诗韵入声七曷，它们都属于《词林正韵》第十八部，本部字由诗韵的入声部五物六月七曷八黠九屑十六叶归并。此词是入声独用。

（四）平仄韵通叶格

西江月

［宋］辛弃疾

明月别枝惊鹊，清风半夜鸣蝉。稻花香里说丰年。听取蛙声一片。

七八个星天外，两三点雨山前。旧时茅店社林边。路转溪桥忽见。

此词韵脚字蝉、年、前、边属诗韵下平声一先，片、见属诗韵去声十七霰，均属于《词林正韵》第七部。此词是平仄韵通叶格，即平、上、去通押。

以上词作中，《浪淘沙》的韵脚字，我们按现代汉语的读音来念，还是可以感到它们是押韵的。可是《踏莎行》的韵脚字，按现代读音，细、水、外无论如何都不像是同一个韵部的。《雨霖铃》的发、阔、设、别、月也完全不像是一个韵部的。因此，如同前面讲诗韵时我们强调过的，千万不能根据现代读音来判断押韵与否，一定要翻查韵书，否则一定会犯错。

以上几首词，韵脚字都属同一韵部，但也可以不属同一韵部（转韵）。

规则二：词的用韵，或平或仄，依据词谱而定。以一韵到底居多，也有转韵的。

（五）平仄韵转换格

菩萨蛮

［唐］李白

平林漠漠烟如织。寒山一带伤心碧。暝色入高楼。有人楼上愁。

玉阶空伫立。宿鸟归飞急。何处是归程。长亭更短亭。

织、碧、立、急，词韵第十七部入声①。楼、愁，词韵第十二部平声。程、亭，词韵第十一部平声。

（六）平仄韵错叶格

相见欢

［五代］李煜

无言独上西楼。月如钩。寂寞梧桐深院锁清秋。

剪不断。理还乱。是离愁。别是一般滋味在心头。

楼、钩、秋、愁、头，词韵第十二部平声。断、乱，词韵第七部仄声。

定风波

［宋］苏轼

莫听穿林打叶声。何妨吟啸且徐行。竹杖芒鞋轻胜马。谁怕。一蓑烟雨任平生。

料峭春风吹酒醒。微冷。山头斜照却相迎。回首向来萧瑟处。归去。也无风雨也无晴。

声、行、生、迎、晴第十一部平声，马、怕第十部去声，醒、冷第十一部上

① 为简化计，以下凡《词林正韵》都径称词韵，或直接将“词韵”二字省掉，直接说明字属第几部，不再标注。

声，处、去四部去声。

这个词牌的韵就比较复杂了，转了四次韵。

戈载《词林正韵》的十九部大约只能适合宋词的多数情况。由于词最初是根据音乐曲调往里填的，词人往往用时音，甚至用方音，因此词的用韵并不严格。其实在某些词人的笔下，第六部早已与第十一部、第十三部，第七部早已与第十四部相通。

戈载也说：词的押韵最严的是依照诗韵，最宽的甚至不依照一般的词韵。这一则因为各家用韵有宽有严，二则因为方音所囿。

总的来说，与律诗相比，词的押韵非常自由，可平可仄，平仄可通叶，也可换韵。而律诗只能押平声韵，不能换韵。

据王力先生的总结，关于词韵还有一些知识点，但对创作来说并不重要，简单罗列如下：

（1）唐宋无词韵书，词人但以时音填词，起初多用诗韵，后来音近也通押，还有用方音押的。今天所说的词韵是清人据宋词归纳出来的。唐宋词以此 19 部押韵为正例，也有不合而隔部通押的。

（2）唐诗中已有上、去能押，至词更如此。甚至有同一部平仄通押。词中的平仄互叶是规定了何处用平，何处用仄（如西江月）。

（3）有的词牌平仄韵都有，可认为是两个词牌。唐时词承律诗而来，平韵词牌多，宋以后仄韵词牌多，总体而言仄韵词牌多。

（4）转韵的词牌多是平仄互转，即 abcd 转下去（如菩萨蛮），但也有 abab，abba，abbaacca 等各类少见的转韵方式。

（5）一般来说，唐五代词牌韵密，宋词牌韵疏。

二、词的平仄

规则三：词的平仄依据词谱而定。五言、七言句大体与律诗相同。

我们先来看看词谱：

定风波

［五代］欧阳炯

双调六十二字，前段五句三平韵、两仄韵，后段六句四仄韵、两平韵。

暖日闲窗映碧**纱**。小池春水浸明**霞**。
中仄平平中仄平。中平中仄仄平平。
数树海棠红欲**尽**。争**忍**。玉闺深掩过年**华**。
中仄中平平中仄。中仄。中平中仄仄平平。

独凭绣床方寸**乱**。肠**断**。泪珠穿破脸边**花**。
中仄中平平仄仄。中仄。中平中仄仄平平。
邻舍女郎相借**问**。音**信**。教人羞道未还**家**。
中仄中平平仄仄。中仄。中平中仄仄平平。

此调以此词为正体，前后段以平韵为主。前段第三、四句，后段第一、二句，第四、五句又间入仄韵，宋词俱如此填。若苏词之不押仄韵，孙词之添字，蔡词、京词之摊破句法，曹词、李词、陈词之减字，皆变体也。按欧阳修词前段第三、四句“春睡觉来情绪恶，寂寞”，“寂”字仄声，谱内据之，其余可平可仄，悉参所采诸词。至阎选词，换头句“扁舟短棹归兰浦”，“舟”字平声，“棹”字仄声，“兰”字平声。李珣词后段第四句“更饮一杯红霞酒”，“霞”字平声。宋元词无如此者，但附注以备参考。

这是《钦定词谱》所列，但表示平仄的符号有所不同，笔者这里为方便排版计，将之变为汉字的平仄，凡可平可仄的地方则以“中”来标示，凡押韵的地方则加粗表示。其他形式的词谱，各有不同的标示，原理相类似，只是符号有不同，只要看看示例，即可明了。

词谱是后人根据前人的作品而推定出来的，今天我们一般用清人编的《钦定词谱》，它收有两千多个调，最为齐全。龙榆生先生编有《唐宋词格律》一书，只收最常见的词调，较为方便①。

词是长短调，其句式要比诗歌丰富，从一字句到九字句都有。

一字句：

天，休使圆蟾照客眠。（蔡伸《苍梧谣》）

一怀愁绪，几年离索。错。错。错。（陆游《钗头凤》）

① 为方便计，笔者更建议学生使用智能手机中的“搜韵”“诗词吾爱”两个APP来查询词谱，两个APP均将《钦定词谱》收录进来，它们有一个超越书籍的优点，即韵脚字若属不同韵部，则用不同颜色的字体标示，方便查看。

二字句：

如梦。如梦。残月落花烟重。（李存勖《忆仙姿》）

河汉。河汉。晓挂秋城漫漫。（韦应物《调笑令》）

三字句：

人不寐。将军白发征夫泪。（范仲淹《渔家傲》）

风不定。人初静。明日落红应满径。（张先《天仙子》）

四字句：

酒入愁肠，化作相思泪。（范仲淹《苏幕遮》）

山抹微云，天黏衰草。（秦观《满庭芳》）

六字句：

休说鲈鱼堪脍。（辛弃疾《水龙吟·登建康赏心亭》）

八字句：

应是良辰好景虚设。（柳永《雨霖铃》）

尽是旧时手种红药。（周邦彦《解连环》）

九字句：

无奈朝来寒雨晚来风。（李煜《相见欢》）

我亦多情无奈酒阑时。（叶梦得《虞美人·雨后同干誉才卿置酒来禽花下作》）

词从诗中而出，五字句和七字句最为常见。其平仄往往与诗之平仄相同，也是“一三五不论，二四六分明”。因为词谱已经规定了每个字的平仄，也就没有什么三平调、犯孤平、拗救、对粘之类的规则可言了。

词律常常比诗律更严。比如词中的一字豆都是仄声：

渐/霜风凄紧。……**叹**/年来踪迹。（柳永《八声甘州》）

爱/贴地争飞，竞夸轻俊。（史达祖《双双燕》）

正/愁横断坞，梦绕溪桥。（史达祖《换巢鸾凤》）

尚有一些关于词的平仄的知识，对初学者来说不重要，了解即可，简单罗列如下：

（1）一般来说，慢词比小令的平仄更严。

（2）一字豆都是仄声。或用副词，或用动词，如：但、正、渐、便、方、漫、又、甚、且、奈、尚、尽、怕、爱、想、恨、怪、看、听、忍、笑、记、愿、待、问、叹。

（3）词不但讲平仄，平仄中有时还讲究四声分别。如《永遇乐》“尚能饭否”，“饭”必去，“否”必上。

（4）去声于词中特别重要。三声之中，上声舒徐和软，有时可作平声，入声有时也可以作平声；但去声激厉劲远，其声高，不可作平声。名词转折跌宕处多用去声。

三、词的对仗

规则四：词的对仗，依据词谱而定，有必须用的，有可用可不用的，平仄不拘，较律诗自由。

比如说《忆江南》要求第三、四句必须对仗。

忆江南

［唐］白居易

江南好，风景旧曾谙。**日出江花红胜火，春来江水绿如蓝。**能不忆江南。

江南忆，最忆是杭州。**山寺月中寻桂子，郡亭枕上看潮头。**何日更重游。

江南忆，其次忆吴宫。**吴酒一杯春竹叶，吴娃双舞醉芙蓉。**早晚复相逢。

有的词谱并未要求对仗，但作词者受格律诗影响，词中也爱用对仗，用得多了，就相对固定。后人填此词时，便萧规曹随，约定俗成，似乎成为定规，如《鹧鸪天》上阕第三、四句：

鹧鸪天

［宋］晏几道

彩袖殷勤捧玉钟。当年拚却醉颜红。**舞低杨柳楼心月，歌尽桃花扇影风。**

从别后，忆相逢。几回魂梦与君同。今宵剩把银釭照，犹恐相逢是梦中。

其下阕过片三言两句亦多作对偶：

鹧鸪天·有客慨然谈功名，因追忆少年时事，戏作

［宋］辛弃疾

壮岁旌旗拥万夫。锦襜突骑渡江初。燕兵夜娖银胡䩮，汉箭朝飞金仆姑。

追往事，叹今吾。春风不染白髭须。却将万字平戎策，换得东家种树书。

词的对仗因为是依据词谱固定的平仄而来的，因此不像律诗，其平仄不拘，不要求平仄相对，还可以同字相对。如：

一剪梅

［宋］李清照

红藕香残玉簟秋。轻解罗裳，独上兰舟。云中谁寄锦书来，雁字回时，月满西楼。

花自飘零水自流。一种相思，两处闲愁。此情无计可消除，**才下眉头。却上心头。**

“才下眉头，却上心头”平仄均为“仄仄平平”，平仄不相对；又“下”字相对，不避重复。

有一类带一字豆的对仗有点特殊，不能因为前后字数不一样就认为不是对仗：

正／愁横断坞，梦绕溪桥。（史达祖《换巢鸾凤》）

对／风鹊残枝，露蛩荒井。（史达祖《齐天乐》）

词的对仗也和律诗一样，古人有各种细致的分类，如工对、宽对、扇面对、流水对、鼎足对、韵脚对等，懂或不懂对鉴赏及创作影响不大，不赘述。

第七章

词的写作一：总论、词的用字、句法和结构章法

一、总论

网上有一篇《填词十法》，不知是何人所作，流行极广。其论填词之法，极有见地，把前人论填词的种种说法综合到一起，以晓畅的半白半文的文字道来，很适合初学者参考。笔者将其总论部分直接抄录如下：

> **词以空灵为主，而不入以粗豪；以婉约为宗，而不流于柔曼。**音旨绵邈，音节和谐，乐府之正轨也。不善学之则循其声调，袭其皮毛。笔不能转，则意浅，浅则薄；句不能炼，则意卑，卑则靡。
>
> **填词之难，难于上不似诗，下不类曲。**立于二者之中，致空疏者填词，无意肖曲而不觉仿佛乎曲。有学问人填词，尽力避诗而究竟不离于诗。一则迫于舍此实无，一则苦于习久难变。欲去此二弊，当于浅深高下之间悉心研究也。
>
> 故作者每得一调，必先视其字数多寡，以定局势之广狭，再审其音节之抑扬高下，以定字面之虚实轻重。腔之顿挫处，即词之顿挫处；腔之转折处，即词之转折处。**古人填词往往前半阕写景，后半阕写情；或先写情而后写景，或景中带情，或情中杂景；**或单调不尽而双调，而三叠四叠者，类如叠嶂奇峰，层层入胜，绝非叠床架屋，处处增厌也。总之，填词之法，先当审题择调，次则命意布局。务于起结之处，首尾衔接；过变之处，血脉贯通；无论几许波折，自能一气卷舒也。

笔者对其中重要的论述加粗标示。这里强调以下几个要点。

一提词的风格，世人总惯以“婉约”“豪放”相对而论，确实，这样简单的分类能让人较快、较简单地把握词作的大体区分，但若没有对词的历史有足够的了解，没有阅读过大量的词作，这种简单的二分法就会让人的认识粗鄙化，对词缺乏正确的理解。“词以婉约为正宗”，李清照这句话放诸词史，绝对是不刊之论。只要读过足够多的词作，就会明白，纯豪放的词作只是对极小一部分词作而言，豪放派也是极少的词人，大名鼎鼎的豪放词人苏轼、辛弃疾，其词作总体仍是婉约多过豪放，而其最好的豪放词更是以温婉道豪放，豪放中有婉约。何况诸多词作简单以“豪放”“婉约”概括是非常不恰当的。上述网文说“词以空灵为主，而不入以粗豪；以婉约为宗，而不流于柔曼”，是深得词之风格意旨的。

同时，词不似诗之严肃，又不似曲之通俗；词之精妙就存在二者之间。如果读过相当多的词作就可体会这一点。大多数人对“词不似曲之通俗”无感，因为大多数人读的曲很少。“词不类诗”最是要紧，大多数人都熟悉诗，词作与诗作之间微妙的区别最需要去深刻体会，否则填词最易类诗。

王国维说：“词之为体，要眇宜修，能言诗之所不能言，而不能尽言诗之所能言，诗之境阔，词之言长。”（《人间词话》）清人孙麟趾说：“牛鬼蛇神，诗中不忌，词则大忌。运用典故须活泼。”（《词径》）这样的话语很多，都是强调诗词风格的不同。王国维话中的“能言诗之所不能言，而不能尽言诗之所能言”需要深刻体会。比如诗不能直接写男女情爱的内容，词作则可以；“诗言志”，词初期是不言志的，但发展到后来，词也可言志，但它言志的方式和诗有区别；又如词里面用典相对诗较少。诗词二者的区别，一定要通过大量阅读词作去体会和感受。

缪钺先生曾归纳了词不同于诗的四个特征，文较长，笔者简录其要点如下：

> 一曰其文小。诗词贵用比兴，以具体之法表现情思，故不得不铸景于天地山川，借资于鸟兽草木，而词中所用，尤必取其轻灵细巧者。是以言天象，则“微雨”“断云”，“疏星”“淡月”；言地理，则“远峰”“曲岸”；……
>
> 二曰其质轻。陈子龙论词曰：“其为体也纤弱，明珠翠羽，犹嫌其重，何况龙鸾。”盖其文小，则其质轻，亦自然之势也。诗词非实物，固不能以权衡称量，然吟讽玩味之，其质之轻重，较然有别。且所谓质轻者，非谓其意浮浅也，极沉挚之思，表达于词，亦出之以轻灵，盖其体然也。……故凝重有力，则词不如诗，而摇曳生姿，则诗不如词。词中句调有修短之变化，亦有助于此。
>
> 三曰其径狭。文能说理叙事，言情写景；诗则言情写景多，有时仍可说理叙事；至于词，则惟能言情写景，而说理叙事绝非所宜。此虽因词律所限，然与词体之特性亦有关系。……盖词为中国文学体裁中之最精美者，幽约怨悱之思，非此不能达，然亦有许多材料及辞句不宜入词。其体精，故其径狭，王国维所谓词能言诗之所不能言而不能尽言诗之所能言也。
>
> 四曰其境隐。……若论“寄兴深微”，在中国文学体制中，殆以词为极则。诗虽贵比兴，多寄托，然其意绪犹可寻绎，……若夫词人，率皆灵心善感，酒边花下，一往情深，其感触于中者，往往凄迷怅惘，哀乐交融，于是借此要眇宜修之体，发其幽约难言之思，临渊窥鱼，若隐若现，泛海望山，

时远时近，作者既非专为一人一事而发，读者又安能凿实以求，亦惟有就己见之所能及者，高下深浅，各有领会。……故词境如雾中之山，月下之花，其妙处正在迷离隐约，必求明显，反伤浅露，非词体之所宜也。（缪钺《诗词散论·论词》）

二、词的用字、句法和结构章法

（一）词的用字

词因为“要眇宜修”的体裁特点，用字与诗的用字相比，有自己的特色。缪钺先生归结为“其文小”，即词的用字趋于用轻灵细巧的词汇，这一特点主要体现在名词及形容词上，详见下：

一曰其文小。诗词贵用比兴，以具体之法表现情思，故不得不铸景于天地山川，借资于鸟兽草木，而词中所用，尤必取其轻灵细巧者。是以言天象，则“微雨”“断云”，“疏星”“淡月”；言地理，则“远峰”“曲岸”，“烟渚”“渔汀”；言鸟兽，则“海燕”“流莺”，“凉蝉”“新雁”；言草木，则“残红”“飞絮”，“芳草”“垂杨”；言居室，则“藻井”“画堂”，“绮疏”“雕槛”；言器物，则“银釭”“金鸭”，“凤屏”“玉钟”；言衣饰，则“彩袖”“罗衣”，“瑶簪”“翠钿”；言情绪，则“闲愁”“芳思”，“俊赏”“幽怀”。即形况之辞，亦取精美细巧者。譬如亭榭，恒物也，而曰“风亭月榭”（柳永词），则有一种清美之境界矣；花柳，恒物也，而曰“柳昏花暝”（史达祖词），则有一种幽约之景象矣。此种铸辞炼句之法，非但在文中不宜，即在诗中多用之，犹嫌纤巧，而在词中则为出色当行，体各有所宜也。因此，词中言悲壮雄伟之情，亦取资于微物。姜夔过扬州，感金主亮南侵之祸，作《扬州慢》词曰：“自胡马窥江去后，废池乔木，犹厌言兵。”又曰：“二十四桥仍在，波心荡，冷月无声。”“废池乔木”“波心”“冷月”，均微物也。姜夔痛南宋国势之日衰，曰：“最可惜一片江山，总付与啼鴂。”（《八归》）“啼鴂”亦微物也。辛弃疾之作，最为豪放，其《摸鱼儿》词，痛伤国事，自慨身世，而其结句云：“休去倚危栏，斜阳正在，烟柳断肠处。”仍托意于“危栏”“烟柳”等微物。以发其激宕怨愤之情，盖不如此则与词体不合矣。今更举一例：

漠漠轻寒上小楼，晓阴无赖似穷秋。淡烟流水画屏幽。　自在飞花轻似梦，无边丝雨细如愁。宝帘闲挂小银钩。（秦观《浣溪沙》）

此词情景交融，珠明玉润，为秦观精品。今观其所写之境，有“小楼”，楼内有“画屏”，屏上所绘者为“淡烟流水”，又有“宝帘”，挂于“小银钩”之上，居室器物均精美细巧者矣。时则“晓阴无赖”，“轻寒漠漠”，阴曰“晓阴”，寒曰“轻寒”，复用“无赖”“漠漠”等词形容之。楼外有“飞花”，有“丝雨”，飞花自在，而其轻似梦，丝雨无边，而其细如愁。取材运意，一句一字，均极幽细精美之能事。古人谓五言律诗四十字，譬如士大夫延客，着一个屠沽儿不得。余谓此词如名姝淑女，雅集园亭，非但不能着屠沽儿，即处士山人，间厕其中，犹嫌粗疏。惟其如此，故能达人生芬馨要眇不能自言之情。吾人读秦观此作，似置身于另一清超幽迥之境界，而有凄迷怅惘难以为怀之感。虽李商隐诗，意味亦无此灵隽。此则词之特殊功能。盖词取资微物，造成一种特殊之境，借以表达情思，言近旨远，以小喻大，使读者骤遇之如在耳目之前，久诵之而得隽永之趣也。（**缪钺《诗词散论·论词》**）①

为了合于词律，同时增加词汇的色泽，表达曲折委婉、幽眇精微的境界，词还喜用换字、代字。刘永济先生曾专门论及：

词家婉约一派最讲修辞，他们对于表达情思的字句，所费的工夫必然很大，自不待言。除此以外，他们为了增加语词的色泽，还运用两种方法，即换字法与代字法。

换字法本骈文家常用的，主要是避免重复或因声律有碍，不得不换用同义异音的字。惟词家更有增加色泽的意思。因此之故，换字是以新鲜之字换去陈旧的字，以美丽之字换去平常的字。例如：

以霜丝换白发

以秋镜换秋水

以商素换秋天

以金缕换柳丝

以银浦换天河

这种换用的字最多，随处可见。但换字亦有限度，过限度反而损美。所

① 因本段文字列举的诸多词汇对读者阅读词作有帮助，故笔者全段引用缪文。

谓限度者，不可太生僻，不可转折太多。例如秋风太平常，因“秋风为商”，（见《文选·悼亡诗》：“清商应秋至”注）飙者，疾风也，乃换成“商飙”可也，因“商，金音，属秋”，（见《列子·汤问》篇“当春而叩商弦”注）乃换成“金飙”，亦可也。如因秋属商，商为金音，乃换成“金商”，则生僻了。又如古称月中有蟾，因以“小蟾”作新月用可也，钩本形容新月如钩，以“玉钩”“银钩”作新月用可也，但如刘方叔《贺新凉》词用“蟾钩”，则转折多了。姚范《援鹑堂笔记》卷五十论王安石《和文淑湓浦见寄》诗“发为感伤无翠葆”句，用“翠葆”二字曰：“因‘头如蓬葆’（四字见《汉书·燕刺王旦传》注曰：草丛生曰葆。）遂以‘翠葆’代绿发，不可也。”此亦太多转折了。

代字亦词家习用法，其与换字不同者，代字不但将本色字加以修饰，而且将加工设色的字代替本色字用，或是形容本色字，或是取其标志作代（标志是取某物整体中最突出的部分代整体。旧注家遇此等字，则曰此指某某）。其类别甚多，分述如下：

（一）以形容词代名词用者，例如以“檀栾”代修竹，本出枚乘《兔园赋》“修竹檀栾”。吴梦窗《声声慢》“檀栾金碧”句即用此。此词“金碧”二字又系楼台的形容词，即以代楼台用。聂冠卿《多丽》词有“况东城凤台沁苑，泛晴波浅照金碧”句可证。吴词又有“婀娜蓬莱”句，“婀娜”本柳的形容词。李商隐《赠柳》诗有“见说风流极，来当婀娜时”之句，是也。他如以“绵蛮”代莺声，以“暗碧”代密叶，以“红香”代花朵，皆此类也。

（二）以美丽名词代普通名词者。例如以“珠斗”代北斗，因北斗七星如联珠也；以“翠幄”代密叶，因陆机有“密叶成翠幄”之句也；以“翠葆”“青玉旆（旆）”代新竹，葆本古时车上所张的羽盖，新竹似之，故周美成《隔浦莲近拍》词有“新篁摇动翠葆”之句，又《浣溪沙》词有“翠葆参差竹径成”句皆是。因葆又联想到旆，故周词又有“墙头青玉旆”句以代新竹。以“绣幄”代繁盛花树，则又因“翠幄”联想花多如绣。吴梦窗《宴清都》咏《连理海棠》词故有“绣幄鸳鸯柱”句，此以“绣幄”代海棠，以“鸳鸯柱”代连理树，使语词更加鲜丽。此类如以“双鸾”“双鸳”代绣鞋，以“丁香结”代愁结，以“秋水”代秋波，以“水佩风裳”代荷花、荷叶，以“玉龙”代玉笛皆是。

（三）以名词代形容词者。例如“麴尘”代柳色或水色，字本出《礼记》“鞠衣”注：“如鞠尘色。”“麴”与“鞠”二字通用。“麴尘”，乃浅绿带黄的颜色，新柳与春水色正相似，故诗词家用以代新柳色或春水色。刘禹锡诗有“龙墀遥望麹尘丝”句，即柳色，吴梦窗《过秦楼》词有“藻国凄迷，麹尘澄映”句，则水色也。又春水色亦有用“蒲桃”或“葡萄”或“蒲陶”代之者。“蒲陶”本酒名，其色正如春水，故李白《襄阳歌》有“遥看汉水鸭头绿，恰似蒲陶初酦醅”句，王沂孙《南浦》词咏《春水》有“葡萄过雨新痕”句皆是。又以“桂华”代月色，因古传月中有桂，故周美成《解语花》词咏《上元》有“桂华流瓦”句。

（四）以整体中突出部分代整体者，例如以“金钗”代美人，京仲远《汉宫春·元宵十四夜作，是日立春》词有“年年烂醉金钗”句是也。以“红裙”代美人，韩愈诗有“不解文字饮，惟能醉红裙”句，与京词同。此类皆取整体中的一部分可为整体之标志者，用以代表整体。如古称月中有蟾蜍，诗词家遂取来为月之标志。其例甚多，如以“小蟾”代新月，以“嫠蟾”代孤月，以“素蟾”代白月，以“寒蟾”代凉月，以“银蟾”代明月，以“冰蟾”代冬月，其用皆同，其他标志字，可准此类推。

（五）以古代今者，此有二类：一是以古人代今人；二是以古地代今地。以古人代今人者，例如以“蛮素”代侍妾，因小蛮、樊素二人乃白居易的侍妾，故吴梦窗《霜叶飞》词有“倦梦不知蛮素”之句。以“谢娘”“秋娘”代姬妾或妓女，因李德裕姬人姓谢，德裕为作《江南曲》者也。秋娘本妓女，杜牧有《杜秋娘诗》，记其生平。以“桃叶”“桃根”代爱妾，因王献之有迎爱妾《桃叶歌》，故李商隐诗有“桃叶、桃根双姊妹”之句。吴梦窗《风流子》词有“轻桡移花市，秋娘渡、飞浪湿溅行裙”句，又《桃源忆故人》词有“桃根桃叶当时渡”句，即用以指其去妾。以“潘郎”“檀郎”代美少年，因潘岳美风姿，檀郎乃岳的小名曰檀奴也。以“沈郎”代清瘦之人，因沈约《与徐勉书》自叙有“百日数旬，革带常应移孔”之文，言腰围瘦减也。以“兰成”“庾郎”代羁旅的人，因庾信使北周被羁留也。以“杜郎”代风流才人，因杜牧喜冶游，有“十年一觉扬州梦，赢得青楼薄幸名”之句也。以“玉箫”代情人，因韦皋与玉箫女约七年来娶，后八年始至，玉箫已死，故史达祖悼亡词有“算玉箫犹逢韦郎”之句。此类以不便直言今人，故以古人代之。以古地代今地者，例如“西陵”原本《苏小小歌》“何处结同心，西陵松柏下”，故以代妓女游乐之地。吴梦窗《齐天乐》词有“烟波桃叶西陵路”，即纪念旧日冶游之地而作。如桃根渡本王献之《桃叶歌》“桃叶复桃叶，渡江不用楫”，又“桃叶复桃叶，桃树连桃根”，皆言迎娶桃叶、桃根之事。吴梦窗《莺啼序》词有“记当时短楫桃根渡”，即以指旧妾所在地。如“桃溪”本刘晨、阮肇二人上天台采药，山上有桃树，山下有溪水，二人遇二仙女于此，不久思归的故事。周美成《玉楼春》词有“桃溪不作从容住”，即以指别旧欢。如“西州”本羊昙追念谢安，不忍过西州城门，一日，羊被酒不觉至西州门，乃痛哭而去的故事。张炎《甘州词》“短梦依然江表，老泪洒西州”，即用此。吴文英《西平乐慢·过西湖先贤堂》词有“细雨西城，羊昙醉后花飞”之句，则用西城。

代字虽是以另一加工的语词代一普通语词，但亦不可与本色语词相去太远，或两者缺乏联系。相去太远，则使人不易知其所代者为何。颜之推《颜氏家训·劝学篇》有记用词错误一条曰：“《罗浮山记》云‘望平地树如荠’，故戴暠诗云‘长安树如荠’。又邺下有一人咏树诗云‘遥望长安荠’……皆耳学之过也。”按戴诗用《罗浮山记》言长安树远望之，其小如荠。而邺下这人径用荠代树，则荠与远树之间缺乏联系，故颜氏讥为耳学。

换字与代字两种方法，虽然是诗词家常用以增加词语的色泽的，但不是没有毛病，必须既能增加色泽，又能使人不难理解，否则不免流为晦涩。晦涩则其思想感情必致为词藻所蒙蔽，反而不如用本色字的好。这其间非无适当的限度，但表达情思是否合于限度，要看作者的艺术修养而定。如作者已能合度，则读者的知识是否能够领略，便成了问题。刘勰《知音》篇有曰：“夫缀文者情动而辞发，观文者披文以入情，沿波讨源，虽幽必显。世远莫见其面，觇文辄见其心。岂成篇之足深，患识照之自浅耳。”彦和这番话对于欣赏古典文学的人，大有益处。我们不能专责备作者太艰深，必须增高自己识照的能力。昔时有人问王安石，老杜的诗颇难懂，怎么读？王答曰：“先读懂的。”王氏这话，却是最妙的办法，这正是刘氏“沿波讨源”四字的浅明解释。盖沿波而求，必有达到深源的一日，懂的读得熟，不懂的也就不难读了。所以说王氏的话是“沿波讨源”的浅明解释。（刘永济《微睇室说词·小引》）[①]

对于初学者来说，明白词作中偏爱用换字及代字，对阅读和理解词作是极有帮助的。尤其是那些很常见的词语，如“银钩”“金钗”“桃叶”“秋娘”“西州”“桃溪”等，在词中出现的频率较高，一定要掌握。

---

① 笔者之所以不惜全段将此文收录，乃在于文中所举的诸种换字、代字之例子最为实用，这类知识对阅读和理解词作大有帮助。

初学填词，该不该学会用这些换字、代字呢？王国维《人间词话》说“词忌用替代字”，反对用代字。这个问题比较复杂[①]。笔者的建议是，对于初学填词者来说，如果不用代字能够表达清晰，可不必用；在无法找到合乎格律的词语时，就需要去寻找合适的换字、代字，即为满足技术上的要求而不得不使用这个方法。但学会用换字、代字去表达更贴合词特色的境界，则是需要逐渐学会的技巧。

词的用字，本质上是一个语言艺术的问题，任何一个作家首先应该是“语言的工匠”，熟练地掌握语言文字这门艺术。清人沈祥龙说：

> 词之用字，务在精择。腐者、哑者、笨者、弱者、粗俗者、生硬者、词中所未经见者，皆不可用。而协韵字尤宜留意，古人名句，末字必新隽响亮，如“人比黄花瘦”之“瘦”字，“红杏枝头春意闹”之“闹”字皆是。然有同此字，而用之善不善，则存乎其人之意与笔。（《论词随笔》）

字用得好不好，确实“存乎人之意与笔”，依靠作家个人的艺术修养，它既与天分相关，也要依靠后天学识的积累。这方面没有捷径可走，唯有勤学与苦练。

词的用字中值得注意的还有领字的应用，领字与句法密切相关，下节论述。

（二）词的句法

词的句子，从一字句到十字句均有，与律诗相比，参差不齐，别有一种滋味。但古体诗也有杂言的，因此，如果总体而论，诗、词的句法大抵是相同的，尤其五、七言与诗的节奏更是相似。

值得一说的是，五、七言律诗，我们诵读的时候，其节奏都是固定的，五言为二三（三又可细分为一二和二一两种），七言为二二三（三又可细分为一二和二一两种），如：

> 国破／山河／在，城春／草木／深。
> 离离／原上／草，一岁／一／枯荣。
> 却看／妻子／愁／何在，漫卷／诗书／喜／欲狂。
> 无边／落木／萧萧／下，不尽／长江／滚滚／来。

① 由于代字很大一部分即是古人所说的典故中的“用语”，本书在后面的章节“诗词写作中典故的使用”中有更深入的探讨，可参看。

即便句子的意思和节奏不对应，我们仍然按固定的节奏诵读，如诗句：

永夜角声悲/自语，中天月色好/谁看。(杜甫《宿府》)

静爱竹/时来野寺，独寻春/偶过溪桥。(欧阳修《退居述怀寄北京韩侍中二首（其一）》)

这两句的意义节奏如上，但我们诵读时，仍按固定的节奏来读，如下：

永夜/角声/悲自语，中天/月色/好谁看。(杜甫《宿府》)

静爱/竹时/来野寺，独寻/春偶/过溪桥。(欧阳修《退居述怀寄北京韩侍中二首（其一）》)

细究起来，“竹时”“春偶”不成词，但我们习惯了这个节奏，并不会觉得如此读有何不妥。但词的句子节奏，却都是按意义来诵读的，不管是五、七言还是其他字数的句子。如：

四字句：元嘉/草草，封/狼居胥，赢得仓皇北顾。(辛弃疾《永遇乐·京口北固亭怀古》)

杯/汝来前，老子/今朝，点检形骸。(辛弃疾《沁园春·将止酒戒酒杯使勿近》)

五字句：写入琴丝，一声声/更苦。(姜夔《齐天乐·蟋蟀》)

六字句：细看来不是杨花，点点是/离人泪。(苏轼《水龙吟·次韵章质夫杨花词》)

七字句：金风玉露一相逢，便胜却/人间无数。(秦观《鹊桥仙》)

八字句：误几回/天际识归舟。(柳永《八声甘州》)

九字句：蓝桥何处觅云英。只有多情流水/伴人行。(苏轼《南歌子·寓意》)

十字句：君不见/玉环飞燕皆尘土。(辛弃疾《摸鱼儿》)

诗按固定节奏诵读，其意在于用一种音乐的节奏来压倒意义的节奏，好读好记，取得一种音律的美感。词按意义节奏来诵读，究其原因，乃在于词是唱的，本身就配乐，灵活得多，按意义节奏来处理最合情理。

词的句法中有一种领字句，和诗差别甚大，必须注意。宋人张炎说：

词与诗不同，词之句语，有二字、三字、四字，至六字、七、八字者，若堆叠实字，读且不通，况付之雪儿乎。合用虚字呼唤，单字如正、但、任、甚之类，两字如莫是、还又、那堪之类，三字如更能消、最无端、又却是之类，此等虚字，却要用之得其所。若使尽用虚字，句语又俗，虽不质实，恐不无掩卷之诮。（张炎《词源·虚字》）

领字句，即用一、二或三个字领起一个句子，这些领字语气上起停顿作用，但又不点断句子。古人又称这种领字为“豆”，或称“虚字”。

一字类领字如：正、但、待、甚、任、只、漫、奈、纵、便、又、况、恰、乍、早、更、莫、似、念、记、问、想、算、料、怕、看、尽、应、恁、爱、把、渐，等等。

二字类领字如：试问、莫问、莫是、好是、可是、正是、更是、又是、不是、却是、却喜、可怜、无奈、但见、何曾、恰忆、恰又、恰似、却又、绝似、又还、忘却、纵把、拚把、那知、那番、那堪、堪羡、何处、何奈、谁料、漫道、怎禁、遥想、记曾、闻到、况值、无端、独有、回念、乍向、只今、不须、多少、况且、将次、只是、未省、还见、几度、不须，等等。

三字类领字如：莫不是、都应是、又早是、又况是、又何妨、又匆匆、又还是、又却是、最无端、最难禁、更何堪、更不堪、更那堪、那更知、谁知道、君知否、君不见、君莫问、再休提、到而今、况而今、算而今、记当时、忆前番、当此际、问何事、倩何人、似这般、怎禁得、且消受、都付与、待行到、便有人、拚负却、空负了、要安排、嗟多少、不如向、终不似、更能消、便纵有，等等。

领字可领起单句，也可领两句，甚至三句、四句。如：

对 / 长亭晚。（柳永《雨霖铃》）——领单句
正 / 壮士悲歌未彻。（辛弃疾《贺新郎·别茂嘉十二弟》）——领单句
休说 / 鲈鱼堪脍。（辛弃疾《水龙吟》）——领单句
更能消 / 几番风雨。（辛弃疾《摸鱼儿》）——领单句
有 / 华灯碍月，飞盖妨花。（秦观《望海潮》）——领双句
不如向 / 帘儿底下，听人笑语。（李清照《永遇乐》）——领双句
渐 / 暗竹敲凉，疏萤照晓，两地魂消。（周邦彦《忆旧游》）——领三句

应念/岭表经年，孤光自照，肝胆皆冰雪。（张孝祥《念奴娇》）——领三句

怅/东风巷陌，草迷春恨，软尘庭户，花误幽期。（史达祖《风流子》）——领四句

关于领字的作用，清人沈祥龙《论词随笔》说："词中虚字，犹曲中衬字，前呼后应，仰承俯注，全赖虚字灵活，其词始妥溜而不板实。"总结前人的观点，有以下几点值得注意：

（1）领字一般都用虚词或动词。

（2）一字豆一般用去声，因为去声激厉，声调高，能提起下句。

（3）一字领两句的，如果这两句都是四字句，最好用对句。一字领三句的，此三句中最好有两句是对句。

（4）小令短小，领字须审慎使用。长调篇幅大，若一味堆垛实字，势必板滞难通，须用虚字方能使词通体灵动。

（5）词意转折处，领字可使上下句转承结合，起过渡或联系作用，读来有抑扬顿挫感，往往可产生跌宕起伏、一波三折的艺术效果。

初学填词，往往没有意识去使用领字。这就要求在看词谱时，注意词谱的平仄。如果在查看词谱时，某一句的头一个字是不可变通的仄声字，就要考虑此处是不是领字，切不可随意按照平仄填写。当然，参考前人填的这个词调的作品是比较容易看出来的。

关于句法，最后再引张炎的说法：

> 词中句法，要平妥精粹。一曲之中，安能句句高妙，只要拍搭衬副得去，于好发挥笔力处，极要用功，不可轻易放过，读之使人击节可也。如东坡杨花词云："似花还似非花，也无人惜从教坠。"又云："春色三分，二分尘土，一分流水。"如美成风流子云："凤阁绣帏深几许，听得理丝簧。"如史邦卿春雨云："临断岸、新绿生时，是落红、带愁流处。"灯夜云："自怜诗酒瘦，难应接许多春色。"如吴梦窗登灵岩云："连呼酒，上琴台去，秋与云平。"闰重九云："帘半卷，带黄花、人在小楼。"姜白石扬州慢云："二十四桥仍在，波心荡，冷月无声。"此皆平易中有句法。（张炎《词源·句法》）

如张炎所言，词中句子，不可能处处精妙，大多数求得字句、意义稳妥即可，但某些要紧处，须注意炼字、炼句，以取得特殊的效果，令全词生色。古人常称这类地方为“要紧处”“吃紧处”，填词时须注意。

（三）词的结构章法

谋篇布局，是填词时要首先考虑的问题。词的结构布局并没有什么秘法，我们可以把一首词作当作一篇抒情的散文来看待，也可以当作一首现代诗来看待，它的结构布局在许多方面和写文章、写现代诗的技法是相通的。我们以前学过的知识，写散文、新诗用的技巧也是可以用到填词上面的。网络上流传很广的《填词十法》，也有变换名字作《填词的章法与词牌的选择》等的，不知何人所作，许多网站都有。笔者在总论部分直接引用了它一段话，在这里也直接用文章所总结的词的十种结构布局。笔者觉得它总结的十种结构布局说得很到位，不必再另换名词以示创新。至于所举的例子，则多举笔者自己平日阅读所得的感受，以为解说。

1. 铺垫（上景下情）

铺垫是词中最常见的谋篇方式。词人往往上片先以景物或事物来铺垫、旁衬，使其融情于景，下片再抒胸臆，情景交融，从而取得更好的抒情效果。唐宋词作中，有许多作品都是上片写景下片抒情的“铺垫”式。如：

玉楼春

［宋］宋祁

东城渐觉风光好。縠皱波纹迎客棹。绿杨烟外晓寒轻，红杏枝头春意闹。
浮生长恨欢娱少。肯爱千金轻一笑。为君持酒劝斜阳，且向花间留晚照。

这首词上片全写景，下片全写情。春天到了，东城的风光很好，绿柳轻烟，湖上有人划船，虽然还有一丝轻寒，但红杏枝头已经春意盎然。这样美好的春光，作者自然兴起“浮生长恨欢娱少”的感慨，于是不吝千金博美人一笑。且持酒劝同行友朋，莫管岁月如夕阳流逝，须及时行乐。“千金轻一笑”“花间留晚照”云云，仍是词初起时写男女、宴乐之当行本色。词中虽极力表达及时行乐的思想，可是并不让人感到萎靡颓废，反透出一股生命的活力。其力量即来自上片春景的描写，尤其是一“闹”字，把春光酝酿的生命力一泻而出，毫无保留，于是活在其间的人受春光之激发，自然大大向外伸展其生命的活力。最后一句“为君持酒劝斜阳，且向花间留晚照”，似乎喻示作者及友人虽已年近中年或晚年，仍保有旺盛的生命力，不想虚对美好的春光及佳人。其中情欲的暗示仍可隐约感受，但并不艳俗，大有古人所说的“《国风》好色而不淫”的风度。

这种上片主写景、下片主写情的“铺垫”式结构章法，在词作中最多见。名作如柳永《八声甘州》（对潇潇暮雨洒江天）、秦观《满庭芳》（山抹微云）等亦是这种结构方式。

2．直注

此法特点是：文气直注，不加穿插；纵多脱换，而主位不变。宋词中多用此法。柳永、苏轼、秦观、贺铸等人的词集中，尤不乏其例。

直注，按笔者的理解，即以一主题贯穿全篇，往往起首便直入主题，下面则从各个方面极力铺陈此主题，酣畅淋漓到底。网上这篇文章所举例子为苏轼《江城子·密州出猎》，以“少年狂”统率全篇，确实是很好的例子。另外，苏轼另一名作《江城子·乙卯正月二十日夜记梦》也是这样的结构：

江城子·乙卯正月二十日夜记梦

［宋］苏轼

十年生死两茫茫。不思量。自难忘。千里孤坟，无处话凄凉。纵使相逢应不识，尘满面，鬓如霜。

夜来幽梦忽还乡。小轩窗。正梳妆。相顾无言，惟有泪千行。料得年年肠断处，明月夜，短松冈。

本词以起首的“十年生死两茫茫。不思量。自难忘”来统率全篇，一气直下。上片直抒情怀，下片写梦境，复写回现实，都是围绕着“生死两茫茫”来铺陈。不用曲笔，明白如话，毫不掩饰地把对亡妻的哀思一倾而出，又糅进自己的身世感慨。全词诚挚热切，读来哀婉动人。

3．点染

点染式的特点是先点明主题，然后具体描写。关于“点染”，清人刘熙载《艺概》曰：

> 词有点有染，柳耆卿《雨霖铃》云：“多情自古伤离别，更那堪、冷落清秋节。今宵酒醒何处，杨柳岸、晓风残月。”上二句点出离别。冷落、今

宵二句，乃就上二句意染之。点染之间，不得有他语相隔。隔则警句亦成死灰矣。

“点染”这个概念来自国画，是作画的手法。用在诗词中，“点”是点明所要写的主题、情感，“染”即“渲染、烘托”，以具体的事物、景物来描写。这种结构方式和通常所说的“情景交融”差不多。典型的点染结构，如欧阳修《采桑子·咏西湖》十三首。柳永《望海潮·东南形胜》亦是，起句“东南形胜，三吴都会，钱塘自古繁华”点明杭州繁华，后面全部描写其如何如何繁华。再看以下几例：

忆江南

［唐］白居易

江南好，风景旧曾谙。日出江花红胜火，春来江水绿如蓝。能不忆江南。

梦江南

［唐］温庭筠

千万恨，恨极在天涯。山月不知心里事，水风空落眼前花。摇曳碧云斜。

望江南

［五代］李煜

多少恨，昨夜梦魂中。还似旧时游上苑，车如流水马如龙。花月正春风。

这几首小令都是开头即点明主题，然后再具体描绘。以下两句，也是在词中用了点染的章法：

试问闲愁都几许。一川烟草，满城风絮。梅子黄时雨。（贺铸《青玉案》）

凄恻。恨堆积。渐别浦萦回，津堠岑寂。斜阳冉冉春无极。（周邦彦《兰陵王·柳》）

4．跳脱

为更大限度地容纳更多的情感，突显某些东西，词人通过心思的急转、情境描写的突变、语意的中断等方式，只把最重要的东西写出来。虽然表面上词语或情境显得分离，但如果细察，可以发现内在的联系，有“辞断意属”的效果。这种跳脱的结构布局，可以将作者的情感集中在最关注的事物上，让情感更富有深度。

温庭筠有一组有名的《菩萨蛮》词十首，常常突显出这种跳脱的特色。我们试看其中一首：

菩萨蛮

水精帘里颇黎枕。暖香惹梦鸳鸯锦。江上柳如烟。雁飞残月天。

藕丝秋色浅。人胜参差剪。双鬓隔香红。玉钗头上风。

颇黎，即玻璃。藕丝，指衣裳的颜色，藕丝即藕丝色，俞平伯先生认为这里借代指衣裳。人胜，女子戴在鬓发上的花饰。香红，指花或指女子之面。（俞平伯释义，见其《唐宋词选释》。）

起首两句“水精帘里颇黎枕，暖香惹梦鸳鸯锦”明显是写女子闺阁内的器物衾具。“水精帘”“玻璃枕”给人晶莹澄澈的感觉，“暖香”“鸳鸯锦”则是一种温暖华艳的感觉。这两景之间多少已有些跳脱，因为水精帘、玻璃给人以清凉感，这应该是夏季用的物件，尤其是玻璃枕，而鸳鸯锦和暖香则感觉温暖而华丽。但整体上，这闺阁内的装饰可以说是华丽富艳的意象。下两句就跳脱得特别厉害了，“江上柳如烟，雁飞残月天”，这似乎是秋天的清晨的景象了，也可以是春天的清晨的景象，因春天大雁由南往北飞，且“柳如烟”“残月天”点明是清晨。这两句写的景象给人的感觉是淡雅、清新的，有一种俊朗的风格，而且这肯定是室外的景象了。由室内跳到室外是词作中很常见的景象转换，但两种景象和时间完全不像是一个时候和风格的，则非常少见。温庭筠在这里写的到底是什么呢？不好把握。正因为上下四句跳脱得太厉害，清人张惠言《词论》以为“江上以下，略叙梦境”，认为后两句是写梦境的，这就解释得通了。还有说法是，这是写女子床前屏风上的图画。而俞平伯先生《读词偶得》则认为写的是远景，也可通。

下片写女子的服饰、妆饰及容颜的细腻描摹。粗看似无甚跳脱，但前三句都是静态的，写服饰颜色、头上花饰、头上插花，最后一句突然来了个“玉钗头上风”，是说头上的玉钗在微微摇动，似乎有风在吹动它们。唐五代贵族女子头上插着众多饰物，走起路来微微颤动，似风吹拂。我们可以说，前三句就是纯静物的描摹，很难找出什么隐含的喻义。但这个动态的景象似乎有什么喻义在，却很难说清。

俞平伯先生说：“飞卿之词，每截取可以调和的诸印象而杂置一处，听其自然融合，在读者心眼中，仁者见仁，知者见知，不必问其脉络神理如何如何，而脉络神理按之则俨然自在。譬之双美，异地相逢，一朝结合，柔情美景并入毫端，固未易以迹象求也。”（《读词偶得》）王国维先生则以“画屏金鹧鸪”来形容温词的了无生趣。二者的评述相近似。温词确实给人这种感觉，有时候景物之间仿佛两个世界，任其融合在一词中，由读者去想象推测它们要表述的是什么，却从未明确说破。

詹安泰先生在《温词管窥》中认为此词是作者一桩风流韵事的追述，第一、二句写作者曾歇宿过的居室，第三、四句写事毕离开时所见到的景色，第五、六句写那位女子的装扮，第七、八句写女子摇船深情相送。前六句犹可贯通，最后两句说摇船相送实在太勉强，何况这是一贵族女子，非船家女，摇船相送实太过唐突佳人了。

在对此词的评注中，尤其是对最后一句的评注，笔者认为这个说法最为可靠：这是写一个贵族女子在等待她情人的词作，下片写她化妆在等待男子的到来，待听到男子到来的声息或消息后，头上的钗微微摇动，如风吹动，乃正喻示着心灵的微微颤动。

当然，是否确解，无人知晓。词本迷离恍惚之作，又用上“跳脱”的手法，更是容易造成此种效果。

5．对比

对比，即对照、对称。把对立的事物，或人或情，或景或境，前后相叙，从而增强艺术效果。这种谋篇方法在唐宋人的词中屡见不鲜。

虞美人

［宋］蒋捷

少年听雨歌楼上，红烛昏罗帐。壮年听雨客舟中，江阔云低、断雁叫西风。

而今听雨僧庐下，鬓已星星也。悲欢离合总无情，一任阶前、点滴到天明。

词作截取一生中三个片段：少年歌楼听雨，壮年客舟听雨，暮年僧庐听雨，把自己人生中三个时期的三个心境栩栩如生地表达了出来。三个片段对比后，最后三句，将情感推向更决绝处，“一任”两个字，把冷漠绝望的心境一表而出，至于为何达到这等心境，就任凭读者去揣测和想象了。

这首词的对比，首先在于三个片段的比较。同时，上片写过往经历，下片写当前境况，又是一层对比。

这首词的结构方式，我们也可以说它类似于第一种“铺垫”，先铺垫过往听雨经历，然后再写而今听雨情境，最后在此基础上抒发强烈的情感。

6．陡转

一般来说，词中的情感常常是委婉曲折的渐进式。而“陡转”则不同，它是词人感情大曲折的结果。词人为了深化主题，往往在词的结尾处来上一个大转折，以突出词旨。这种画龙点睛法，构成了词在谋篇上的又一特色：陡转。

辛弃疾《破阵子·为陈同甫赋壮词以寄之》“醉里挑灯看剑”是一首典型的陡转的词作。前面极力铺陈军营的壮阔气象，结句却陡转下跌，发出“可怜白发生”的感叹：原来前面所描画的不过是梦里景象，醒来才发现人已满头白发。辛氏的不少词作都有这个特点，又如：

贺新郎·别茂嘉十二弟

［宋］辛弃疾

绿树听鹈鴂。更那堪、鹧鸪声住，杜鹃声切。啼到春归无寻处，苦恨芳菲都歇。算未抵、人间离别。马上琵琶关塞黑，更长门、翠辇辞金阙。看燕燕，送归妾。

将军百战身名裂。向河梁、回头万里，故人长绝。易水萧萧西风冷，满座衣冠似雪。正壮士、悲歌未彻。啼鸟还知如许恨，料不啼、清泪长啼血。谁共我，醉明月。

此词起首由听鹈鴂、鹧鸪、杜鹃叫而引起春归之感，由此感叹春归比不上离别令人悲。于是中间铺陈几个诗文、历史中有名的离别场景：昭君出关，陈皇后阿娇避居长门、卫庄姜送归妾、李陵送别苏武、荆轲别燕太子丹及诸宾客。忽又转回到鸟啼叫之描述，说鸟若知离别之痛，当不啼清泪而啼血。最后两句，陡然转到本诗主题：与茂嘉十二弟的离别。不做任何叙述，直接呼出心中所感“你一走，谁能与我饮酒共醉赏明月”。这种陡转可说是一种时间的陡转：现实—历史—现实。尤其是前面所写似乎与别茂嘉十二弟无甚关系，并无离别场面之描述，最后却直接发出最动人的一问即结束，有戛然而止之感。

下面这首无甚名气，也是这种结构：

江神子·和陈仁和韵

［宋］辛弃疾

宝钗飞凤鬓惊鸾。望重欢。水云宽。肠断新来，翠被粉香残。待得来时春尽也，梅著子，笋成竿。

湘筠帘卷泪痕斑。佩声闲。玉垂环。个里温柔，容我老其间。却笑将军三羽箭，何日去，定天山。

前面极尽铺陈的景和人都是游乐场景，并发出感慨要老于温柔乡中。最后三句“却笑将军三羽箭，何日去，定天山”却陡地一转，用薛仁贵事典，反问何日为国建功立业。

7．递进

人的情感不是凝固不动的，会随情境而起伏，或由淡而浓，或由壮而悲，或由思而怨。各类事物也会有范围的大小、时空序次的不同，发而为语辞，程度的深浅、语意的轻重自然而然地体现出来。词人在谋篇布局时，就常常用递进式的结构来刻绘事物，深化感情。这种方式不仅有利于组织文章，还利于深化情感，取得较好的审美效果。

欧阳修《蝶恋花·庭院深深深几许》一词即这种结构[①]。又如李清照名作：

声声慢

［宋］李清照

寻寻觅觅，冷冷清清，凄凄惨惨戚戚。乍暖还寒时候，最难将息。三杯两盏淡酒，怎敌他、晚来风急。雁过也，正伤心，却是旧时相识。

满地黄花堆积。憔悴损，如今有谁堪摘。守着窗儿，独自怎生得黑。梧桐更兼细雨，到黄昏、点点滴滴。这次第，怎一个愁字了得。

此词词人的感情是层层递进的，由苦苦寻觅而只得冷清与凄惨，再转向以酒消愁，却晚来风急，无计消愁。因风而望天，却见雁过，伤心时候又惊觉雁似是旧时相识，而思念之人却再无消息，怎令人消受！下片复以景起，因无人采摘，空剩满地残菊。词人独守孤窗至黄昏，雨滴梧桐，这番景象，直令词人徒呼一“愁”字以结，凄惨之情，令人不忍卒读。

8．画面组合

有的词作，全篇不着半句直抒胸臆的情语，只有由一个个景物组成的画面，而词人之情感，即隐含于景物当中。“一切景语皆情语”，全凭读者透过画面去领

① 可详见本书第十章的释读。

会。诗中也常见这种结构方式。

天净沙·秋思

［元］马致远

枯藤老树昏鸦，小桥流水人家。古道西风瘦马，夕阳西下，断肠人在天涯。

此作是典型例子，全是景物描写，然而一切景物中又蕴含情。当然，最后一句“断肠人”三字已有情感之抒发，但“断肠人在天涯”一句整体上仍是景物的描写。

又如：

浣溪沙

［宋］苏轼

其一

照日深红暖见鱼，连村绿暗晚藏乌。黄童白叟聚睢盱（suī xū）。
麋鹿逢人虽未惯，猿猱闻鼓不须呼。归家说与采桑姑。

其五

簌簌衣巾落枣花。村南村北响缫车，牛衣古柳卖黄瓜。
酒困路长惟欲睡，日高人渴漫思茶。敲门试问野人家。

两首词作全是写景，恰似今日拍视频的手法，连续将客观景物一一展现于读者面前。全篇中没有一句情语，但透过词人所见、所闻，读者自可体会词人的心境。苏轼的这组农村词含蓄隽永，耐人寻味。

9．先泛后专

清代词人徐釚说，“前半泛写，后半专叙，盛宋词人多用此法”（《论词丛谈》）。苏轼的《贺新郎·夏景》（乳燕飞华屋）就是这样的作品，上阕泛写了美人种种孤独的情境，下阕则“另意另起”专写起了石榴花。柳永的名作《望海潮》也是这样的结构方式：

望海潮

［宋］柳永

东南形胜，三吴都会，钱塘自古繁华。烟柳画桥，风帘翠幕，参差十万人家。云树绕堤沙，怒涛卷霜雪，天堑无涯。市列珠玑，户盈罗绮，竞豪奢。

重湖叠巘清嘉，有三秋桂子，十里荷花。羌管弄晴，菱歌泛夜，嬉嬉钓叟莲娃。千骑拥高牙，乘醉听箫鼓，吟赏烟霞。异日图将好景，归去凤池夸。

上阕泛写杭州城的盛况，下阕则集中笔墨专写西湖。上阕从地理形势、城市内外、钱塘江潮、市场商业等写杭州的繁华，下阕只写西湖，从山、桂子、荷花写其景，复写市民和官员的西湖游乐之景。最后两句转回到此词目的。据宋人罗大经《鹤林玉露》的记载，这首词是柳永赠友人两浙转运使孙何的。这两句既是对孙何政绩的赞颂，也是对孙何良好的祝愿，希望他能够将杭州城的胜景绘成图画，等到内调中央时可向同僚们夸耀。

10．意识流动

“意识流”原是美国实用主义者詹姆斯的哲学用语。詹姆斯认为：每一个人都可以根据自己的兴趣，从有连续性的“意识之流”中把他所注意的部分挑选出来而构成他自己的世界。西方作家偏爱这种理论，并把它作为一种表现手法应用到小说的写作中。爱尔兰作家詹姆斯·乔伊斯的巨作《尤利西斯》、美国作家福克纳的小说《喧哗与骚动》、英国女作家伍尔夫的《墙上的斑点》都是意识流的代表作。事实上，这种表现手法在中国的传统文学创作中，应用得尤为普遍。诗人李商隐的创作就强烈地表现出这一特点。词人当中，以吴文英的写作最富有“意识流”的特色。宋人张炎评论他的作品，说：“吴梦窗词如七宝楼台，眩人眼目，碎拆下来，不成片段。”（张炎《词源》卷下“清空”条）清人戈载说他“以绵丽为尚，运意深远，用笔幽邃，炼字炼句，迥不犹人。貌观之雕缋满眼，而实有灵气行乎其间。细心吟绎，觉味美于方回，引人入胜。既不病其晦涩，亦不见其堆垛，此与清真、梅溪、白石并为词学之正宗”（戈载《七家词选》），这是对吴词很高的赞誉。我们来看一首他的词作：

祝英台近·除夜立春

［宋］吴文英

剪红情，裁绿意，花信上钗股。残日东风，不放岁华去。有人添烛西窗，不眠侵晓，笑声转、新年莺语。

旧尊俎。玉纤曾擘黄柑，柔香系幽素。归梦湖边，还迷镜中路。可怜千点吴霜，寒销不尽，又相对、落梅如雨。

吴文英的词极难懂，这里试着译成语体文：

立春了，人们剪好红花绿叶，插鬓戴发，以应时令。花信风（应其期而来的风，此即春风）吹上头上的钗股，像吹开了满头花朵。夕阳就要落山，春风却不想把年岁放走。除夕有人家守岁，在窗下剪烛夜语，整夜都不眠，笑声转入了新年的莺啼声中。（此句用杜甫《伤春》“莺入新年语”）

在昔日除夕的宴席上，曾有美人用纤纤玉手为我破开黄橙，那幽香似乎还萦绕在周围。做梦回到家乡的湖边，湖水如镜，一片迷蒙，我难觅归路。可怜吴地的点点冰霜都飞落到我的鬓边（此句用李贺《还自会稽歌》“吴霜点归鬓”），春风也消除不掉。更何况，如雨的落梅与我头上斑斑白发点点相对，岂不叫人凄绝！

此词上阕写客居他乡者在新年的目睹耳闻，以景之可喜反衬己处境之可悲，以人之欢乐反衬己之愁苦。下阕起首写过往家庭生活的温馨回忆，因而梦回旧地，却难寻归路，徒留无穷怅惘。由梦又转回今时之地，孤身守岁，白发对落梅，人何以堪！陈洵评说此词云：“前阕极写人家守岁之乐，全为换头三句追摄远神。”（《海绡说词》）

上述十种结构的区分只是为了方便初学者更好地把握词的谋篇布局。有些结构也不一定能截然分开，比如说跳脱和陡转有一定的相通，点染和铺垫也不好明确区分，画面组合和意识流也有相通性。另外，不能认为所有词作都可套入这些结构当中。实际上，不同的作者分析词的结构，用的概念和说法常不同，古人常简洁地论起头、过拍、过片、歇拍四个关键处即足矣。做如此多的分类和区别，常常是现代学者们为研究而作的细分，有时候与实际的创作常有脱节。这一点，只要把诸词作拿来一一对比探究即可明了。前人诸多词作，实在很难说它可以归入哪一类结构当中，而且似乎怎么分析都有一定的道理。因此，初学者实不必纠结于一定要遵循哪一种结构来写作，有一大体的构思即可。诗词与今天普通人习读的散文、小说相比，篇幅实在过于短小。散文、小说的结构通常可分明指出。而词所谓结构，尤其小令、中调，常常是写完之后再来分析而得出的看法和观点，实际的创作中，构思未必如此清晰明了，通常随语词的选择、韵脚字的挑选而不停调整，初学填词，能够做到文从字顺，通篇稳妥已是非常难得。

词的结构章法，常还和词的长短及各词调联系起来论述。这里引用一些词评家的话语：

小调要言短意长，忌尖弱。中调要骨肉停匀，忌平板。长调要操纵自如，忌粗率。能于豪爽中，著一二精致语，绵婉中著一二激厉语，尤见错综。（清·沈谦《填词杂说》）

小令难得变化，长调难得融贯，其实变化融贯，在在相须，不以长短别也。

词要放得开，最忌步步相连。又要收得回，最忌行行愈远。必如天上人间，去来无迹，斯为入妙。（以上见清·刘熙载《艺概·词曲概》）

小令须突然而来，悠然而去，数语曲折含蓄，有言外不尽之致。著一直语、粗语、铺排语、说尽语，便索然矣。此当求诸五代宋初诸家。

长调须前后贯串，神来气来，而中有山重水复、柳暗花明之致。句不可过于雕琢，雕琢则失自然。采不可过于涂泽，涂泽则无本色。浓中间以淡语，疏句后接以密语，不冗不碎，神韵天然，斯尽长调之能事。（以上见清·沈祥龙《论词随笔》）

小令须简净，中调须停匀，长调须顿宕。总之，贵变化，忌平直。（詹安泰《詹安泰词学论稿》）

总的来说，小令的结构章法不明显，中调、长调则须注意结构章法，其用字句法亦稍有差别。上述话语当然都极为在理，但也比较虚，这些高妙的理论最终还是要在具体的创作中体现出来。初学者常苦于无门径可入，如何开始实操呢？刘熙载《艺概·词曲概》说："词之章法，不外相摩相荡，如奇正、空实、抑扬、开合、工易、宽紧之类是已。"刘熙载的说法将章法分得比较细，所说的已是字句前后的承接转换。我们如果把结构章法区分开，结构可指全篇总体布局安排，而章法则偏指前后各句之间的承接转换。古人填词，重视起句、过片、结句，我们只从这三个方面来论述词的章法。

（1）起句

宋人沈义父在《乐府指迷》中说："大抵起句便见所咏之意，不可泛入闲事，方入主意。咏物尤不可泛。"清人沈祥龙在《论词随笔》中说："诗重发端，惟词亦然，长调尤重。有单起之调，贵突兀笼罩，如东坡'大江东去'是。有对起之调，贵从容整炼，如少游'山抹微云，天黏衰草'是。"

任何文章的起头都很重要，要写好也不容易。词的起头，要么景起，要么情起，要么事起，不管如何，"起句便见所咏之意"，尤其是小令更是如此。"贵突兀笼罩"，起句就要把全篇之意罩住。这和诗的起句是一样的道理。

岳飞《满江红》："怒发冲冠，凭栏处、潇潇雨歇。"这是情起，一起句就将全篇情感笼罩在"怒"中，慷慨激昂的爱国胸怀已从起句的情和景透出。苏轼《卜算子·黄州定慧院寓居作》首句："缺月挂疏桐，漏断人初静。"这是景起，描绘出一幅幽静清冷的景象，与词中"幽人"天际孤鸿的缥缈身影融合无间。辛弃疾《鹧鸪天·有客慨然淡功名因追念少年时事戏作》首句："壮岁旌旗拥万夫，锦襜突骑渡江初。"这是事起，起句追忆其青年时期起义抗金、率骑南归的军旅生涯，下片继以"追往事，叹今吾"承转，写如今罢官赋闲的处境，今昔对比，令人感慨。

有一种起句方式词人也很爱用，即用问句起，先设一问，引人深思，或者造一悬念，然后继之以答语以引出主体，如：

庭院深深深几许？杨柳堆烟，帘幕重无数。（欧阳修《蝶恋花》）
三十三年，今谁存者？算只君与长江。（苏轼《满庭芳》）
更能消几番风雨？匆匆春又归去。（辛弃疾《摸鱼儿》）
何处望神州？满眼风光北固楼。（辛弃疾《南乡子·登京口北固亭有怀》）
何人半夜推山去？四面浮云猜是汝。（辛弃疾《玉楼春·戏赋云山》）

（2）过片

过片，即下片的起句。词评家很重视过片，清人沈祥龙在《论词随笔》中说："词换头处谓之过变，须辞意断而仍续，合而仍分。前虚则后实，前实则后虚，过变乃虚实转捩处。"宋人张炎说："过片不可断了曲意，须要承上接下。"并以姜夔《齐天乐·蟋蟀》为例说："如姜白石词云：'曲曲屏山，夜凉独自甚情绪。'于过片则云：'西窗又吹暗雨。'此则曲之意脉不断矣。"（《词源》卷下"制曲"条）姜夔这首词全篇如下：

齐天乐·蟋蟀

丙辰岁，与张功父会饮张达可之堂。闻屋壁间蟋蟀有声，功父约予同赋，以授歌者。功父先成，辞甚美。予裴回末利花间，仰见秋月，顿起幽思，寻亦得此。蟋蟀，中都呼为促织，善斗。好事者或以三二十万钱致一枚，镂象齿为楼观以贮之。

庾郎先自吟愁赋，凄凄更闻私语。露湿铜铺，苔侵石井，都是曾听伊处。哀音似诉。正思妇无眠，起寻机杼。曲曲屏山，夜凉独自甚情绪。

西窗又吹暗雨。为谁频断续，相和砧杵。候馆迎秋，离宫吊月，别有伤心无数。豳诗漫与。笑篱落呼灯，世间儿女。写入琴丝，一声声更苦。

这首词把诗人（庾郎即庾信）、思妇、客子（候馆迎秋）、帝王（离宫吊月）、世间儿女听到蟋蟀声而引发的情绪糅合到一篇中，寄寓词人的身世之感，又兼有南宋灭国的家国之痛。“曲曲屏山，夜凉独自甚情绪”承上句思妇而来，还是写思妇。过片“西窗又吹暗雨”用夜雨敲窗声以及砧杵声更进一步刻画思妇怨思之深。“为谁频断续，相和砧杵”云云，是思妇为远方的征人制作衣服而在砧石上捣衣，其声与蟋蟀的叫声相互应和，让人倍感凄凉。过片的连接由室内而窗外，加一“又”字，境换意连。确实是换头的典范。

过片讲究“承上接下”，不粘不脱，词断而意连。这是因为这是下片的起句，必须把上片的意思接过来，又开下片。苏轼《念奴娇·赤壁怀古》上片结句（古人称歇拍）是“江山如画，一时多少豪杰”，过片“遥想公瑾当年”就是顺上片的“豪杰”而来，非常自然合拍。

一般来说，下片的起句可以顺着上片的意思走，但须有所变化，如我们前面谈结构时说的，上片写景，则下片写情，这情当然应该与上片的景相应，不能完全没有关联。如柳永《雨霖铃》上片全写景，结句是“千里烟波，暮霭沉沉楚天阔”。面对这广阔而又阴沉的空间，自然不难想象离别之人的情感该是低沉阴郁的。过片“多情自古伤离别”，从时间的旷古久远抒发开来，与上片结句的景象恰成对应，一空间，一时间，从景转到情，景是情的暗示，情是景的深化。

沈义父在《乐府指迷》中说：“过处多是自叙，若才高者方能发起新意，然不可太野，走了原意。”除了直接顺着上片的意思写，下片起句也可以另开新意，这是唯才高者才好做到的，但这新意也不能太过脱离上片的原意。

关于如何写过片，前人有许多总结，如由面到点、由总到分、一问一答、前后对比、异峰突起等，并举种种范例。笔者觉得初学者不必将这些东西分得多么清晰明了，明白总的原则是“承上接下，词断意连”，多读多背名作，在阅读中自然可逐渐体会到。而且也可以用学过的关于文章的结构章法来对比理解，“过片”大致相当于文章中的“过渡”，过渡段、过渡句怎么写，其原理和“过片”是相类似的。

（3）结句

沈义父在《乐府指迷》中说：“结句须要放开，含有余不尽之意，以景结尾最好。如清真之‘断肠院落，一帘风絮’，又‘掩重关，遍城钟鼓’之类是也。或以情结尾亦好。往往轻而露，如清真之‘天便教人，霎时厮见何妨’，又云

‘梦魂凝想鸳侣’之类，便无意思，亦是词家病，却不可学也。”他提倡以景结。如若以情结，容易犯“轻而露”的毛病。

沈祥龙在《论词随笔》中说：“词起结最难，而结尤难于起。结有数法，或拍合，或宕开，或醒明本旨，或转出别意，或就眼前指点，或于题外借形，不外《白石诗说》所云‘辞意俱尽，辞尽意不尽，意尽辞不尽’三者而已。”

结句比起句更难，它往往是点睛之笔，收住全首。一般来说，结句可以自然作结，深化整首的情感和思想，如柳永《雨霖铃》结句：“便纵有、千种风情，更与何人说。”

结句也可以点明主旨，如苏轼的《水龙吟·次韵章质夫杨花词》：

> 似花还似非花，也无人惜从教坠。抛家傍路，思量却是，无情有思。萦损柔肠，困酣娇眼，欲开还闭。梦随风万里，寻郎去处，又还被、莺呼起。
>
> 不恨此花飞尽，恨西园、落红难缀。晓来雨过，遗踪何在，一池萍碎。春色三分，二分尘土，一分流水。细看来，不是杨花，点点是离人泪。

全首都在以杨花比离人，写得非常细腻缠绵，处处写花，但始终未说出“离人”二字，直到结句，才笔锋一转，说“细看来，不是杨花，点点是离人泪”，点破了本词以杨花喻“离人”的题旨。全词恍恍惚惚，每一句似在说花，也似在说人，实混杂难分，景语情语浑然一体。

结句也可以宕开一笔，转出别意。如秦观的《踏莎行》：“郴江幸自绕郴山，为谁流下潇湘去。”又如姜夔的《扬州慢》：“念桥边红药，年年知为谁生。”两结句突地发出疑问，别开一意，而其意脉仍与前面的词句一贯。

要之，不管如何结尾，要尽量达到言有尽而意无穷的效果。

我们也可以简单地把结句分为以情结、以景结两类。很多上片写景，下片写情的词，结尾常以情语结，达到“辞意俱尽”的效果。一般来说，以情结句的词作，其情感一定要够真率诚挚，纯以情感人，不然就显得矫揉造作。情感充沛的天生的词人用这种结句效果最佳，如况周颐所言：“此等语愈朴愈厚，愈厚愈雅，至真之情，由性灵肺腑中流出，不妨说尽，而愈无尽。”（《蕙风词话》）如：

> 落花风雨更伤春。不如怜取眼前人。（晏殊《浣溪沙》）
> 衣带渐宽终不悔，为伊消得人憔悴。（柳永《蝶恋花》）
> 只愿君心似我心，定不负相思意。（李之仪《卜算子》）
> 两情若是久长时，又岂在、朝朝暮暮。（秦观《鹊桥仙》）

这次第，怎一个愁字了得。（李清照《声声慢》）
山盟虽在，锦书难托。莫。莫。莫。（陆游《钗头凤》）
倩何人唤取，红巾翠袖，揾英雄泪。（辛弃疾《水龙吟·登建康赏心亭》）

以景语结的，可以将情感委婉地表达出来，造成“辞尽意不尽”的效果。如：

试问闲愁都几许。一川烟草，满城风絮。梅子黄时雨。（贺铸《青玉案》）
独立小桥风满袖，平林新月人归后。（冯延巳《鹊踏枝》）
当时明月在，曾照彩云归。（晏几道《临江仙》）
惆怅双鸳不到，幽阶一夜苔生。（吴文英《风入松》）
休去倚危栏，斜阳正在，烟柳断肠处。（辛弃疾《摸鱼儿》）

我们前面对结构章法做了许多的分类和讲解，这对我们更深入地阅读、鉴赏和进行词的写作是有帮助的，但这些过细的分类有时候会给初学者带来困扰，因为把一首具体的词作拿到面前，有时候很难确切地分析它到底用了什么手法，似乎很多手法都可以应用到这首词作上。笔者的建议是，不必纠结于此，分类、条分缕析这些手法，归根到底还是为了更好地综合理解。我们不妨这样认为，一首词作，尤其是长调，说到底就类似于一篇文章，而且是偏于抒情的散文，我们从小学到大学学到的关于文章的写法本质上是相通的。

关于文章的结构章法，“凤头、猪肚、豹尾”这个最经典的提法其实也可以用到词作上。“凤头”就是开头要起得漂亮，吸引人看下去。我们说词作起句要笼罩全篇，用问句起，造势，都是为了给全词定下一个基调。这和小说的开头其实也有相通之处。好的小说开头，它的文字的质感通常就给全篇小说定下了基调，如《百年孤独》的开头。“猪肚”就是中间要结实饱满，从各个方面充分把事理都说清。词作就是要从各个方面把主题给充分渲染到位，情感充沛。“豹尾”就是收尾有力。作为词作，结句要么深化情感，要么以景语作结，使含有不尽之意，也都是收尾有力的意思。

另外，常见的一个关于散文的说法“形散神不散”，用到词作上，就是要有一个意脉贯穿全篇，“一气贯注，盘旋而下”。

词是抒情的文体，许多天才的词人，如李煜、欧阳修、晏几道、苏轼、秦观、辛弃疾等，其词作常注以强烈的情感，以情感统率全篇，文随情感而自然行止。如苏轼所说："大略如行云流水，初无定质，但常行于所当行，常止于所不可不止，文理自然，姿态横生。"（《答谢民师推官书》）这样的词作于结构章法上有时候很难去做截然的分别。但这样的词人词作，却并非普通人学习的对象，因为大多数人是缺乏那种浓烈的情感的，如果填词时不讲结构章法，词作就容易显得散乱无主题。前人提及学习填词常绕不开周邦彦，原因就在于他是一个非常讲究结构章法的词人，普通人学习他，至少可以保证在情感不够浓烈的前提下，写出尚可的词作。

第八章

词的写作二：填词步骤、入手及习作评讲

一、填词步骤

创作诗歌称为写诗，词的写作我们则称为填词，原因即在于，写词先要选择合适的词调，然后按照平仄往里面填充字数。张炎说：

> 作慢词看是甚题目，先择曲名，然后命意，命意既了，思量头如何起，尾如何结，方始先韵，而后述曲。（《词源》卷下《制曲》）

近人唐圭璋先生云：

> 作词非用心不可。用心则精，不用心则粗，精则虽少无妨，粗则虽多无益。欲作一词，首须用心选调、选韵。其次布局、铸词，无一不须用心。（《词学论丛》）

张炎论的是作慢词，即长调，写小令的步骤也是一样的。填词的步骤有四：一选调，二结构全篇，三选定韵部，四反复修改。

初学者可能会有疑问：写作难道不是因为受了刺激而情绪激动起来，要抒发情感，然后形诸文字吗？先大体把文字写出来后，再去找合适的词调，把这些文字修改得合乎词调的句式和格律要求，这才是正常的写作方式吧！不是说内容重于形式吗？如果先找好词调，再往里填字，不就是形式重于内容了吗？

确实，这样写作也不是说就不行，同样也写得出合乎要求的词作。但这样的写作方式，对填词而言，难易程度是有区别的。举个不是太恰当的比喻，就像我们要创作一座某人的塑像，不管我们设计成什么动作外形、姿态形象，用什么服装、颜色等，这个人的外貌和身体线条大体是固定的，不能把一个胖子塑成一个瘦人。如果我们先选取一块大大的原始的石头，开始用斧、刀、锤、凿子等工具把这块石头雕刻成我们需要的形象，这个过程就像是先有词义，再把它雕琢成词作。如果我们先去构思好要塑造的形象，然后去找一个形态大体相像的已经成形的原始塑像，这个原始塑像缺乏服装、颜色、眉目、表情，我们只需要把这些细节添补上去，描画出我们需要的形象就可以了，这个过程就像先选词调再往里面填字，形成词作。这两种方法的难易程度自然不一样。初学填词，须从易到难，掌握相关的法则，待熟悉后方可自加变化，进入相对自由的创作境地。

（一）选择词调

曲调有哀与乐、刚与柔、急与慢等分别，有雄壮、哀怨、柔婉等各种声情上的区别。所选词调应与自己所抒发的情感相契合。选择词调可从两个方面考虑，一是声情、内容，二是长短。

1．根据声情、内容选择词调

词与音乐密切相关，最先有音乐的曲调，再往里填合适的字词而成词作。而每种音乐曲调都适合表达某一类型的情感倾向。今天的音乐曲调也是如此。这是音乐不变的功能特点。古人的词调也是一样的。但麻烦的是，中国古代没有完善的记乐谱的符号，唐宋的曲谱绝大部分没有流传到今天，其歌法也失传了。词调的声情，后人没法亲闻，难以获知。幸好还有当时的一些文献记载流传至今，如王灼的《碧鸡漫志》就是非常重要的文献。钩稽当时的文献记载，我们还约略可考其词调的声情[①]。如：

《破阵子》《六州歌头》：军乐，雄壮。

《竹枝》：声怨咽，调凄苦。多泛咏风土人情。

《水调歌头》：高亢而悠扬的曼声长调。

《水龙吟》：清澈嘹亮的笛曲。

《念奴娇》：高调。

《贺新郎》：音韵洪畅，歌时浩唱。

《霜天晓角》：声调凄婉。

《雨霖铃》：声哀怨。

《兰陵王》：笛曲，末段声尤激越。

《暗香》《疏影》：音节谐婉。

《黄帝盐》《苏合香》：用于祠神。

《醉蓬莱》《黄河清》《舜韶新》：用于应制（宫廷、庆贺）。

《黄莺儿》《荷花媚》《暗香》《疏影》《双双燕》：用于咏物。

《鹊桥仙》：咏节序。

《长寿仙》《庆寿光》：用于祝寿。

---

① 可参考吴熊和《唐宋词通论》第三章“词调”。

《满江红》《念奴娇》《水调歌头》：宜为慷慨激昂之词。

小令《浪淘沙》：音调尤为激越，用之怀古抚今最为适当。

《浣溪沙》《蝶恋花》：音节和婉，作者最多，宜写情，也宜写景。

《临江仙》：最宜用于写情，对句两两作结，句法更见挺拔。

《洞仙歌》：婉转缠绵，可以写情，可以纪事，一叠不足，作若干叠者更妙。

《祝英台近》：顿挫得神，用以纪事，亦甚佳妙。

《齐天乐》：音调高隽，宜用于写秋景之词，姜夔用以咏物。

《金缕曲》：宜用以写抑郁之情。此调变体甚多。别名《贺新郎》，可赋本意，用以贺婚。

《沁园春》：声清美。多四字对句，宜于咏物。别名《寿星明》，可赋本意，用以祝寿。

《高阳台》：跌宕生姿，亦为写情佳调。

我们看上面对曲调的描述，即可发觉，有些曲调对内容、情感有较明确的规定，如《破阵子》用于军乐，《长寿仙》用于祝寿，那么它的声情也就基本固定了，而有些词调只是大体的刚柔、快慢、高低等，并未说明一定是写什么情感的，如《蝶恋花》《浣溪沙》《临江仙》等，而且不同学者对同一曲调的看法未必全部一致。因此，除有些非常固定的词调外，同一曲调可用来表达不同的内容与感情。唐宋词调，大多是通用性的，在内容、情感上没有严格限制，但乐调的调质则是大体有倾向的。这就给了创作者相当大的自由度。

2．根据句度长短选择词调

选择词调要特别注意句度长短与表情关系，总的原则是“奇偶相生、轻重相权”。奇偶，即奇数字数的句子和偶数字数的句子。轻重，即平仄收脚的句子。相权，即相称，不要失衡。

奇数句式（三、五、七、九言）而又使用平韵，接近近体诗的形式，音节偏于流美和谐。

偶数句且以仄声收脚的句子，或奇数句而不守近体诗“三字尾”（上二下三，上四下三）形式的，或用拗句（节奏点上平仄不调）的，音节偏于拗怒。

龙榆生先生有《词学十讲》一书，其中《论句度长短与表情关系》一文对此有很详细的论述，非常值得参考。笔者以上结论即龙先生一文的精简的概括。笔者曾与学生在课上探讨这方面的内容，发现了一个问题，即绝大部分本科阶段的学生对词的历史及词作都未曾有足够深入的了解，掌握这些内容对他们是较为困难的。而到了实际填词练习时，根据句度长短选择词调基本就变成了少写长调。因此，对初学者而言，如果对词的历史了解不深，阅读词作不够多，开始填词时，选择词调时就不要选择长调，选择小令或中调即可，因为长调的写作对初学者相当困难，很容易出现散乱无主题的情况①。

选择词调，最简单易行的方法是先背下常用词调的几首代表作，或者是翻看著名大词人所填词作，然后自己作词时加以参考选用即可。

同一词调往往不止一体，词谱中会列明，填词时选择其中一体，列明所填依何体即可。这是技术问题，不难明白。

（二）结构全篇

我们来看一首辛弃疾的词作：

摸鱼儿

淳熙己亥，自湖北漕移湖南，同官王正之置酒小山亭，为赋。

更能消、几番风雨。匆匆春又归去。惜春长怕花开早，何况落红无数。春且住。见说道、天涯芳草无归路。怨春不语。算只有殷勤，画檐蛛网，尽日惹飞絮。

长门事，准拟佳期又误。蛾眉曾有人妒。千金纵买相如赋，脉脉此情谁诉。君莫舞。君不见、玉环飞燕皆尘土。闲愁最苦。休去倚危栏，斜阳正在，烟柳断肠处。

为方便分析此词的结构，我们把此词以语体文译出：

还能消受得了几番风雨呢，春天已匆匆归去。爱惜春天还担心花开得太早，何况落花无数。我要把春天给喊住："春天你且停住！听说，芳草远伸到了天边，把归路都遮住了。"可是春天不说话，我只能空怀怨恨。算起来只有画檐一角的蜘蛛在努力地织网，整日地粘住一点飞絮，把春天留住。

避居长门宫的陈皇后阿娇盼望重被宠幸，约定了佳期却一再延误，是因为太美丽而有人嫉妒啊。她纵然用千金购买了司马相如的《长门赋》，那份脉脉深情

① 初学填词亦有建议先从长调开始的，但这应该是建立在对词较为了解的基础上。

又向谁去倾诉呢？你们不要太得意忘形地起舞了，难道你们没看见，受宠爱无比的杨玉环、赵飞燕最终也没有好结果，都化为了尘土。闲愁最折磨人。不要去登高楼凭栏远眺，一轮就要沉落的斜阳正挂在那令人断肠的烟柳迷蒙之处。

这首词是辛弃疾由湖北转运副使调任湖南转运副使时所写。时南渡已 17 年，辛氏 40 岁。词作中心思想：宋孝宗一度想给他领兵北伐收复中原的重任，而被奸邪摇惑，对和战大计常怀犹豫，使岌岌可危的江山常在风雨飘摇中。辛氏满腔悲愤，忧谗畏讥，对国家前途充满了忧虑，对主和一派小人充满鄙夷，又无可奈何，徘徊歧路。辛弃疾的这种情绪和心境，在当时的政治环境下，是不能直白地表露出来的。如果用诗表达，难免愤激之语；用过于拗怒或清亮的词调如《念奴娇》《水龙吟》《水调歌头》表达，又不免过于激越，有发泄的意味。他转用这一押仄韵，但以奇数句为主，拗怒中带些谐婉的《摸鱼儿》来写，明面上都是写风景，写男女情事，但处处在写政治，写自己的心情、心境，取得一种欲吞还吐的效果。

上半阕写惜春、留春、怨春之情。起句直下，说几番风雨过后，春天就要过去。然后说想要把春天留住，可是春天是留不住的，只有画檐的蛛网犹在努力地通过粘住飞絮而把春留住。前人评说此词，有说蛛网当指投降派的小人奸臣，春天即指收复北方失地的大好机会与局面，也指君主对自己的信任和任用；也有说蛛网指辛氏自己殷勤有为，想把握住机会收复中国北方。

下半阕开头写陈皇后失宠于汉武帝之事：那个曾被“金屋藏娇”的陈皇后阿娇年老色衰后失宠，于是出千金请司马相如为赋《长门赋》，述说自己避居长门宫后孤独凄凉的处境，据说汉武帝读到此赋后，为之感动，重又宠爱阿娇。这个故事不是史实，但深得后世诗人的喜爱，成为古典诗词最爱用的典故之一，常用于表达“蛾眉见妒”的意思。接着写唐杨玉环、汉赵飞燕得宠最终又覆亡的故事。长门典，是说出辛氏自己的政治失意。玉环、飞燕典，是直斥小人。最后以景语结束，是哀叹国家运势的衰落。“斜阳”云云，乃指君主，古人常以日指君主。宋人笔记记载，宋孝宗看到此词，颇生气，但亦无可奈何，并未处罚他。

此词的结构非常清晰，上半写景，下半写情。写景层次明显，层层推进，春去—惜春—怨春—留春。下半写情并未直接抒发，而是以事、景两方面来写，先用两个男女之典来间接叙写，再结以景语，层次为：失意—怨悱—无奈。结语尤有意味，深得“小雅怨悱而不怒”之妙。以景语结是长调常用手法，可以含不尽之意。

宋人沈义父说：

作大词，先须立间架，将事与意分定了，第一要起得好，中间只铺叙，过处要清新，最紧要是末句，须是有一好出场方妙。(《乐府指迷》)

辛氏此词可说将沈氏所说的结构安排都体现出来了。

词长短不一样，对谋篇布局的要求也稍有区别。短小的小令可以不用考虑谋篇布局，长调则一定要考虑结构布局的问题。如何结构布局，具体论述已见上一章“词的用字、句法和结构章法”。这里我们只强调填词必须考虑谋篇布局，不要兴之所至，随手而写，那样最终必导致整首破碎散乱，不成篇章。

（三）选定韵部

词与音乐密切关涉，其韵部的选择往往决定词的声情、调性。词韵的选择比诗韵更讲究，还因为律诗韵脚字仅四字，都于固定位置出现，词的韵常较诗韵密，有时几个句子连续押韵，又有转韵，其转韵处常暗示情感的转换，故词韵部的选择不得不讲究。古人于各韵部字所契合的情感早有体悟。明王骥德说：

各韵为声，亦各不同。如“东钟”之洪，“江阳”“皆来”“萧豪”之响，“歌戈”“家麻”之和，韵之最美听者。“寒山”“桓欢”“先天”之雅，“庚青”之清，“尤侯”之幽，次之。“齐微”之弱，“鱼模”之混，“真文”之缓，“车遮”之用杂入声，又次之。“支思”之萎而不振，听之令人不爽。至“侵寻”“监咸”“廉纤”，开之非其字，闭之则不宜口吻，勿用多可也。(《方诸馆曲律》卷三《杂论》第三十九上)

清人周济编《宋四家词选》，前序花了不少篇幅论韵部：

东真韵宽平，支先韵细腻，鱼歌韵缠绵，萧尤韵感慨，各具声响，莫草草乱用。阳声字多则沉顿，阴声字多则激昂。重阳间一阴则柔而不靡，重阴间一阳则高而不危。韵上一字最要相发，或竟相贴，相其上下而调之，则铿锵谐畅矣。(《宋四家词选序》)

如果对字词的音律没有很深入的体悟，周济的这段文字很难读明白。今人谢云飞先生认为：

凡佳、哈韵的韵语，都有悲哀的情感……凡微、灰韵的韵语，都含有气馁抑郁的情思……凡萧、肴、豪韵的韵语，都含有轻佻妖娆之意……凡尤、侯韵的韵语，都似乎含有著千般愁怨，无法申诉的意味似的，最适用于忧愁的诗……凡寒、桓韵的韵语，都含有黯然神伤、偷弹双泪的情愫，适用于独自伤情的诗……凡真、文、魂韵的韵语，都含有苦闷、深沉、怨恨的情调……凡庚、青、蒸韵的韵语，都含有一种淡淡的哀愁，似乎又有相当理智的情愫……凡鱼、虞、模韵的韵语，都含有日暮途穷、极端失意的情感……”（《音律与语言》）

今人陈少松先生有《古诗词文吟诵研究》一书，陈先生吟诵诗词几十年，从自身体验出发，对各韵部字的情感基调论述甚详。因为各韵部字都很重要，全文抄录如下，读者可参考之：

东冬等韵：此类韵各字的韵母是 ong 或 iong 或 ueng。这些韵母的韵腹是 o 或 e，都是宽元音，即发音时舌头与上腭的距离较大，气息从鼻腔徐徐流出，由于口腔和鼻腔的共鸣，发出的声响较大，整个字音给人以宽平、浑厚、镇静的感觉；适宜表现庄严的神态、浑厚的情感和宏壮的气概。

真文侵等韵：此类韵各字的韵母 en 或 in 或 uen 或 ün，这些韵母的韵腹有的是窄元音（如 i 与 ü），发音时舌头与上腭的距离较小，有的虽是宽元音（如 e），但收音时舌尖上移抵住上齿龈，发前鼻音 n，故总的看发音时开口度较小，与“东冬”韵相比，声音的响度要小些，给人以平稳、沉静的感觉；适宜表达深沉、忧伤、怜悯等情思。

支微齐等韵：此类韵各字的韵母多为舌尖音 -i（ɿ）、-i（ʅ）或舌面元音 i，少数是 ei 或 uei。这类韵母发音时，没有鼻腔共鸣，口腔开口度较小，气息从很窄或较窄的通道中细细地流出，这样发出的音给人以细声细气的感觉；适宜表达隐微的心曲和细腻的情思。

先寒删覃盐咸等韵：周济认为，“先”韵和“支”韵一样，都给人细腻的感觉，笔者的感觉有异。“先”等韵各字的韵母为 ian 或 an 或 uan 或 üan。这些韵母的韵腹是 ɑ，宽元音，发音时开口度较大，加上鼻音收尾，有口腔和鼻腔的共鸣，整个字音比较响亮，给人以悠扬、稳重的感觉；适宜表达奔放、深厚等感情。

鱼虞等韵：此类韵各字的韵母是 ü 或 u，ü 或 u 都是窄元音，发音时口腔开度较窄小，双唇向前拢成圆形，气息和声波从小圆孔中流出，给人以郁结难吐的感觉；适宜表达缠绵深微，感叹不已等感情。

歌韵：此韵各字的韵母是e或o或uo或ue。这些韵母的韵腹e或o虽是宽元音，发音时开口度比ü或u稍大些，但气息和声波出来时也给人一种郁结难吐的感觉，故适宜表达的情感同鱼韵近似，周济说“鱼歌缠绵”是有道理的。

萧肴豪等韵：此类韵各字的韵母为iao或ao。其中韵腹a和韵尾o都是宽元音，特别是a，发音时开口度大，所以声音较响亮；同时，在韵母发音过程中口腔开度和声音都有变化：发iao时，口腔开度由小到大到小，声音由小而重到较短而轻。整个字音给人的感觉确如《红楼梦》中所指出的“流利飘荡”；适宜表现潇洒的风神、豪迈的气概、激动而悠长等感情。

尤韵：此韵各字的韵母是iou或ou。发音时口腔开口度和声音的变化与“萧豪”韵近似，但韵腹o比a、韵尾u比o开口度都要小些，气息和声音出来时给人以滚滚不尽的感觉；适宜表现阔远的境界和深沉感慨等感情。

阳江等韵：此类韵各字的韵母为iang或ang。发韵腹a时口腔开度大，收尾音ng时鼻腔产生共鸣，整个字音给人以洪亮、浑厚的感觉；适宜表达豪放、激动、昂扬等感情。

麻韵：此韵各字的韵母为a或ua或ia。发音时韵腹a的开口度大，声音较响亮，给人以清朗的感觉；适宜于表达喜悦、快乐等感情。

明白这个道理后，读者再找来各词作对照读一读，当可有所感受。

我们只能说各韵部字较贴合某种情感基调，不能把它给绝对化。比如说江阳韵宜写豪放、激动、昂扬之情，那么我们一定可以找到押这个韵而不合乎这个情感基调的作品。像苏轼词作《江城子·乙卯正月二十日夜记梦》就是押阳韵的，激动或有之，但我们能说这是豪放、昂扬的感情吗？

江城子·乙卯正月二十日夜记梦

［宋］苏轼

十年生死两茫茫。不思量。自难忘。千里孤坟，无处话凄凉。纵使相逢应不识，尘满面，鬓如霜。

夜来幽梦忽还乡。小轩窗。正梳妆。相顾无言，惟有泪千行。料得年年肠断处，明月夜，短松冈。

不过，即便同一韵部的字在具体的诗中既可表现悲伤，也可表现高兴的情绪，它们表现出来的悲伤与高兴，与另一韵部的字表现的悲伤与高兴，也应该有某种区别。这种区别有时候很难明确地说清。语音与意义、语音与情感的关系非常复杂，是一个很难探讨得非常清晰和科学的问题。

初学者选择契合于词的情感与内容的韵部，刚开始时不必过于拘泥。可以参考前人的代表性词作，前人用哪个韵，填同样的词牌时也用前人同一韵部的字即可。这样通常不会有大错。

选择韵部还要考虑韵部字的多少问题，即窄韵（韵脚字少）、宽韵（韵脚字多）的问题。清人孙麟趾说：

> 作词尤须择韵，如一调应十二个字作韵脚者，须有十三四字方可择用。若仅有十一个字可用，必至一韵牵强。词中一字未妥，通体且为之减色，况押韵不妥乎。是以作词先贵择韵。（孙麟趾《词径》）

填长调，若押韵处多，选用窄韵部字，难度就会增大，难于找到合适的句子，难免牵强。初学尽量选择宽韵部的字。

最后要强调一下，选韵和结构全篇，并没有固定的、截然分别的先后次序，是可以同时进行的。在谋篇布局的同时，往往写出一两句，确定用什么韵后，后面就尽量不要改韵，一改韵，全篇推翻。韵一开始就要定，平仄可以不定。不用过于担心因为韵部字的限制而不好谋篇布局。这是因为词韵要比诗韵宽，可选的字多，词的意思前后调整也不像诗那么麻烦。定了韵部，对全篇结构影响不会很大。如果已经写出好些句子，再想改动韵部，那全词基本就要从头再来了。

（四）反复修改

词是填的，可选的韵宽，句式灵活，少用对仗，对仗也不似诗那么严格，因此词的灵活性要强于诗。它的可修改性也是强于律诗的。前人谈及词的反复修改话语甚多。

宋人沈义父曰：

> 初赋词，且先将熟腔易唱者填了，却逐一点勘，替去生硬及平侧不顺之字。久久自熟，便觉拗者少，全在推敲吟嚼之功也。（《乐府指迷》）

宋人张炎曰：

词既成，试思前后之意不相应，或有重叠句意，又恐字面粗疏，即为修改。改毕，净写一本，展之几案间，或贴之壁。少顷再观，必有未稳处，又须修改。至来日再观，恐又有未尽善者。如是者改之又改，方成无瑕之玉。（《词源》）

张炎这里强调，不但起初要反复改换字词使成篇；就是成篇之后，也需要将作品置之几案，反复琢磨，改之又改，俾成无瑕之美玉。这种做法，很类似于后世小说家对作品的反复修订。一般来说，短小的诗词作品，这样的做法是较少见的。但他强调的这种态度却是我们修改作品时需要的。

号称清末四大词人之一的况周颐论及改词之法，其所撰《蕙风词话》云：

佳词作成，便不可改。但可改便是未佳。改词之法，如一句之中有两字未协，试改两字，仍不惬意，便须换意，通改全句。系连上下，常有改至四五句者。不可守住原来句意，愈改愈滞也。（《蕙风词话》卷一第四十一条）

可见况周颐这样的大词人改起自己的词作来，不仅仅是几个字的改动，全句至四五句改动亦是常态。

又云：

改词须知挪移法。常有一两句语意未协，或嫌浅率。试将上下互易，便有韵致。或两意缩成一意，再添一意，更显厚。此等倚声浅决，若名手意笔兼到，愈平易，愈浑成，无庸临时掉弄也。（《蕙风词话》卷一第四十二条）

这段话还说出了修改的具体方法，同样值得重视。一是挪移法，即将文字上下移动，有时候会取得特别的效果。在谈律诗的写作时，我们谈过这种方法，首先是技术的需求，即平仄、对仗、押韵的规则让我们在写作当中不得不辗转腾挪以求合乎诗律。有时候，文字的移动还会产生如况周颐所说的“韵致”。我们看一个例子：

王仲至召试馆中，试罢，作一绝题云：

古木森森白玉堂，长年来此试文章。

日斜奏罢长杨赋，闲拂尘埃看画墙。

荆公见之，甚叹爱，为改作“奏赋长杨罢”，且云：诗家语，如此乃健。（注：荆公即王安石）（魏庆之《诗人玉屑》卷六·下字）

为什么“日斜奏罢长杨赋”一句，改成“日斜奏赋长杨罢”之后，才是“诗家语”，才显得“健”呢？古人这样的评论，向来很少提供具体的解释，只是凭直觉说出。后人不得不凭自己对诗歌的理解去臆测古人的意思。笔者这里也试着分析一下。

这句的修改，“赋”“罢”二字调换，平仄没有变化，都是符合诗律的。《长杨赋》是西汉辞赋家扬雄创作的一篇写长杨之猎的赋文。“日斜奏罢长杨赋”是正常语序，“日斜奏赋长杨罢”则改为倒序，“长杨”的篇名在这里没有什么言外之意。如果是正常语序，那么这句诗念起来，声调的拉长和停顿会落在“长杨赋”三字上，从而语义的重点也落在这里。但这首诗强调的并不是“长杨赋”这个篇名或这个篇名所代表的内容，其诗意重点在第四句“闲拂尘埃看画墙”，想表达在馆中考试完毕后的闲适、放松心境。改成“日斜奏赋长杨罢”，语意重点就落在了“赋”“罢”二字身上，正是强调考完试了。至于考什么内容，并不重要。

我们再看另一个例子：

公尝读杜荀鹤《雪》诗云：“江湖不见飞禽影，岩谷惟闻折竹声。”改云：“宜作禽飞影，竹折声。”（注：公即王安石）（郑方坤《五代诗话》卷二引《扪虱新话》）

为什么王安石觉得应该把“飞禽影”“折竹声”改成“禽飞影”“竹折声”呢？他同样没有提供理由。我们这里附上这首诗完整的版本，会容易看得更明显些：

雪

［唐］杜荀鹤

风搅长空寒骨生，先于晓色报窗明。
江湖不见飞禽影，岩谷惟闻折竹声。
巢穴几多相似处，路岐兼得一般平。
拥袍公子莫言冷，中有樵夫跣足行。

注：

岐：通“歧”。

第一联点题说下雪，下雪会让窗户比平日更早明亮起来。第二联说下雪让鸟不现踪迹，雪厚会压折竹子。第三联说大雪覆盖之下，巢穴全都相似，歧路亦都一般平。这两联中间四句主写雪之大。第四联应是本诗诗意所在，表现贫富的差别和对樵夫的同情。“江湖不见飞禽影，岩谷惟闻折竹声”两句是正常语序，读这两句诗，语意重点在“影”“声”二字上，“飞禽”“折竹”作为定语，只起到修饰的作用。我们可以直译为“飞鸟的影子”“竹子被折断的声音”。如果改成“江湖不见禽飞影，岩谷惟闻竹折声”，语意重点就会放在“禽飞”“竹折”上，于是我们读这两句诗时，脑海中会不自觉地出现“鸟在空中飞过”和“竹子被雪压断”这两个动态的意象。可以说，修改以后，增加了诗句的意象，让雪之大变得动态起来，诗义更生动，更有诗意，诗的情境才显得更有韵味。况周颐所谓“韵致”大约就是这个意思。顾随先生说“中国诗是引起印象，而不是表现印象”（顾随《顾随诗词讲记》），由此句之修改亦可感受一二。

况周颐所云的“两意缩成一意”也是诗词修改中常用到的手法，可称为“缩句法”。它的实质是尽量用最简洁的词句表达更多的意义，在诗词的写作中，常常表现为将两个句子浓缩为一个句子。明谢榛说：

> 成皋王传易及子玄易问作诗有“缩银法”，何如？予因举李建徕诗“未有一夜梦，不归千里家”，此联字繁辞拙，能为一句，即缩银法也。限以米香。香及半，玄易曰：“归梦无虚夜。”香几尽，传易曰：“夜夜乡山梦寐中。”予曰：“一速而简切，一迟而流畅……”（谢榛《四明诗话》卷三）

谢榛所举即一个绝好的例子。以上所言的例子虽然都是诗歌的例子，但诗、词句式并无大区别，词的写作和修改也一样，“挪移法”和“缩句法”是较常见的修改方式。

初学填词，反复修改是常态。先期合律，次则成篇，再谋求个体情感的注入。本章第三部分即讨论学生所填之词及笔者的评述与修改。

二、填词入手

（一）模仿入手

初学填词，最好还是从模仿入手。模仿也分层次，可先从句、韵的学习开始。况周颐说：

> 初学作词，最宜联句、和韵。始作，取辨而已，毋存藏拙嗜胜之见。久之，灵源日浚，机括日熟，名章俊语纷交，衡有进益于不自觉者矣。手生重理旧弹者亦然。离群索居，日对古人，研精覃思，宁无心得；未若取径乎此之捷而适也。（《蕙风词话》卷一第三十八条）

联句，古代作诗的一种方式，是指一首诗由两人或多人共同创作，每人一句或数句，联结成一篇。真伪充满争议的汉武帝《柏梁台诗》就被认为是最早的联句诗。但况周颐这里的联句可能还包括另一个联句方式即“集句”，古人称“集句诗”，即取古人诗词中的句子联结成一整首诗词。况氏语“日对古人，研精覃思”云云即指此。不管是联句还是集句，这个过程的难度在于首先要寻找合律的句子，然后再将这些句子合成浑然一体的篇章。创作者除了需要熟练掌握诗词的平仄、押韵等规则，以确保联句在音韵上和谐统一外，更重要的是要在意境上保持连贯，每句都应围绕一个共同的主题或情感展开，通过生动的意象和深邃的意境，让整首诗创造出一个完整而富有感染力的艺术世界。要寻找契合自己想表达的主题的句子并构成一前后浑成的篇章并不容易。这个过程既训练了阅读理解，也训练了篇章结构的安排，还可以学到字词句的写作。

和韵，指依照他人诗词的题材、体裁、韵脚来写作诗词。又可分为“依韵”“用韵”“次韵”三种情况。“依韵”即用同韵部的字即可；“用韵”即直接用原作的韵脚字，但先后次序可不管；如果连韵脚字的次序和原作都一样，则称“次韵”，又称“步韵”。和韵的难处在于保持原作的风格和意境的同时，还要有所创新，使得和作既能体现原作的精神，又能展现出和作者自己的风格和思想。这无疑增加了创作的难度。苏轼爱作此类诗词，很见机巧和机趣。

不管是“联句”还是“和韵”，笔者认为，这大体都强调一个“亦步亦趋”的过程，让诗词的写作在刚开始进入时不要有太大的难度，免得初学者因为畏难的情绪而过早放弃。我们日常所说的模仿入手，指选自己喜欢的某个名家入手，模仿其整篇的写作。至于选择谁来模仿，古人认为有讲究：

周清真之典丽，姜白石之骚雅，史梅溪之句法，吴梦窗之字面。取四家之所长，去四家之所短，此（乐笑）翁之要诀。（注：周邦彦号清真，姜夔号白石，史达祖号梅溪，吴文英号梦窗，张炎号乐笑翁）（南宋·陆行直《词旨》）

清真，集大成者也。稼轩敛雄心，抗高调，变温婉，成悲凉。碧山餍心切理，言近指远，声容调度，一一可循。梦窗奇思壮采，腾天潜渊，返南宋之清泚，为北宋之秾挚。是为四家，领袖一代。馀子荦荦，以方附庸。夫词，非寄托不入，专寄托不出，一物一事，引而伸之，触类多通。……问涂碧山，历梦窗、稼轩以还清真之浑化。余所望于世之为词人者，盖如此。（注：周邦彦号清真，辛弃疾号稼轩，王沂孙号碧山，吴文英号梦窗）（清·周济《宋四家词选序》）

前人提到填词的学习对象，大多集中于这几个人：北宋的周邦彦，南宋的姜夔、吴文英、辛弃疾、王沂孙。为什么更早的欧阳修、柳永、苏轼、李清照等不提呢？一个很重要的原因即在于词至南宋已渐雅化，后世更倡尊体一说，将词与诗并列，词已成文人案头之作，词之创作与音乐已无关涉。南宋诸人开此风气，名作众多，有法则可学，故成为学习填词的典范。

至于坊间书肆常摆出的号称"学词入门第一书"的《白香词谱》，或其他种种学词著作，也不必迷信。填词并无捷径可言，没有拥有哪一本书即可速成的说法，唯多读多写而已。王力先生《古代汉语》第四册附录即有常用词调，初学已足用。重要的是马上开始，不纠结于什么书。

笔者不揣浅陋，将自己仿作一首呈于此，并简单说说是如何仿作的。

南乡子·送述古

［宋］苏轼

回首乱山横。不见居人只见城。谁似临平山上塔，亭亭。迎客西来送客行。

归路晚风清。一枕初寒梦不成。今夜残灯斜照处，荧荧。秋雨晴时泪不晴。

南乡子（仿作）

期末监考，百无聊赖，仿坡公《南乡子·送述古》“回首乱山横”，试填词一阕，未克，他日继成之。

回首暮云残。不见锦城只见烟。两鬓萧萧华发薄，犹怜。十七年前是少年。

一别再无言。秋梦春云只等闲。今世无因来证果，可叹。当日阿梅不见怜。

《南乡子》押平声，多五、七言，调子较和谐柔美，写情写景均恰当。坡公此调选了第十一部的庚青蒸韵。此韵乃鼻音韵 eng，情调悠长，抒发朋友之情正契合。笔者所写则与过往男女恋慕相关，因此选了词韵第七部，乃鼻音 ian、an 为韵，特别是 ian 音，比 eng 音要纤细些，有拉长咏叹的意味，亦与本词声情相契。

苏词的词作结构有讲究，上片写送别场面，主写景，下片写送后自身情境，主写情。首两句即挑明送别，但后三句并不承此去铺排送别场景，却突然转到临平山上的塔，这宕开的一笔若收不好，就难以为继。苏词最后一句巧妙地以亭亭矗立的塔转回到送别，实是妙笔。而且这也不只是简单的景物描写，亭亭矗立的塔还多少暗喻了朋友的风流气度，有深意在焉。

一般送别诗词常写离别时之景与事，苏词下片却写自己送别之后的情景：回来后做梦却梦不到朋友，起身独对荧荧夜灯，泪和秋雨，秋雨已晴，泪犹未干。将思念朋友之情写得情深意切而不缠绵悱恻，苏词一贯的清旷之气仍可于此词中感受到。

笔者此作，多凭情感，结构上不够清晰，上片还有景之提及，下片则全部写情。最遗憾的是下片最后一句“当日阿梅不见怜”太过直白，毫无余味。笔者早知此病，无奈人常自知其病，却不知如何下手医。这也是写作者最大的麻烦之一：无法判断自己的选择合不合理。通常创作者会构思出许多可能的情景与可用的词语，却无法定夺哪一个选择更为合理。

此词调字数不多，定韵之后，将符合心中所思之景语与情语往里填即可，平仄调度并不困难。最难的在于每阕结尾倒数第二句两字。苏词全用叠字“亭亭”“荧荧”，但谱并不要求用叠字。如五代冯延巳之作：

南乡子

细雨湿流光。芳草年年与恨长。烟锁凤楼无限事，茫茫。鸾镜鸳衾两断肠。

魂梦任悠扬。睡起杨花满绣床。薄幸不来门半掩，斜阳。负你残春泪几行。

苏词此作最巧妙之处即在于此二叠字，天衣无缝地嵌入全首之中，意义浑然，犹如李清照名作《如梦令》“争渡、争渡”“知否、知否”的作用一般，冯延巳此作也是名作，但“茫茫”“斜阳”二语，与上下文仍不够贴合，不如苏词之浑然无间。

笔者仿作只是第一句仿苏词，此后句式不再依凭苏词，凭自己的情感而下字词，也算是达到了前面强调的“模仿入手，达成变化”，只是这变化远逊原作，读者可当作反例看待即可，也不枉笔者献丑。

（二）选常见、易写的词调入手

不同的词调写作起来有难有易，初学者因为还不了解不同词调的难易，选择不恰当而早早放弃。因此，初学一定要选常见的、易写的词调入手。

至于具体该选择哪些词调入手，有一个简单的原则：多读前人词作，大多数词人写作的那些词调即常见的词调，而在押韵上较复杂，句式变化多，特别是偶数句多的词调通常不好写。这里列出一些初入手可以学习的词调：《浣溪沙》《减字木兰花》《采桑子》《临江仙》《蝶恋花》《菩萨蛮》《青玉案》《满庭芳》《八声甘州》等。本章下一节学生的习作即多此类，可参看。至于那些少见的词调，可暂不必理会，待熟悉词之作法后，自然可渐次分辨。

有一些词调很常见，但对初学者不太友好，刚开始不要轻易尝试。如：

《破阵子》《六州歌头》：这是军乐，写军旅之事，普通人少有这种生活经验，不好写。

《水龙吟》《念奴娇》《贺新郎》《摸鱼儿》：苏、辛很爱用的词调，句式长短参差，字数又多，如果缺乏二人那种极强烈的情感，写来易散乱破碎，主题不统一。

《满江红》：这个词调宜写愤慨激昂之情，用入声韵，初写易入叫啸。

《定风波》：这个词调很常见，字数属中调，初看可能觉得不难。实则它的用韵变化很复杂，转四次韵，平仄交替；中间三个两字句，其余全是七言，句式变化太过突兀，二字句往往俚俗，七字句则舒徐，很难协调得好。

《西江月》：平仄通叶，八句中有六个六字句。六字句节奏固定，不似五、七言之舒徐，容易写得浮滑。

《钗头凤》：这个词调其实不太常见，历代填此词调者少，但因为陆游《钗头凤·红酥手》一作太有名，易让初学者误解，以为这个词调易作。其实这个词调上下片最后三字都是仄声，又分别押韵成句，情感激烈，很难找到与之合拍的事件及情感，特别难填。历史上流传的唐氏的和作并非佳作，应是后人杜撰的，甚至唐婉的名字亦是杜撰。

（三）入手注意

1. 须倚声填词

本来这是不需要去强调的规范，既然是填词，那当然是按词牌往里填。可是总有初学者因为不了解格律，不了解基本的规范要求，只是喜爱读诗读词，又觉得词牌、词调也是古人自己创制的，那么自己直接写一类似词的长短句也可以了，只要语词优美，读起来自成意境就好了，内容大于形式，故不在意词牌。

笔者曾为学生修改词作一阕，原意只是叮咛提醒学生，倚声填词方为正道。亦呈于此。

一剪梅

课中作业，生黄君秋婵以两词附于札后，言“以两首不是词的词告别我的诗词课”，其一《青玉案》云：“淡月疏桐风影移，正道是、秋向晚。等闲人间芳菲尽。方知此番，低烛红帐，孤衾不胜寒。相思偏怨玉桥笛，悱恻离人泪。蓬山应觉青鸾杳。心又天涯，尺牍何期，恨无彩凤翼。”之作虽未合律，然幽曲深婉，清丽高洁，得风人之旨。余不揣固陋，略依其意，改作《一剪梅》一词。以己私心，度人之怀，妄窜臆改，或不免于讥。然倚声填词，斯为正道，是所深望于秋婵并诸君焉。

淡月疏桐风过栏。红叶黄花，锦瑟华年。孤衾不耐夜来寒，低烛轻烧，罗帐斓斑。

不尽相思红泪弹。偏怨桥头，玉笛声残。恨无彩凤翼双飞，心系天涯，尺素难安。

此例所谓《青玉案》云云，只是字词符合此词牌，平仄则全不讲。还有更离谱的，就写一仿古的长短句就以为是词的。这都是不明最基本规范而犯的错。举此例亦是向人证明，如若全首已构思而成，词语亦大体完成，再去寻找到合适的词牌，稍调整前后次序及少数词语，亦不难将之修改成合乎某个词调的作品。关键在于不惮反复修改。

2．先求妥帖

词学程序，先求妥帖、停匀，再求和雅、深（此“深”字只是“不浅”之谓）秀，乃至精稳、沉着。精稳则能品矣。沉着更进于能品矣。精稳之“稳”与妥帖迥乎不同。沉着尤难于精稳。平昔求词词外，于性情得所养，于书卷观其通。优而游之，餍而饫之，积而流焉。所谓满心而发，肆口而成，掷地作金石声矣。情真理足，笔力能包举之。纯任自然，不假锤炼，则“沉着”二字之诠释也。（况周颐《蕙风词话》卷一第二十条）

初学作词，只能道第一义，后渐深入。意不晦，语不琢，始称合作。至不求深而自深，信手拈来，令人神味俱厚。规橅两宋，庶乎近焉。（况周颐《蕙风词话》卷一第二十一条）

这里强调初学词，先不求深入，不必非要创造情景交融、诗境浑成的艺术风格或境界等，首先是“能道第一义”，要“妥帖、停匀”。“妥帖”即稳当、合适的意思；“停匀”即均衡、均匀的意思。按笔者的理解，况氏的意思，指初学填词，能够用合适的词句将自己的意思清晰地表达出来，达到篇章结构和音律节奏大体均衡、和谐即可。简单一点说，达到合律（按词谱填）、表义（文从字顺）、稳妥（语言不雕琢、生硬，通体浑成）这三者则可矣。

3．不写“恶品”

初学者有一个容易犯的毛病是用语太俗。词原从民间而起，初期词作用语多尘俗，如柳三变，大词人李清照亦有此等作品。但此后词已雅化，再制作此类词作，非才高力大、深于此道者不能为也。业师沚斋先生是当代有名的诗人，深于此道，其词作：

洞仙歌

陈永正

待来几日，积几多惆怅。一夜开门几回望。奈快邮难寄，电话难通，唯是有、梦入西关寻访。

睡轻容易觉，伴着虫声，冷雨飘开绛纱帐。不肯送离魂，多事春风，但搅得、心波摇漾。悔前天玉照送还伊，否则便终宵，把看遥想。

此词差不多全用现代词语，但一气贯注，流畅得体，读之已无甚尘俗气，反令人嫣然一笑，会意于心。大词人苏轼亦有此等词作：

如梦令·水垢何曾相受

［宋］苏轼

元丰七年十二月十八日，浴泗州雍熙塔下，戏作如梦令两阕。此曲本唐庄宗制，名忆仙姿，嫌其名不雅，故改为如梦令。盖庄宗作此词，卒章云："如梦如梦，和泪出门相送。"因取以为名云。

水垢何曾相受。细看两俱无有。寄语揩背人，尽日劳君挥肘。轻手，轻手。居士本来无垢。

对普通作者来说，这样有当代词语的词作不要轻易尝试，写得不好就容易成为"老干体"。尤其以词来歌颂国家成就的，写某某会议召开，某某火箭、卫星上天的，特别容易写坏，因为这样的词作违背了词的历史和特性，读来格格不入，是所谓"恶品"。词已经雅化，不可能再回到初期那样风格的作品了。今天我们最熟悉的柳永的作品也是他雅的作品，其尘俗的作品普通人已经很少知道，也很少读了。

现代词语并非完全不能入古体诗词，有许多相关技法可以将之纳入古体诗词中，今天的诗坛有人在学理和实践上都有探求，感兴趣者可以自己参看相关图书。但初学者不建议立马去学习这些内容。

4．先易后难

初学填词，可先选择容易填写的小令。小令短小，不须考虑谋篇布局、章法等，起句可直接切入，稍铺开即可收结，易学易写。写得几次，即可试验另外的调子。能够写出合律的小令后，再进入中调的写作。待熟悉之后，再练习写长调。中调、长调的写作，先选韵部字较多的宽韵来写。总之，先易后难，先简后繁，长期坚持，自然可征服这一古典艺术形式了。

三、学生习作评讲

以下学生习作的评讲，先列出所填的词谱，再列前人词作和学生习作。

【浣溪沙】双调四十二字，前段三句三平韵，后段三句两平韵。过片二句多用对偶。

(仄)仄(平)平(仄)仄**平**。(仄)平(平)仄仄平**平**。(平)平(仄)仄仄平**平**。
(平)仄(仄)平平仄仄，(仄)平(平)仄仄平**平**。(仄)平(平)仄仄平**平**[1]。

浣溪沙

［唐］韩偓

宿醉离愁慢髻鬟。六铢衣薄惹轻寒。慵红闷翠掩青鸾。
罗袜况兼金菡萏，雪肌仍是玉琅玕。骨香腰细更沈檀。

习作：

浣溪沙·七夕

良夜微云月色寒。双星相望影团圞。人间万姓仰头看。
私语曾为诸仙妒，佳音何教少人传。红丝穿尽泪难干。

评：咏七夕，写常景常情。基本成篇。但“妒”不押韵，此调押平声韵。要保留原句意，词韵第七部找不到合适的词语，可换作“怜”字。勉强换作“悁”“煊”“宣”“喧”亦可。这个词牌第四、五句通常对仗。“人间万姓仰头看”为《红楼梦》中诗句，用在此处浑融。

【减字木兰花】又名减兰、木兰香、天下乐令等。双调四十四字，上下片各四句两仄韵两平韵。

(平)平(仄)**仄**。(仄)仄(仄)平平仄**仄**。(仄)仄平**平**。(仄)仄平平(仄)仄**平**。
(平)平(仄)**仄**。(仄)仄(仄)平平仄**仄**。(仄)仄平**平**。(仄)仄平平(仄)仄**平**。

减字木兰花

［宋］欧阳修

歌檀敛袂。缭绕雕梁尘暗起。柔润清圆。百琲明珠一线穿。
樱唇玉齿。天上仙音心下事。留住行云。满座迷魂酒半醺。

习作：

减字木兰花·旧梦寻牡丹

云台梦重。玉黛牡丹初与共。柳絮梅芳，一往情深两处裳。

---

① 黑体加粗“平”表示押平韵，黑体加粗“仄”表示押仄韵。(平)表示应平可仄，(仄)表示应仄可平。以下同。

梦思迁去。独剩相思愁满墓。起死魂归，伉俪荣谐伶衣灰。

评：据作者说，是写一伶人唱《牡丹亭》，过于忧郁，竟郁郁而终。因为此词的主题较为特别，又用小令，没有说明的话，“愁满墓”“起死魂归”等语，读者很难读懂。最好有小序说明一下。“衣”字处应仄。“愁满墓”“起死魂归”“伉俪荣谐”等用语太过生硬，此词只能算是勉强成篇。下阕很难修改。为他人改词，动一两字尚可，改动太多，已成新作，不如推倒重作。

减字木兰花

春风依旧。暖燕双飞人独瘦。烛影空怜，云鬓斜簪晓镜前。

怨长亭晚。红泪杨花星宇伴。将诉幽怀，却隐衷肠赠玉钗。

评：闺怨词。“暖燕”不成词，古人只说“风暖燕飞”“日暖燕归”“泥暖燕营巢”等用语。此处可改为“新燕”“玉燕”“梁燕”“堂燕”“泥燕”“雨燕”等，以“雨燕”为佳，可令人想起“落花人独立，微雨燕双飞”之句。当然，创制新词未尝不可，吴文英词作中就有许多新奇的词，但新手不可轻易尝试，先学成篇再说。此处明显不是有意创制新词，只是随意组合。“星宇伴”生硬，可改为“寒碧汉”或“侵碧汉”。“碧汉”，天河也，不过这个修改不够好。全篇稍改即可成尚佳之作。

减字木兰花·雪夜归家途中

漫天飞雪。犹记除夕相作别。梦醒推窗，风卷薄云影成双。

三更独行。无奈夜长风不停。月冷星寒，人近家门意难安。

评：写自己心事。“夕”入声字，此处应平声，“除夕”可改为“岁除”。“行”“停”处应是仄韵，可修改成“三更独步。无奈夜长风不住”。最后修改如下：

漫天飞雪。犹记岁除相作别。梦醒推窗，风卷薄云影成双。

三更独步。无奈夜长风不住。月冷星寒，人近家门意难安。

减字木兰花·雪夜归家途中

凭栏远望。暮雪深深遮碧嶂。岁末清寒，独自凄凉独自瞒。

欢情如旧。不待追思人已瘦。物是人非，江水长流不见归。

评：合律。用语稳妥，已是非常不错的作品。除稍缺乏时代气息外，已看不出啥缺点。不过，小令本来也不易写出时代气息。“独自凄凉独自瞒”一句尤妙。

减字木兰花

凉风挽叶。轻启竹帘人自惬。秋晚空庭。皎月高悬朗照萤。

灯前细语。情切安知深几许。轻倚云屏。皓齿明眸笑意盈。

评：很好，得词作深婉意味。"皎""朗"二字稍重复，可再斟酌。又明月高悬，则萤火虫难见，"朗照萤"勉强改为"小阁轻"。"安知"，哪知也，与词义不太相符，可改为"争知"，即"怎知"。这是填词第一步，已够像古人，还要进到第二步，以词来抒发自己的情感、志向、意趣，加入自身的情感、经历。最后修改如下：

凉风挽叶。轻启竹帘人自惬。秋晚空庭。皎月高悬小阁轻。

灯前细语。情切争知深几许。轻倚云屏。皓齿明眸笑意盈。

【蝶恋花】又名鹊踏枝、凤栖梧、卷珠帘等。双调六十字，上下片各五句四仄韵。

ⓧ仄㊥平平仄**仄**，ⓧ仄平平，ⓧ仄平平**仄**。ⓧ仄㊥平平仄**仄**，㊥平ⓧ仄平平**仄**。

ⓧ仄㊥平平仄**仄**，ⓧ仄平平，ⓧ仄平平**仄**。ⓧ仄㊥平平仄**仄**，㊥平ⓧ仄平平**仄**。

蝶恋花·春景

［宋］苏轼

花褪残红青杏小。燕子飞时，绿水人家绕。枝上柳绵吹又少。天涯何处无芳草。

墙里秋千墙外道。墙外行人，墙里佳人笑。笑渐不闻声渐悄。多情却被无情恼。

习作：

蝶恋花

秋日池边闲信步。风过花飘，凄寂梧桐树。无意闯入林间路，惊时林中鸟飞去。

止步欲倾心中苦。泪眼望天，无奈青春暮。一片赤心无人遇，漫漫长夜无人度。

评：直抒胸臆。但用于此情此景不太合适，一览无余，少曲折。写豪情可直抒，写愁怨、闺情则须曲折些。“间”“中”应仄声。用字半俗半雅，不协调。“无意闯入林间路”“止步欲倾心中苦”太俗太直白。此词全篇不调，一两处改动意义不大，不好修改，建议全部推倒重作。

蝶恋花

云淡风轻江水阔。倦鸟归林，万里层云越。朝起寒江天暮雪。回头已过千山阙。

沧海桑田心未歇。携手经年，风雨冰霜阅。白发媪翁言窃窃。柔情胜似骄阳烈。

自注：

倦鸟归林：出自白居易的《别杨颖士、卢克柔、殷尧藩》。

万里层云：出自元好问《摸鱼儿·雁丘词》。

评：全首上写景，下写情。词意显然是写夫妻相偕相伴至老之情意。上片之景参考元好问《雁丘词》“渺万里层云，千山暮雪，只影向谁去”，但起首两句之景与后三句不协调。此景与夫妻相濡以沫亦无关涉。下片最后两句太直白，用语稍俗。雪、阙、歇、窃等，凑韵痕迹较明显。建议修改上片前两句、下片后两句。

蝶恋花

长忆岭南丹荔贡。华物天骄，民怨忧劳重。妃曲一消嵬阁冢。旌旗齐竖王权拱。

擘荔唐园仍未空。曹郑文章，犹叹明皇梦。自古兴衰堪喻讽。唯存寒石登云耸。

自注：

荔园诗：《西园吟诗社》记载，阮福作《唐荔园记》，记唐时曹松南海陪郑司空游荔园诗。清时众诗人以荔园为主题，写曹松、玄宗往事，荔园景象历史等，为荔园诗。

擘荔：擘荔亭，荔园内景。

曹郑：曹，即曹松，唐时诗人，字梦徵。郑，根据文献考注，时任岭南节度使，名不详。

评：“空”字平声，应用仄韵。勉强成篇，但用语生硬，最根本的原因是词牌不适合怀古。蝶恋花，写离别，写怀人，写心事，写情怀，写男女爱情，写旷达均有，名作很多，毛主席还用来写红军壮志，但用来写怀古的极少，若怀古，也用于怀古时男女爱情故事。此词五、七言为主，但押仄韵，音节没有那么和谐柔美，和谐中有拗怒，所以词作内容较阔。本词作是政治性的怀古，一般讲肃穆、严正，有议论，有判断，不合词调《蝶恋花》。如《桂枝香》类词牌可用于怀古，四六句多，适合发议论。

【临江仙】双调小令，字数有五十二字、五十四字、五十八字、五十九字、六十字、六十二字六种，上下片各五句三平韵。

(仄)仄平平(仄)仄，(平)平仄(仄)平**平**。(平)平(仄)仄仄平**平**。(平)平(平)仄仄，(仄)仄仄平**平**。

(仄)仄平平(仄)仄，(平)平仄(仄)平**平**。(平)平(仄)仄仄平**平**。(平)平(平)仄仄，(仄)仄仄平**平**。

临江仙

［宋］晏几道

梦后楼台高锁，酒醒帘幕低垂。去年春恨却来时。落花人独立，微雨燕双飞。

记得小苹初见，两重心字罗衣。琵琶弦上说相思。当时明月在，曾照彩云归。

习作：

临江仙

乱絮纷飞家院静，倚廊自问秋风。背窗四野露浓浓。月来烟迹远，故友已无踪。

明月不知别去恨，照君山水一重。闲庭醉卧绪随风，沉沉明月半，散尽翠微中。

评：“别”入声，此处应平，“别去”改为“离别”或“离去”即可。全首已成篇，结构较为清晰明了。最后一句妙，有言外之意。此调五七言为主，押平韵，音节偏柔美和谐。也可用来抒情言志，如苏轼“小舟从此去，江海寄余生”。

临江仙·邂逅

记得高斋初见面。无言一笑嫣然。人间何处有神仙。瑶台呈妙舞，锦瑟奏华年。

隔院笙歌喧巷陌。满城桃李参天。云鬟雾鬓卸香钿。却惊尘世客，来试小婵娟。

评：艳词？小婵娟，美女之意，也可指花木、姿态。高斋，高雅的书斋。此词意思太隐晦，似入艳情一路，难免让人胡思乱想。初学不宜写此题材，不好把握。

【菩萨蛮】双调四十四字，上下片各四句，两仄韵、两平韵。

㊥平仄㊥平平**仄**。㊥平㊥仄平平**仄**。㊥仄仄平**平**。㊥平㊥仄**平**。

㊥平平仄**仄**。㊥仄㊥平**仄**。㊥仄仄平**平**。㊥平㊥仄**平**。

菩萨蛮

［唐］李白

平林漠漠烟如织。寒山一带伤心碧。暝色入高楼。有人楼上愁。

玉阶空伫立。宿鸟归飞急。何处是归程。长亭更短亭。

菩萨蛮·余荫山房

书香别馆无常客。玲珑水榭失颜色。秋色入瑜园。小姐盼月前。

夹墙翠竹影。郁郁园中景。忽起瑟寒风。池塘见落红。

注：

余荫山房：始建于清同治六年，岭南四大园林之一，现位于广州番禺区南村镇。山房故主邬彬，是清代举人。瑜园，建于民国十年，是山房主人第四代孙邬仲瑜所造，其二女曾在此居住过，故又称“小姐楼”。

评：怀古，写旧物旧人旧事，这样的词很难写，最好加入自己的感慨。此词仅平直叙写旧事旧物，无余味。《菩萨蛮》不太适合写此类怀古的题材。李白《菩萨蛮》“西风残照，汉家陵阙”一语写朝代变迁，故有历史感。而本词此内容难写出历史感。建议写人生感慨，可参照苏词：

永遇乐

［宋］苏轼

彭城夜宿燕子楼，梦盼盼，因作此词。

明月如霜，好风如水，清景无限。曲港跳鱼，圆荷泻露，寂寞无人见。紞如三鼓，铿然一叶，黯黯梦云惊断。夜茫茫、重寻无处，觉来小园行遍。

天涯倦客，山中归路，望断故园心眼。燕子楼空，佳人何在，空锁楼中燕。古今如梦，何曾梦觉，但有旧欢新怨。异时对、黄楼夜景，为余浩叹。

评：下片最后一大段既怀古，又抒今情，感慨中有人生哲理。可学习。

菩萨蛮·考试前独挑灯

尖风凛凛霜如水。寒虫切切催人累。月影浸楼台。挑灯犹不才。

晚来蚕食叶。寂寂方梦蝶。前事不堪怀。朝晖还夜霾。

自注：

蚕食叶：出自欧阳修《礼部贡院阅进士卷》中的“无哗战士衔枚勇，下笔春蚕食叶声”，笔在纸上沙沙作响，仿佛春蚕嚼食桑叶的声音。

梦蝶：庄周梦蝶，形容入睡。

评：写自身事，是词作本色。用典好。最后一句凑韵，“霾”字不合理。最后一句能做的修改很多，再斟酌即可。建议最后两句大改。可写景，可议论。

菩萨蛮·别离

杨花满院风难定。觉来魂断青山静。帘外鸟声残。门前细雨寒。

春夜离恨苦。憔悴无人诉。船去两心同。花飞孤梦中。

评：写闺怨。“帘外”一句有诗意。整首词意顺畅，情、景融洽。“船去两心同”一句不够好，显生硬。“门前”可改为“庭前”，声调更为和谐。“帘外鸟声残，门前细雨寒”句精妙，温庭筠《菩萨蛮》有“花落子规啼，绿窗残梦迷”句，不知是否受此启发而来。

【青玉案】双调六十七字，前后段各六句，五仄韵。

(平)平(仄)仄平平**仄**。仄(仄)仄、平平**仄**。(仄)仄(平)平平仄**仄**。(仄)平(平)仄，(仄)平(平)**仄**。(平)仄平平**仄**。

(仄)平(仄)仄平平**仄**。(仄)仄平平仄平**仄**。(仄)仄(平)平平仄**仄**。(仄)平(平)仄，(仄)平(平)**仄**，(平)仄平平**仄**。

青玉案·横塘路

［宋］贺铸

凌波不过横塘路。但目送、芳尘去。锦瑟华年谁与度。月桥花院，琐窗朱户。只有春知处。

碧云冉冉蘅皋暮。彩笔新题断肠句。试问闲愁都几许。一川烟草，满城风絮。梅子黄时雨。

习作:

青玉案·雨中湖心亭

连天骤雨倏而降。又惊起、千层浪。此际江湖何浩莽。一只苍鹭,半张渔网。几点青山嶂。

殷勤岂顾身微恙。且棹孤舟独前往。万里烟波谁与傍。一颗闲子,半壶花酿。几处渔樵唱。

评:上景下情,常见经典写法。“只”入声,应平声。本词仅“只”字处违律。上片后三句与下片后三句句式重复,应修订。配合上半“只”违律,可改为“遥观苍鹭,旋收渔网”。这是加入人的动作,表示打鱼人也被这雨中的湖上风景所吸引,不打鱼了,看起苍鹭来。而“青山嶂”似通不通。嶂即山峰如屏障之意,古人只说青嶂、千嶂等词,不用青山嶂,山、嶂意思重复。此处改为“亭阁隐青嶂”,写雨中湖心亭似乎隐没于远处的青山中。如此修改,“遥观苍鹭,旋收渔网。亭阁隐青嶂”三句与上之“何浩莽”句意上不脱节。

“殷勤岂顾身微恙。且棹孤舟独前往”一句稍俗,且“孤舟”与“独前往”意思重复。这个意思倒过来说,“殷勤且棹孤舟,岂顾身微恙”,最有诗意,可以造成某种顿挫感,使词句不致过于流美。不过此处不能用这个句式。为合处平仄,反复修改,勉强得“殷勤且棹孤舟往。漫道冷风抱微恙”句,亦不甚满意。最后勉强修改如下:

连天骤雨倏而降。又惊起、千层浪。此际江湖何浩莽。遥观苍鹭,旋收渔网。亭阁隐青嶂。

殷勤且棹孤舟往。漫道冷风抱微恙。万里烟波谁与傍。一颗闲子,半壶花酿。几处渔樵唱。

笔者所分析评析的学生词作,已算是其中尚可一读的,但总体水准确实难令人满意。拿前章所评诗作与本章词作来看,诗作水准要高于词作,可见,初学诗词创作,词要难于诗。笔者亦不擅长创作,所修改多以合律为最低要求。且修改他人词作实难,书坊中也很难找到讲实际创作,并有作词老手为新手加以修改和评述的图书。这里推荐一本有这方面内容的书:《朱庸斋集》(广东人民出版社 2018 年出版)。书中《分春馆词话初遗》卷一“诸家词评点”录有 63 则朱庸斋先生对诸家及弟子作品的修改及评论,实是极难得一见的材料,对学习填词极有助力。

第九章

诗词写作中典故的使用

一、今天写诗该不该用典

古典诗词中常见如杜宇（蜀魂、望帝）、桃源（武陵人）、阮郎、烂柯、屈魂（湘累、汨罗）、黄粱、当垆、垓下、人面桃花、子陵钓滩、石崇争富、弄玉箫史、范蠡泛舟、踏雪寻梅、红叶题诗等这些词语，其背后都是一些有名的故事。而如桃夭、汉女、舜华、丁丁、劬劳、友于、怀沙、初服、杜若、柳暗花明、妃子笑、忆长安等词语，则出于《诗经》《楚辞》等经典，或是俗语、熟语，或是诗文语等。这些以简洁几个字凝结的古代故事或是有来历出处的词语，即称为典故，古人又称为故实、故事、掌故等。使用典故，古人称用事、使事、隶事、用典等。

在今天的诗词写作当中，该不该使用典故呢？这是刚学习诗词写作的人很容易产生的一个问题。很多人的看法受到王国维《人间词话》的影响。

《人间词话》的几个条目用一些实例来证明用典的不好：

> 词忌用替代字。美成《解语花》之“桂华流瓦”，境界极妙。惜以“桂华”二字代“月”耳。梦窗以下，则用代字更多。其所以然者，非意不足，则语不妙也。盖意足则不暇代，语妙则不必代。此少游之“小楼连苑”“绣毂雕鞍”，所以为东坡所讥也。（《人间词话》第三四条）（注：周邦彦字美成；秦观字少游）
>
> 沈伯时《乐府指迷》云：“说桃不可直说破桃，须用‘红雨’‘刘郎’等字。咏柳不可直说破柳，须用‘章台’‘灞岸’等字。”若惟恐人不用代字者。果以是为工，则古今类书具在，又安用词为耶？宜其为《提要》所讥也。（《人间词话》第三五条）
>
> 以《长恨歌》之壮采，而所隶之事，只“小玉双成”四字，才有余也。梅村歌行，则非隶事不办。白吴优劣，即于此见。不独作诗为然，填词家亦不可不知也。（《人间词话》第五七条）（注：梅村，清诗人吴梅村。白吴，即白居易、吴梅村）
>
> 人能于诗词中不为美刺投赠之篇，不使隶事之句，不用粉饰之字，则于此道已过半矣。（《人间词话》第五七条）

特别是第五十七条，直接否定了用典。按照他的说法，学会不用典故，在创作诗词的门道才算是真正上道了，算是“过半矣”！初学者往往还没有能力去深味这句话，很容易理解成“写诗不要用典”。按照笔者的理解，王国维这些表述其实是对于诗词的品鉴与创作已深有体会者说的，也就是说，你需要先学会用典这个基本的技能，然后要努力做到不用典，经过这层艰难的转换，甚至是脱胎换骨的改变，才算是在诗词创作上“过半矣”。

关于典故的使用，历代的诗论其实做过很多的讨论，现代的学者和诗词创作者对这个问题的论述也很充分，在学术上它可以作为一个严肃的问题加以探讨。但在实际的创作上，写作者是有基本的共识的。这个共识可以用明代学者王世懋《艺圃撷余》中的一段话来表述：

> 今人作诗，必入故事。有持清虚之说者，谓盛唐诗即景造意，何尝有此？是则然矣。然以一家言，未尽古今之变也。古诗两汉以来，曹子建出而始为宏肆，多生情态，此一变也。自此作者多入史语，然不能入经语。谢灵运出而《易》辞、《庄》语无所不为用矣。剪裁之妙，千古为宗，又一变也。中间何、庾加工，沈、宋增丽，而变态未极，七言犹以闲雅为致。杜子美出而百家稗官，都作雅音，马浡牛溲，咸成郁致，于是诗之变极矣。子美之后，而欲令人毁靓妆，张空拳，以当市肆万人之观，必不能也。其援引不得不日加而繁。然病不在故事，顾所以用之何如耳？（注：曹子建：曹植。何庾：何逊、庾信。沈宋：沈约、宋之问。杜子美：杜甫）

也就是说，诗歌发展到明代，王氏认为已经各体俱尽，后人再难创新。初期也许尽量少用典故，但随着长时间累积而来的诗歌的数量及广度和厚度，今天的诗人再写作诗歌，必然不能不用典，关键在于如何用。

照理说中文系的学生对此的认识应该比较深刻，但在实际的教学当中，笔者发现，学生对此仍常发出疑问，以为应该尽量不用典故；而在实际的创作中，他们也很少有意识地学习以典故入诗，除了技巧上的原因即不擅长用典外，对典故使用与否的意识也是一个重要原因。他们的这种认识和本科生必须学习的几篇有名的诗论有关，即钟嵘《诗品序》和严羽《沧浪诗话·诗辩》；还和新诗取代旧体诗后，现代学人对古诗用典的挞伐有关。

> 夫属词比事，乃为通谈。若乃经国文符，应资博古，撰德驳奏，宜穷往烈。至乎吟咏情性，亦何贵于用事？“思君如流水”，既是即目。“高台多悲风”，亦惟所见。“清晨登陇首”，羌无故实。“明月照积雪”，讵出经史。观古今胜语，多非补假，皆由直寻。（钟嵘《诗品序》）

“观古今胜语，多非补假，皆由直寻”，这句话很有名。直译过来就是，古往今来的有名的诗句，多不是用典故来表达，而是直接表达出来的。钟嵘提倡直抒胸臆，不要用典故来隐晦地表述。

盛唐诸人惟在兴趣，羚羊挂角，无迹可求。故其妙处透彻玲珑，不可凑泊，如空中之音，相中之色，水中之月，镜中之象，言有尽而意无穷。近代诸公乃作奇特解会，遂以文字为诗，以才学为诗，以议论为诗。夫岂不工，终非古人之诗也。盖于一唱三叹之音，有所歉焉。且其作多务使事，不问兴致，用字必有来历，押韵必有出处，读之反覆终篇，不知着到何在。（严羽《沧浪诗话·诗辩》）

这也是中文系学生必读的一段话。看这些高妙的文字，学生很容易形成一个观念：写诗尽量不要用典故，因为绝大多数人喜欢与熟识的名篇名句大多是不用典的。

这些说法当然很高妙，也能找到不少名篇作为实例加以说明，但在实际的创作中，典故的使用其实是需要写作者努力去训练并加以掌握的。也就是说，论诗可以高妙，写诗则尽量要掌握这项技能，否则就不算入门。

为什么诗词的写作一定要学会用典呢？可以很简单地回答：用典有许多优点。下面探讨这个问题。

二、用典的必要性及优点

摊破浣溪沙

［五代］李璟

菡萏香销翠叶残。西风愁起绿波间。还与韶光共憔悴，不堪看。
细雨梦回鸡塞远。小楼吹彻玉笙寒。多少泪珠何限恨，倚栏干。

王国维《人间词话》评说第一句“大有众芳芜秽，美人迟暮之感”，而“古今独赏其‘细雨梦回鸡塞远，小楼吹彻玉笙寒’，故知解人正不易得”。（《人间词话》第十三条）

普通读者读到此句，恐怕产生的第一个疑问是：“菡萏”是什么东西？因为这个词语在现代汉语中已经不用了，大部分读者已经不明白这个词的意思了。菡萏出自中国最早的一部词典《尔雅》，《尔雅·释草》写道：“荷，芙渠。……其华菡萏。”菡萏是荷花的另一称呼。那为什么词人在这里不用“荷花”“芙渠”“莲花”这些通常的语词呢？

首要的原因当然是平仄的要求。《摊破浣溪沙》又称《山花子》，这个词牌的第一句平仄为“仄仄平平仄仄平”，这是龙榆生先生《唐宋词格律》定的谱，前两字必须是仄声。清代《钦定词谱》则作“中仄平平仄仄平”，第一字可平可仄，但第二字必是仄声。于是，荷花、芰荷、芙渠、莲这些通常的称谓就无法用。那么荷花还有别的称呼而第二字是仄声，从而可以用在这里吗？

翻查清代编成的《分类字锦》卷五十四“花卉·荷花”条，第二字仄声而表示或形容荷花的词有：丽草、静客、连理、障日、世瑞、云锦、星属、芳艳、电发、赩赫、浅艳、朱萼，秀色、重艳、红腻、鲜彩、金粉[①]。这些词汇有些是在词人李璟后才出现的，我们暂且不管，将这些词语代入李璟的句中，是否有某个词更好呢？

很遗憾，只要稍有对诗词的感受，我们即可感悟到这些词语都不合适。丽草、世瑞、云锦、芳艳、赩赫、浅艳、朱萼、秀色、重艳、红腻、鲜彩、金粉这些词语都给人鲜艳的联想，显然是在表现荷花的艳丽。而对于连理、障日、星属、静客、电发、赩赫之类的词语普通人更会莫名其妙。其实这些词语不过是古籍中的“丽词雅句”，有一些显然并不适合简单地代入词句中直接指代荷花，我们这里只是做一个粗暴的实验。

我们不妨再翻阅古人写诗词常参考的类书《艺文类聚》《渊鉴类函》《广群芳谱》[②]，在其中关于荷花的资料里，找一找合适的词。很遗憾，两个字都是仄声的，除了“菡萏”外，还真没有找到。

这个例子是一个很好的例子，说明典故的使用有它的必要性和不可或缺的优点。笔者把它总结为：

其一，技术上的原因。为了格律上的要求，如平仄、押韵、对偶等。

这个例子是平仄上的要求。押韵、对偶这里不举例。

---

① 清康熙《分类字锦》，六十四卷，清何焯、陈鹏年等奉敕纂辑，收入《四库全书》。是书采集古籍中的“丽词雅语”，内容分天文、节令、地理、山水、帝后等40门，门下又析为618类，每类词语又分为“成对”及“备用”二属。“备用”词以最后一字分为平、仄分列。各属词语按字数顺序排列。各条词语均详引原书于条下，首列出典，次列例句，连篇累牍，集成巨帙。是为便于作诗填词、联句、著文时选用。这里为简便计，仅列词语，不再引用词语的出处例句。

② 见《艺文类聚·草·芙渠》《渊鉴类函·芙蕖》《广群芳谱·花谱·荷花》。

水龙吟·登建康赏心亭

[宋]辛弃疾

楚天千里清秋，水随天去秋无际。遥岑远目，献愁供恨，玉簪螺髻。落日楼头，断鸿声里，江南游子。把吴钩看了，栏杆拍遍，无人会，登临意。

休说鲈鱼堪脍，尽西风、季鹰归未。求田问舍，怕应羞见，刘郎才气。可惜流年，忧愁风雨，树犹如此。倩何人唤取，红巾翠袖，揾英雄泪。

读者读到“休说鲈鱼堪脍，尽西风、季鹰归未。求田问舍，怕应羞见，刘郎才气”这几句，就知道这些词语肯定用典了。《世说新语·识鉴》写道：“张季鹰辟齐王东曹掾，在洛，见秋风起，因思吴中菰菜羹、鲈鱼脍，曰：‘人生贵得适意尔，何能羁宦数千里以要名爵？’遂命驾便归。俄而齐王败，时人皆谓为见机。”后因以“鲈鱼脍”为思乡赋归之典。《三国志·魏书·陈登传》：“备曰：‘君有国士之名，今天下大乱，帝主失所，望君忧国忘家，有救世之意，而君求田问舍，言无可采，是元龙所讳也，何缘当与君语。’”这是刘备在荆州牧刘表座上当面批评许汜的话，说他专营家产而无远大志向。“求田问舍”成为一个常见的典故。

至于“可惜流年，忧愁风雨，树犹如此”，读着有些突兀，但如果熟读中国古典诗词，也会知道它用了一个常见的典故。《世说新语·言语》：“桓公北征经金城，见前为琅邪时种柳，皆已十围，慨然曰：‘木犹如此，人何以堪！’攀枝执条，泫然流泪。”这个桓温北征而见树感慨的典故很常见，受到历代诗人的钟爱。庾信《枯树赋》直接把它变成了无比感人的美文：“昔年种柳，依依汉南，今看摇落，凄怆江潭。树犹如此，人何以堪。”

这三个典故放到这首词作中，结合辛弃疾的生平情怀，读者立马可以感悟到，这几个典肯定是要表达他一些不好直接抒发的情感的。“休说鲈鱼堪脍，尽西风、季鹰归未。”直译即为：“不要说鲈鱼丝鲜美，尽是秋风吹刮，西晋的张翰归来了吗？”这里辛氏用张翰指自己。他是希望像张翰一样因美味而归乡吗？“休说”一语，是在反问：“我岂能像张翰一样因为美味而归乡呢？”但他不希望归乡吗？我们看题目及上阕，辛弃疾是登南京（即建康）赏心亭作的词，江南游子，北望中原。这句诗正是表达了一种矛盾的心情，想建功立业，收复中原，回到北方的故乡济南，但不想像张翰一样是为了美味而归。对占领中国北方的金人的愤慨，对无力无心收复中原的南宋朝廷的失望，对自身无法实现雄心的无能为力感，都隐约地交织在这句诗中。如果不用这个典故，这种情感还真不好表达。

“求田问舍，怕应羞见，刘郎才气”这三句，相对好理解：我若是像许汜一样“求田问舍”，见到才气雄大的刘备，怕是会羞愧吧。

“可惜流年，忧愁风雨，树犹如此”三句感慨深沉：时光无情流逝，国家处于风雨飘摇中，我北伐恢复中原的夙愿不能实现。树犹且变迁如此迅速，人又何以经受这流变的世间啊！桓温北伐有代晋的野心，但历代诗人用此典，多用其感慨时光流逝，人世变迁的意味。辛弃疾用此典，应是兼顾北伐的意思。这种微妙的表述，不用典则难以表述。

这几句，连用三个典，语言典雅简洁，既评价了历史人物，又回到自身，把极复杂的所思所想所感表达出来。如果从用典的优点考虑，可以总结为第二点：

其二，用典能够使诗歌的语言典雅、简洁，使意义高度浓缩，意象密集化。

疏影·咏荷叶

［宋］张炎

碧圆自洁，向浅洲远浦，亭亭清绝。犹有遗簪，不展秋心，能卷几多炎热。鸳鸯密语同倾盖，且莫与、浣纱人说。恐怨歌忽断花风，碎却翠云千叠。

回首当年汉舞，怕飞去、漫皱留仙裙褶。恋恋青衫，犹染枯香，还叹鬓丝飘雪。盘心清露如铅水，又一夜、西风吹折。喜静看、匹练秋光，倒泻半湖明月。

我们只关注词的上半阕，“鸳鸯密语同倾盖，且莫与、浣纱人说”两句，每一句都明白，但两句的联系不好懂。倾盖是个常典，《史记·鲁仲连邹阳列传》载：“谚曰：‘白头如新，倾盖如故。’何则？知与不知也。”盖即马车上的伞盖。倾盖指途遇友好，停车靠近交谈，伞盖倾斜相交，引申为朋友相交亲切、鸳鸯在荷叶下亲密交谈。但后一句不好理解了：为什么不要和浣纱的女子说呢？其实这里巧妙地引用了唐代诗人郑谷的一句诗：“多谢浣纱人未折，雨中留得盖鸳鸯。”——不要和浣纱的女子说，免得她摘掉了荷叶，那么鸳鸯就无法在荷叶下亲密交谈了。

这个用典可体现用典的第三个优点：

其三，使诗义含蕴、曲折。

用文艺学的理论话语来说，典故是一种艺术符号，它的含蕴、曲折略等同于艺术符号的模糊性。这种模糊性允许观众或读者根据自己的经验、情感和理解来解释艺术作品。在艺术中，符号往往不是单一含义的载体，而是可以承载多种意义和解释的空间。其内在的丰富性和开放性，使观众或读者在解读时能够产生多种理解和感受。这种模糊性赋予了艺术作品以无限的可能性和深刻的内涵，使每一件艺术作品都能引发观众深层次的情感共鸣和思考。

和答钱穆父咏猩猩毛笔

［宋］黄庭坚

爱酒醉魂在，能言机事疏。平生几两屐，身后五车书。
物色看王会，勋劳在石渠。拔毛能济世，端为谢杨朱。

这首诗如果没有注释，不说普通的读者，即便是诗词老手，恐怕除最后一联外，其余的三联要一读即明了其意，也是不可能的，原因即在于黄庭坚使用了太多的典故，而这些典故并非常典。我们下面要为这首诗注释一下。

钱勰（xié），字穆父，元丰七年（1084）出使高丽（今朝鲜），归国后任中书舍人。黄庭坚在《戏咏猩猩毛笔二首跋》中说："钱穆父奉使高丽，得猩猩毛笔，甚珍之，惠予，要作诗。"猩猩毛笔就是以猩猩毛制成的笔。钱氏自己也写有诗咏此事，时人和作不少，黄庭坚这首是其中之一。

爱酒醉魂在，能言机事疏。

爱酒：据东晋常璩《华阳国志》记载，猩猩爱喝酒，又爱着屐，猎人便把酒和屐设在路上诱捕它们。

能言：《礼记》："猩猩能言，不离禽兽。"

机事：机密要事。

本句说猩猩喜欢喝酒，喝醉了走不动，常被猎人逮住；它会说人话，却不能保守秘密，容易祸及自身。这些都是从猩猩被人逮来取毛制笔设想的。

平生几两屐，身后五车书。

几两：几双。

屐（jī）：木头鞋。《世说新语》记载，晋人阮孚好屐，自己吹火蜡屐，并感叹："未知一生当著几两屐？"

身后：语出《世说新语》，晋人张翰："使我有身后名，不如即时一杯酒。"

五车书：语出《庄子·天下篇》："惠施多方，其书五车。"

这两句是说，猩猩一生能穿多少双屐呢？但它们的毛被做成笔，为人们写下了很多著作。

物色看王会，勋劳在石渠。

物色：形貌，引申指按照一定的标准去寻找和访求。

王会：《汲冢周书》有《王会篇》，郑玄说："王城既成，大会诸侯及四夷也。"

石渠：汉代皇家藏书处。班固《西都赋》："天禄、石渠，典籍之府。"

上句说要想访求猩猩毛笔的来历，要到《王会篇》中去查检，因为它来自高丽。下句说要论猩猩毛笔的功劳，那么只要去看看皇家图书馆就知道了。

拔毛能济世，端为谢杨朱。

端：正好，果真。

谢：这里是告知的意思。

杨朱：战国时魏人，主张爱己、贵生，是杨朱学派的创始人，极端的利己主义者。《孟子·尽心》："杨子取为我，拔一毛而利天下，不为也。"

这两句是说，猩猩毛制成笔，就能如此有利天下，真要把这个道理好好告诉杨朱先生。

此诗将一些与猩猩毫无关系的典故拼在一起，点化成巧妙的新意。如前人所谓"以比为赋，自能避俗生新""此浑成而大方者"，王士禛说颈联"超脱而精切，一字不可移易"。

一首咏物诗，而且还是咏猩猩毛做成的毛笔，它的写作难度实在是太高了。如何将猩猩与毛笔联系起来呢？黄庭坚从关于人们如何捕捉猩猩的记录中找到了灵感，由猩猩联系到屐，于是又一个典故被引进来，由感叹屐而引向用毛笔写下的书。由书又引入另一个典故，而且将这支毛笔来自哪里交代到诗中，回应了这支毛笔的来历。最后一联的意思甚是奇妙，由毛笔所写下的书微讽极端的利己主义者。

审视这首诗，其主题是非常朴实的：这支高丽来的猩猩毛笔能够用来写书从而给社会带来贡献。我们可以想象得到，如果以此主题直接写几个意思直白的句子，也可成篇，关于毛笔的诗歌大家都这样写，那就太普通，太没有意味了。黄诗的巧妙之处就在于用几个典故将这个意思表达了出来，表达上独特、出奇、新鲜，而且趣味十足。我们可以肯定，从来没有人这样写过，形式上他一定是开创者。这样的诗也许不是最好的诗歌，但一定够独特、够新奇，能够表现出诗人的机智与巧思。如果没有典故，我们无法想象黄庭坚如何做到这一点，因此，典故的使用可以有如下第四个优点：

其四，追求语言、诗意表达上的独特、出奇、生新、趣味，表现诗人的机智与巧思。

那么这首诗是不是一首好诗，当得上名篇的称呼吗？我们可以肯定地说，它在技巧上令人惊叹，但它不是好诗，它也和含蓄蕴藉、温柔敦厚的古典诗教不符。古人对此是有批评的：

《类苑》云："鲁直善用事，若正尔填塞故实，旧谓之点鬼簿，今谓之堆垛死尸，如《咏猩猩毛笔诗》云：'平生几两屐，身后五车书。'又云：'管城子无食肉相，孔方兄有绝交书。'精妙隐密，不可加矣，当以此语反三隅也。"

《隐居诗话》云："黄庭坚喜作诗得名，好用南朝人语，专求古人未使之一二奇字，缀葺而成诗，自以为工，其实所见之僻也，故句虽新奇，而气乏浑厚。"

《吕氏童蒙训》云："学古人文字，须得其短处：如杜子美诗，颇有近质野处，如《封主簿亲事不合诗》之类是也；东坡诗有汗漫处；鲁直诗有太尖新太巧处，皆不可不知。……然学者专力于此，则亦失古人作诗之意。"苕溪渔隐曰："《童蒙训》乃居仁所撰，讥鲁直诗有太尖新太巧处，无乃与《江西宗派图》所云'抑扬反覆，尽兼众体'之语背驰乎？"

（以上三条俱见宋·胡仔《苕溪渔隐丛话》卷四十八《山谷中》）

可以说，此诗对典故的巧用、妙用、活用、化用达到了极致，充分表现了诗人的机智与巧思。但优点有时候往往也是缺点。宋人说"鲁直诗有太尖新太巧处"，"失古人作诗之意"，正是指此而言。

崖门谒三忠祠

［清］陈恭尹

山木萧萧风又吹，两崖波浪至今悲。一声望帝啼荒殿，十载愁人拜古祠。
海水有门分上下，江山无地限华夷。停舟我亦艰难日，畏向苍苔读旧碑。

笔者曾为陈恭尹之父陈邦彦编撰年谱，因此非常偏爱这首诗。明清易代之际，陈恭尹尚年少，父亲陈邦彦因抗清而殉难。恭尹志在恢复，奔走中原各地，联络抗清志士。但终无望恢复，只能回到广东，结束流离的亡命生涯。他路经崖门，拜谒三忠祠，感慨万千，写下这首诗。

三忠祠是为纪念南宋抗元英雄文天祥、陆秀夫和张世杰所建的祠堂，建于新会崖门山陆秀夫投海处。大约2014年笔者曾至崖门山，此地建为公园，称“新会宋元崖门海战文化旅游区”。三忠祠还在，但改名大忠祠。陈恭尹此诗在广场上刻于白玉墙上，与文天祥《过零丁洋》并立。崖门山海港入口处尚有上、下海门之别，水于此处汇合，二色相混。此诗第三联即景成对，工切无比，与“惶恐滩头说惶恐，零丁洋里叹零丁”有异曲同工之妙。笔者第一次读到此联，实惊佩（惊喜佩服之意）不已，恨不早识此句。对第二联却无甚感觉，以为不过平实叙事。望帝即杜鹃鸟，此典在古诗词中实在太过多见，未曾多想有何深意。此次游崖门山，又读此诗，徘徊殿前，忽有所感。

望帝又名杜宇，乃蜀地的君主，国亡身死，化为杜鹃鸟，每逢暮春便作哀啼，其声痛楚凄恻，故有杜鹃啼血之说。此典用在此处正恰如其分，烘托陈恭尹无望复国之悲恻。而一“荒”字，亦有深意，三忠祠已无人拜祭矣，而此时不过顺治十一年（1654），清兵入关至此恰十年。“唯有我这个不忘亡国之痛的‘愁人’来此拜谒，普通民众恐已安于清人治下之生活。”

说实话，这个理解并无何高明之处。笔者后来翻看《元明清诗鉴赏辞典》，看到钱仲联先生对此诗的解读，早将此意说出，不由哑然失笑，笑自己太孤陋。但人对诗歌的理解有时就要经历这么一个过程。因为对杜宇这个典故太熟悉了，就以为这里就仅指杜鹃鸟，竟无暇想到此典的原意，更忽略了“荒”字，遂无法体会此联亦是沉挚恳切。且此联和最后一联“停舟我亦艰难日，畏向苍苔读旧碑”互相映衬：普通民众或已安于清人治下，而我则“畏读旧碑”，怕读前世英烈的忠贞事迹。这句诗一方面表达出某种矛盾的心情：此后何去何从？一方面却又是在坚定自己的心志，虽历“艰难日”，亦不会屈节，与清人合作。陈恭尹波澜起伏的内心世界已隐伏于这句诗中。

摸鱼儿

［宋］辛弃疾

淳熙己亥，自湖北漕移湖南，同官王正之置酒小山亭，为赋。

更能消、几番风雨。匆匆春又归去。惜春长怕花开早，何况落红无数。春且住。见说道、天涯芳草无归路。怨春不语。算只有殷勤，画檐蛛网，尽日惹飞絮。

长门事，准拟佳期又误。蛾眉曾有人妒。千金纵买相如赋，脉脉此情谁诉。君莫舞。君不见、玉环飞燕皆尘土。闲愁最苦。休去倚危栏，斜阳正在，烟柳断肠处。

此词下阕几句全用典。第一句用汉武帝陈皇后失宠的典故，来喻指自己的失意。又用杨玉环、赵飞燕等善妒者终化为尘土，申斥善妒者休得意忘形，实申斥无意恢复而弄权的投降派。这些话语实不好明白说出，只好以典故婉曲道出。而最后三句，承指斥弄权者而出，不但写出自己未得任用的郁闷，又写出国事日非的趋势，朝廷日薄西山，恢复中原前途黯淡。

忆旧游·秋雁 庚子八月作

［清］文廷式

怅霜飞榆塞，月冷枫江，万里凄清。无限凭高意，便数声长笛，难写深情。望极云罗缥缈，孤影几回惊。见龙虎台荒，凤凰楼迥，还感飘零。

梳翎自来去，叹市朝易改，风雨多经。天远无消息，向谁裁尺帛，寄与青冥。遥想横汾箫鼓，兰菊尚芳馨。又日落天寒，平沙列幕边马鸣。

叶嘉莹先生分析这首词作，认为“遥想横汾箫鼓，兰菊尚芳馨”出于汉武帝的《秋风辞》，或是暗指光绪西行经过太原，其中暗含有祝愿皇帝无恙之意。而《秋风辞》“兰有秀兮菊有芳”下一句即“怀佳人兮不能忘”，所以文廷式的用意应是在暗指珍妃，因文廷式曾是珍妃的老师。珍妃与其姐瑾妃自幼随伯父长善在广州长大，长善聘当时名士文廷式教习两侄女读书。此年庚子事变，八国联军进占北京，慈禧与光绪仓皇西逃，至太原正在八月。

叶嘉莹先生的解读很给人启发。通读整首词，“榆塞”指边塞，“龙虎台荒、凤凰楼迥”指光绪与慈禧等西逃。“市朝易改”“天远无消息”“平沙列幕边马鸣”云云，确实如此解读方称此词意。逃出北京前，珍妃被慈禧命人投入井中而死，但当时这个消息应尚未为文廷式所知。而作为老师的文廷式担心珍妃之意却是绝对不可以直白说出的，词人只能以此隐约之词，透过用典道出。词作特别标明“庚子八月作”，亦极明显的暗示。

以上三例，从陈恭尹“望帝”较明白的用典，到辛弃疾用典婉曲叙意，再至文廷式如此隐约曲折，可以说，用典的第五个优点即：

其五，用事贴切，使典故与诗义融合无间，巧妙表达诗人的情感、思想。有时甚而用来表达隐晦而不好直接表达的情感、思想。

以上诸诗的用典，还可以让人去大致推测明白作者的用意。而有一类用典，读者已完全难以揣测作者用意，只觉如烟如雾，像云像风，恍惚迷离，无可测度了。

锦　瑟

［唐］李商隐

锦瑟无端五十弦，一弦一柱思华年。庄生晓梦迷蝴蝶，望帝春心托杜鹃。
沧海月明珠有泪，蓝田日暖玉生烟。此情可待成追忆，只是当时已惘然。

此诗历代之笺注解读，笔者实在不必在此又费笔辞，不过当一抄录公而已。张中行先生《诗词读写丛话》，将种种坐实之说一一略去，以迷离说迷离，反得我心。其解说梦蝶乃人生体验的迷惘；望帝则人生无处安置，苦苦探求而无结果之悲凉；鲛人泣珠则是泪化为珠，珍藏于心底的无限的伤感、哀怨；玉生烟则是迷茫朦胧的景象与情绪。

无　题

［唐］李商隐

来是空言去绝踪，月斜楼上五更钟。梦为远别啼难唤，书被催成墨未浓。
蜡照半笼金翡翠，麝熏微度绣芙蓉。刘郎已恨蓬山远，更隔蓬山一万重。

为何突然用刘郎之典呢？只是将刘郎作普通的情郎代用呢，还是别有所指？蓬山之典呢？难道与道姑有关？据说义山（李商隐，字义山）年轻时与二道姑有纠葛，此处是否有喻义呢？

无　题

［唐］李商隐

飒飒东风细雨来，芙蓉塘外有轻雷。金蟾啮锁烧香入，玉虎牵丝汲井回。
贾氏窥帘韩掾少，宓妃留枕魏王才。春心莫共花争发，一寸相思一寸灰。

第三联用贾氏及宓妃之典，这里不必细说，但此处爱情的意指则无可置疑。而此联文辞之优美动人，正与爱情之伤感相契。笔者读此句，遗憾之情历历可感，为何如此，竟无法言明。

无　题

［唐］李商隐

凤尾香罗薄几重，碧文圆顶夜深缝。扇裁月魄羞难掩，车走雷声语未通。
曾是寂寥金烬暗，断无消息石榴红。斑骓只系垂杨岸，何处西南待好风。

无　题

［唐］李商隐

重帏深下莫愁堂，卧后清宵细细长。神女生涯原是梦，小姑居处本无郎。
风波不信菱枝弱，月露谁教桂叶香。直道相思了无益，未妨惆怅是清狂。

李商隐的《无题》系列，用典到底所指何意，历来众说纷纭。元好问“独狠无人作郑笺”的感慨良有以也。笔者将这些诗作背得滚瓜烂熟，期望有一天能够突然开窍感悟，但越读越迷惘，终一无所获，却不免沉醉其中，感受到诗词神秘恒久的魅力。对比读不知名诗人的作品，因对其身世的无知，又诗作本身又无交代其背景或作意，诗中所用之典有时也确实无法明白其意之所指，但文辞之美感却无法骗人。李商隐诸作，意义可不明，而文辞之美感，诗境之飘忽迷离、直达心灵却无可置疑。历代多有读者沉迷于李作，端在于此。“敏感的心灵终会相遇”！

在这些诗里，典故的意义本身就不是太过明确。而诗人完全把它们用来作为诗歌意象来驱使，典故是构成诗境的不可分割的部分。历来注释家们想通过对典故意义的解释来弄明白这首诗想表达的意思，却众说纷纭，甚至格格不通（如《锦瑟》甚至解为求官于当时宰相令狐绹），就是因为过于执着于典故的运用，以为典故的意思一明了，则诗意即明，但这里典故并不起到说明诗义的作用，而是通过意象的展示起到烘托、构筑情绪的作用，并不一定有什么明确的意义。

此等诗用典之优点，可归结为：

其六，引起联想，使审美延续；构筑诗境，增添张力，成为诗意不可分割的一部分。

我们再回到本节开头所引李璟诗“菡萏香销翠叶残，西风愁起绿波间”，王国维的评论，没有具体解释为什么这句会有“众芳芜秽，美人迟暮之感”。依笔者的体验，这跟“菡萏”的发音有密切联系。“菡萏”音 hàn dàn，听起来和“寒淡”接近，“菡”第四调，音又同于“憾”字，发音时引起的联想与感受就和清寒、淡雅、萧瑟、败落、遗憾等联系在一起。这首词有“西风”一词，西风即秋风，写的是秋天时荷花已凋落，绿波间枯荷残枝的情景，自然有“众芳芜秽，美人迟暮”之感。这种感受还和“菡萏”最古的出处有关系。《诗经·陈风·泽陂》：

彼泽之陂，有蒲与荷。有美一人，伤如之何？寤寐无为，涕泗滂沱。
彼泽之陂，有蒲与蕳。有美一人，硕大且卷。寤寐无为，中心悁悁。

彼泽之陂，有蒲菡萏。有美一人，硕大且俨。寤寐无为，辗转伏枕。

虽然《毛诗序》说这首诗是讽刺陈灵公君臣与夏姬通奸而致其国淫风炽盛，故君子忧思，但从字面意思看，乃思美人而伤感留恋，至于辗转不眠、伤心流泪。《人间词话》显然指向这个意味。

我们假设这里平仄不拘，可以用荷花、芙蕖、莲花、芰荷等这些词，那么“众芳芜秽，美人迟暮”之感马上消失，因为这些词语在读者脑海中引起的第一联想一定是盛开的荷花。与秋季枯枝败叶的萧瑟景象不协调，诗意与诗境就消失了。

因此，此句用“菡萏”这个有来历出处的词语，除了平仄的技术要求外，同样起到第六点的用典作用，故方有王国维“众芳芜秽，美人迟暮”之叹。

总结以上诸例，用典的优点有如下几点：

（1）技术上的原因：平仄、押韵、对偶。

（2）使诗歌的语言典雅、简洁，使意义高度浓缩，意象密集化。

（3）使诗意含蕴、曲折（追求艺术符号的模糊性）。

（4）追求语言、诗意表达上的独特、出奇、生新、趣味，表现诗人的机智与巧思。

（5）用事贴切，使典故与诗义融合无间，巧妙表达诗人的情感、思想。有时甚而用来表达隐晦而不好直接表达的情感、思想。

（6）引起联想，使审美延续；构筑诗境，增添张力，成为诗意不可分割的一部分。

这几个作用如果再做粗略分类的话，第一、二点可以说是语言上的追求，第三、四点是诗义上的追求，第五、六点是诗境上的追求。通过这三个层次的追求，典故融入诗中，成为诗歌创作不可或缺的成分。

三、如何用典才是好的

探讨这个问题，我们来看看古人的看法：

《西清诗话》云：“杜少陵云：‘作诗用事，要如禅家语：水中着盐，饮水乃知盐味。’此说诗家秘密藏也。如‘五更鼓角声悲壮，三峡星河影动摇’，人徒见凌轹造化之工，不知乃用事也。《祢衡传》：‘挝《渔阳操》，声悲壮。'《汉武故事》:'星辰动摇,东方朔谓民劳之应。'则善用事者,如系风捕影,岂有迹邪。"(宋·胡仔《苕溪渔隐丛话》卷十)

"五更鼓角声悲壮,三峡星河影动摇"出自杜甫《阁夜》,这是大历元年(766)冬杜甫寓居夔州西阁时所作。当时西川军阀混战,连年不息。"五更鼓角声悲壮"一句确实应有所指。是否即用《祢衡传》中此语典则存疑。而"三峡星河影动摇"一句纯是写景,是否即用汉武故事的"民劳之应",则更难断定。这也多少体现"作者未必然,读者未必不然""诗无达诂"之旨。诗歌之美妙有时也在于此。果如诗话所言,确实是"水中着盐",饮者自知,这个盐溶于水的比喻非常巧妙地把用典的最高典范说出来了。

诗之用事,不可牵强,必至于不得不用而后用之,则事词为一,莫见其安排斗凑之迹。苏子瞻尝为人作挽诗云:"岂意日斜庚子后,忽惊岁在己辰年。"此乃天生作对,不假人力。温庭筠诗亦有用甲子相对者,云:"风卷蓬根屯戊巳,月移松影守庚申。"两语本不相类,其题云:"与道士守庚申,时闻西方有警事。"邂逅适然,固不可知,然以其用意附会观之,疑若得此对而就为之题者,此蔽于用事之弊也。(宋·叶梦得《石林诗话》卷上)

陈古讽今,因彼证此,不可著迹,只使影子可也。虽死事亦当活用。

诗中用事,僻事实用,熟事虚用。(元·杨载《诗法家数》)

然病不在故事,顾所以用之何如耳?善使故事者,勿为故事所使。如禅家云:"转《法华》,勿为《法华》转。"使事之妙,在有而若无,实而若虚,可意悟不可言传,可力学得不可仓卒得也。(明·王世懋《艺圃撷余》)

对用典的看法,其实古人的诗话已探讨得非常充分。宋人魏庆之著《诗人玉屑》卷七列"用事"一章,其标目有:诗不贵用事、不可有意用事、使事不为事使、反其意而用之、用事要无迹、事如己出天然浑厚、用其事而隐其语、作诗须饱材料、两句用一事、用自己诗为故事、用其意用其语、妙于用事、不拘故常、用事天然、用事亲切、用事的当、用事精确、用事精密、叙事详尽、用人名、用经史中语、皆用古语、一字不苟、不可牵强、不可牵出处,等等。基本把用典的各方面都说到了。

总结以上古人说法,用典,应该化用、暗用、虚用、反用等,一句话:活用。忌的是死用。

用我们现代的语言表达，好的用典应是：

（1）用而不觉其用，是构成诗境的重要部分，如盐溶于水。

（2）发挥母题的作用，引起联想，使审美延续。

（3）使诗简洁、精练、典雅。

（4）切于情、事，表现作者的巧思与机智。

我们看一例子：

在狱咏蝉

［唐］骆宾王

西陆蝉声唱，南冠客思深。那堪玄鬓影，来对白头吟。
露重飞难进，风多响易沉。无人信高洁，谁为表予心？

此诗是骆宾王身陷囹圄之作。“玄鬓”指蝉，古代妇女将鬓发梳为蝉翼之状，称为蝉鬓。“来对白头吟”，表面意思是蝉对着“我”这个白头的牢狱之人鸣叫，似乎谈不上用典，但熟悉中国古典文学史的人对“白头吟”这个词语会很敏感。西汉文人司马相如想娶妾，卓文君的爱情发生了危机，这位奇女子作《白头吟》诗：“凄凄重凄凄，嫁娶不须啼。愿得一心人，白头不相离。”骆宾王用在此处，暗指自己忠而见弃，遭诬而下狱。“白头吟”可谓一语双关。而且蝉玄鬓、人白头，蝉自由、人遭系，相对成文，更令人感慨万分。此处用典可谓盐溶于水，用而不觉其用，又能引起诗意的联想，还暗暗回应了中国古典诗歌一个古老传统：以男女喻君臣，以女子忠而见弃喻臣子见弃于君王。

本诗是一个很好的活用典故的例子。

四、具体实操

在典故的使用上，初学者还会有另一个疑问：如果典故的使用不可避免，那么是尽量少使用，还是可以多用呢？这里不打算很细致地讨论这个问题，因为它已经涉及更深层次的创作的问题，只给一个简单的回答：总体而言，应当倾向于尽量少用。当然这个问题也不能简单化，而应具体问题具体分析，而且也和创作者的个体风格、偏好相关。其实在学习写作当中，有一个阶段尽量努力去使用典故反而是适当的。熟练之后，又可以练习尽量不要用典故。这样的练习对自己练习写诗是有好处的。前者让自己熟习各类典故，学会用典来隐藏自己直白的表达方式。后者则逼迫自己推陈出新，避免不用典就不能表达复杂的情感。

至于如何在写诗时用典，这个没法一概而论。首先还是要熟读诗词，读得多了，自然就对典故熟悉了，在写的时候自然就会用上典故。这是一个自然而然的过程。

具体写作实践中，常有这样的情况：已经大体构思好全诗，如果中间两联不好对仗，平仄不合，需要换词语等，就可以考虑通过用典来解决这些技术上的问题。另外，写完后再斟酌全诗，如果发现诗义太过直白，损害了诗境，那么也可以考虑用典。这时候如果脑中存储的典故够多，或许能够想到合适的典。但如果想不到，也有工具书可以辅助我们解决。具体操作方法是，查找古人为此编纂的各种类书，如《艺文类聚》《古今图书集成》《渊鉴类函》《骈字类编》《佩文韵府》《太平御览》等。这些类书性质各异，有一些本就是古人为了方便写诗词而编纂的。里面收集了各类典故。这些书也不必都翻，翻一两本足矣。因为里面好多内容陈陈相因，重复甚多。当然也可以直接翻查一下今人编的《诗词典故词典》之类的书。不过今人编的典故词典以现代的查字法编排，反不如古人的按内容分类好用。

其实古人写诗也是要查书来辅助的。大诗人李商隐写诗被人称为“獭祭鱼”。獭喜吃鱼，常将所捕的鱼井然有序地陈列岸边，如同陈列祭祀的供品，遂称为“獭祭鱼”。前人说李商隐写文时，多检阅史书，堆积在左右，故号为“獭祭鱼”。后来“獭祭鱼”被用来形容罗列典故、堆砌成文。

还有个问题，类书都是大部头，去哪里找呢？想买也不见得能买到。图书馆当然有，但为了写一首诗而跑去图书馆，那就很少有人会坚持写诗了。今天我们比古人幸运多了，这些类书都已电子化，寻找网上可靠的电子书网站就可以搜索和阅读全文，非常方便。虽然文字或许没有纸质书那么可靠，但若不是做学术研究，对写诗而言足够了。本书推荐的“搜韵”APP 就有这些类书，也可用电脑在其网站上搜索和阅读，非常方便。这个 APP 还有搜历代诗词的功能，这对我们学习用典也非常方便，可以看看古人是如何用典的，直接模仿古人。

五、余论

只要略微考查一下用典这种现象，我们可以得出很明白的一些结论：用典普遍存在于古诗词文中；时代越往后，则用典现象越盛；宋人的用典就远超唐人，而且更为讲究；所用之典多出于典籍，特别是经典，如十三经、《楚辞》、先秦诸子、前四史、《文选》、《世说新语》、杜诗、佛典等；唐后诗人用典有炫博的成分，以僻典隐事骄人，有一些诗歌可以知道是用典了，但今人已经翻查不到诗人所用何典了，从而导致诗意不明。

考查用典，难免会想到另一个问题：用典是古今中外诗歌的普遍现象，但就用典的频率而言，相比西方诗歌，中国古典诗词特别高，即便对比新诗，也可明显看出这一特点。这背后体现了什么呢？或者更明确地说，用典背后体现了什么理念，有什么哲学意味吗？笔者认为，有这么几个原因可以解释这个现象：

其一，诗歌技术上的要求。诗歌有押韵、平仄、对偶这些规则上的要求，于是，写作过程中，寻找同义或近义的词语来替换以符合规则成了刚性需要，否则诗歌难以创作，甚至无从写起。另一个技术上的限制和篇幅有关，从四言诗、五言诗到七言诗，词、曲，不管何种体裁，中国古典诗词的篇幅都不长，像《孔雀东南飞》《长恨歌》那样长篇幅的诗非常少，更不能和西方的长篇史诗相提并论。在这么小的篇幅之内，如何承载更多、更丰富的意义呢？于是，以简洁、典雅而有出处的词语来表达更多的意义，代表人们熟知的故事，以此来达成更精微的情感表达，蕴含更广阔的精神世界，就成了技术上的必需之举。

其二，崇古、宗经的民族思想。我们这个民族在发展过程中逐渐形成了崇古的思想。先秦诸子无人不援古以证今，经典、典籍中的词语，有来历有出处，蕴含历史的厚重与典雅，本就具有天然的正当性与权威性。诗歌本质上是一种贵族的文化，追求精神上的高贵。中国诗歌最初的精神源头是“诗言志”，其后在历史发展过程中才逐渐发展出“缘情”的路子。也就是说，中国诗歌从来就不只是简单的个体的吟咏心灵，抒发性情，它还承担了士大夫“言志”的功能。用文艺学的话语来说，中国诗歌不只是审美的作用，它还承担了各类社会功能，比如德育、政教、训诫等功能。孔子的“兴、观、群、怨”说，《诗大序》的“温柔敦厚”，“经夫妇，成孝敬，厚人伦，美教化，移风俗”，以至宋代“文以载道”，这些不绝的历史回响无不强调诗歌的历史传承。用典，尤其是用有来历出处的、经典上的话语，本质上就是对这一诗歌精神源头的追溯与回顾。刘勰著《文心雕龙》，开首三篇就是《原道》《征圣》《宗经》，以诗、骚来评判后继的一切诗歌，回到原点。而历代不绝的“某朝诗三百”选本，就是对“诗三百篇”的一个礼敬。

其三，用典还是民族性格内敛、含蓄的一种体现。东亚文明在历史发展过程中形成了含蓄内敛的性格特质。人们往往更加注重社会和谐与集体利益，避免冲突和直接的对抗。因此，在日常交流中，人们倾向于采用较为委婉的方式表达自己的想法和感受。表达不满时，人们不会直接说出口，而是通过暗示或旁敲侧击的方式来传达信息。公共的场合，礼貌的语言和措辞是必须的。说话也要特别重视语境，考虑到对方的感受和周围的环境，选择合适的时机和方式来表达观点。这种方式延伸到文学作品中，使用隐喻、典故或其他形式的比喻来表达深层次的意义就成了合理的选择，因为中国古典诗歌在日常生活中不仅有文学的功用，还有德育、政教、社交、娱乐等功用。

其四，用典还是艺术本质上的某种要求。这个问题听着有些玄虚，笔者略述一二。典故，尤其是故事性的典故，可以说就是一个艺术符号，它经过历史上数量众多的诗人的应用，会发展出多义与模糊性。有时候我们可以用隐喻来形容它，而只有隐喻才能表达人生，过于明确的东西有时候反而会失去魅力。因此，保持艺术符号的模糊性是非常重要的，荣格说过，“一个符号一旦达到能清晰地解释的程度，其魔力就会消失”。而很多典故就是一个模糊的艺术符号，每个读者从中可以得到不同的体会与感受。这种体会与感受还会随着岁月的流逝、情境的不同而绵延出不一样的体验。

甚至可以这样说，那些最常见的诗歌典故有时候就是一种文化密码，包含着本民族最关切的事物，甚至包含着人类最关切的问题。这和荣格所说的“集体无意识”“原型”“母题”① 有某种相通性。因此，典故中蕴含有生死、爱情、时光的流逝、青春、人与自然、人与社会、人与自我、幻想、沉沦、宗教的迷狂与超越等人类最关注的事物与情感。

如此说来，由中国古典诗词中的常用典故及常用的意象还可以看出民族的文化气质、心理特质，乃至精神向度。笔者在读诗时，有一次思及这个问题，有所感慨，忍不住思绪翩翩地写了一段感悟，聊附于此：

我们的古典诗词中，写得最多的是什么呢？

是伤春悲秋。春天到来的快乐是那么短暂，而它的逝去却是那么漫长的忧伤与无奈。“流水落花春去也，天上人间。”“惜春长怕花开早，何况落红无数。春

---

① 瑞士心理学家卡尔·古斯塔夫·荣格（Carl Gustav Jung）认为，人类的意识只是冰山一角，而更深层次的是无意识，其中包括个人无意识和集体无意识。原型是集体无意识的主要组成部分，它们是普遍存在于所有人中的先天倾向，这些倾向影响着我们的感知和行为。荣格认为，原型不是具体的记忆或经验，而是一种内在的心理模式或倾向，它决定了我们在遇到特定情境时的反应方式。母题可以被视为原型的具体表现形式或实例。换句话说，母题是原型在具体情境下的体现，是原型在人类经验和文化中的具体化。它们是跨越文化和时代的共同主题，可以在神话、宗教故事、民间传说、艺术作品甚至是个人的梦境中找到。比如母亲的母题、英雄之旅母题、创造与毁灭母题、变形母题等。

且住，见说道，天涯芳草无归路。”“春归如过翼，一去无迹。”（和泰戈尔那句“天空没有翅膀的痕迹，而我已飞过”多么相像）秋天本来是成熟、收获的季节，而我们的古人偏爱的多是秋风的肃杀、万物的凋零，是“草木黄落兮雁南归”，是“蒹葭苍苍，白露为霜”，是“秋风秋雨愁煞人”。

入诗词最多的是梅、菊、兰、竹这些植物，是青松、梧桐、芭蕉这些高洁中带点忧伤而又坚贞的植物，是桃花、李、海棠。动物则是杜鹃、燕子、蟋蟀、鹧鸪这些弱小的动物，要么就是想象中的龙、凤。日常生活则是酒、茶、香，要么是文房四宝。都是生活化的东西。

我们是一个非常热爱现世生活的民族，所以天堂不在天上，天堂就是人世间，是大自然，是天人合一。我们不去追求宗教上的超越。要超越，也只是超越人世的烦恼与忧虑，而人世的欢乐则不必去超越。所以求道只为成仙，长生不老，好永享人世的欢乐。“仙人抚我顶，结发授长生”，“先期汗漫九垓上，愿接卢敖游太清”。和尚们不必整日打坐修禅、钻研佛典，更应该在这个“花开花落，云起云灭”的自然界中体会佛道的空无。所以禅房花木深，而曲径要通幽处，在这“万籁此俱寂”中，“安禅制毒龙”。一个儒家的官员，他的身份要求他负起服务于社会的职责，这时他应勇于担当，体恤民情，为国家承担起长治久安的重任，在整个社会的安定繁荣与伦理道德的和谐圆融中体会到他自身对于社会的价值，这是他的社会责任。而一旦退回到他自身的生活、个体的内心世界，他不应该汲汲于富贵与权势，这些都不过是浮云罢了，他应该有一份恬淡的心情，身在魏阙，心存江湖。身处高位，仍怀沧洲之趣，要有一份隐士的情怀，随时准备走向山林，要么“采菊东篱下”，要么“种豆南山下”。最完美的结果就像李白所期待的那样，济天下苍生之后，功成身退，携美女隐于五湖。“轻轻地，我走了。我挥一挥衣袖，不带走一片云彩。”一叶轻舟，消失于烟波浩渺之中，给别人留下一个无比炫酷的背影。

我们就是这样一个如此热爱生活，执着于生活的民族，却又在生活中抱着淡淡的忧愁。我们恨人不尽其才，却绝不恨天、恨地、恨自然，因为天地有大爱。我们重别离，轻去就。“年年柳色，灞陵伤别”，故国的土地是那么广阔，很可能一别再无缘相会。所以要“劝君更尽一杯酒，西出阳关无故人”，是“日暮酒醒人已远，满天风雨下西楼”，是“雪满长安道”，“故人从此去”，是“衰兰送客咸阳道，天若有情天亦老”，是“谁似临平山上塔，亭亭，迎客西来送客行”，是“去时雪满天山路，山回路转不见君，雪上空留马行处”。分别之后，是“故人入我梦，明我长相忆”，“三夜频梦君，情亲见君意”而“落月满屋梁，犹疑照颜色”。

对于感情生活，相比少男少女的海誓山盟，我们更钟情于夫妻间的相濡以沫，生死不离。要“执子之手，与子偕老”，“自伯之东，首如飞蓬，岂无膏沐，谁適[①]（dí）为容”。一旦离别了，就马上“悔教夫婿觅封侯”，“当君怀归日，是妾断肠时”，“昔时横波目，今作流泪泉”，安慰自己说“两情若是久长时，又岂在朝朝暮暮”，可一听说爱人回来了，“相迎不道远，直至长风沙”。如果社会、家庭反对自己的婚姻，不是激烈地反抗，而只是顺从父母的决定，只会偷偷地流泪，在宫墙上题下“错、错、错，莫、莫、莫”的题词。即便反抗，也绝不私奔，而只是“徘徊庭树下，自挂东南枝”，“举身赴清池，魂去尸长留”，以生命的决绝来拯救决绝的爱情。若一人先离世，是“十年生死两茫茫”，只能在梦中相会，已是“尘满面，鬓如霜”，“纵使相逢应不识”了，于是只能“惟将终夜长开眼，报答平生未展眉”。

① 现“適”简化为“适”。在古代，“適”和“适”是两个不同的字，意义各不相同。为防止混淆，本书写为“適”。

第十章

以『词语替换法』来理解和鉴赏诗歌

林庚先生写有《说“木叶”》一文，探讨杜甫名篇《登高》中的“无边落木萧萧下，不尽长江滚滚来”一联，以“落叶”替换“落木”一词，比较替换语词后句子的优劣。这篇文章很有名，收入高中语文教材。古人诗话中论及诗眼、炼字、炼意时，也常对比诗换用不同词语后的优劣。这些“替换词语”的方法，大多是零星的案例，笔者浅陋，尚未见到有人对此做某种理论性的总结。笔者在多年的古典诗词教学中，将这种“词语替换法”应用到诗词鉴赏当中，结合课堂讨论、亲手实践等教学方式，来探索古典诗歌语言运用上的精妙之处。通过这个方法，笔者觉得学生可以更深刻地理解到原作、原句成为经典的原因。

一、教学实例：词语替换

蝶恋花

［宋］欧阳修（一说冯延巳）

庭院深深深几许。杨柳堆烟，帘幕无重数。玉勒雕鞍游冶处。楼高不见章台路。

雨横风狂三月暮。门掩黄昏，无计留春住。泪眼问花花不语。乱红飞过秋千去。

这是名篇，自不待言。笔者在给二年级的中文系本科生上课时，发现仍有少数学生没有读过本篇。课堂教学时，笔者首先会询问第一次读到本篇的学生：你认为哪一句最好？几乎毫无例外地，所有人都会选择“庭院深深深几许”和“泪眼问花花不语，乱红飞过秋千去”。许多人承认，虽然没有读过全首，但基本都听过第一句，因为它实在是太有名了，流行文化中“庭院深深”一词经常见到。但“泪眼”句在本篇中读来也非常震撼人心。笔者接着就会向他们展示古人对后一句的评说：

> 词家意欲层深，语欲浑成。作词者大抵意层深者，语便刻画，语浑成者，意便肤浅，两难兼也。或欲举其似，偶拈永叔词云：“泪眼问花花不语。乱红飞过秋千去。”此可谓层深而浑成。何也？因“花”而有“泪”，此一层意也。因“泪”而“问花”，此一层意也。“花”竟“不语”，此一层意也。不但“不语”，且又“乱”落，“飞过秋千”，此一层意也。人愈伤心，“花”愈恼人，语愈浅，而意愈入，又绝无刻画费力之迹，谓非层深而浑成耶。（《古今词论》引毛先舒云）

笔者会评论，这个评说就是从语言的角度对这句何以是好句做了一种解说，“泪眼”两句能够做到似日常语言随口说出，表义浅显易明，一探究，却发现蕴含了好几层意义，而且每层愈加深入。这个解读发前人所未发，很给人启发。接着笔者会发问：这两句“语浑成而意层深”，假如我们替换其中一些词语，是否还能达到这个效果呢？然后要求学生自行思考，可以先不考虑平仄的问题，找一个词语替换掉“秋千”一词。由于这个词语是个名词，相对容易，考虑上下文的语境，这首词描述的是一个闺怨的女子，下一阕所写的情景是深闺中的庭院，学生们经过约五分钟的思考，给出的词语五花八门：墙头、檐头、檐下、重门、门外、院门、小门、小桥、桥头、小亭、亭台、小楼、楼台、栏杆、画栏、雕栏、杨柳、高枝、树头、树顶、树杪、树颠、人面、眉黛（笔者这里做了简单的归纳排列，这些事物大约不外古人庭院中常见的墙、门、桥、亭、栏杆、树等，还有学生应是受到“人面桃花相映红”一句启发，替换成“人面”一词，或“眉黛”一词）。

然后笔者让学生讨论，将这些词语和“秋千”一词比较，何者为妙。由于这些词语是由学生自己想出来的，他们的兴趣就上来了，讨论颇为热烈。讨论过后，笔者会让几个学生发言，就自己想出的替换词语对比“秋千”一词，感觉有何区别，哪一个更好。学生一对比，发现“秋千”一词确实更有韵味，但大多数人的发言又难以明确说出为何有此种感受，只觉得“秋千”一词更为情景交融，而墙头、檐头、檐下、树头、树杪等词语太写实，且又生硬，而栏杆、画栏、小门、小楼、杨柳虽稍显柔媚，但又过于写实，没有了情感，人面、眉黛诸词则显得怪异，与此情此景不够协调。

笔者这时会抓住“情景交融”一词，让他们再想想，“秋千”一词背后有什么人的活动、人的情感。比如说我们画一幅画，在院子或公园里，一副秋千空荡荡的，没人在上面，只有一只蝴蝶或一只蜻蜓停在上面，会给人什么感觉？点到这里，学生们终于发现了“秋千”这个词的奥秘：

这个闺怨的少妇曾经与心爱的男子一起游玩嬉戏的秋千，如今已经空落落的，独自垂落在那里。这个男子如今游冶章台，找那些青楼女子去了。“秋千”这个词实际上映衬了今昔之比，过去的两情相悦，嬉戏于秋千，如今的美貌逝去，人去院已空。

笔者再进而点提一点：凌乱的落花被风吹过秋千而去，这一情景令人想到什么？一男一女在玩秋千，最常见的情景是两人都在秋千上，还是“男在推，女在飞”？

学生听到“男在推，女在飞”一句，哄然大笑，瞬时明白。笔者即点明：花飞过秋千，有一种飘逸之感，很容易让人联想到当年女子在秋千上荡来荡去的轻盈快乐。而此种欢乐乃在于有心爱的男子在推着秋千陪她游玩。如今庭院深深，杨柳堆烟，帘幕重重；于此暮春时节，风雨黄昏，人去院空；只有自己闭门深坐，无人可言，无计留春；寂寞无聊，唯有泪眼问花；花不唯不答，反乘风而去，飞过秋千。此情此景，人何以堪！此词层层描写，层层推进，直至最后以花飞过秋千，将人之孤独寂寞直欲发狂的情感推至最高、最浓、最烈之境地；而所用之词语乃最简单、最朴素的日常口语。犹如平静海面之下隐藏着无比汹涌的波涛，能感受到这一层，方知此词之妙，方可感受中国古典诗词的含蓄蕴藉之美。

就替换“秋千”一词评述过后，笔者趁热打铁，让学生再替换此句中“乱红”一词。学生给出的词语通常如下：

残红、落红、残花、落花、飞花、枯叶、落叶、残叶。

替换过后，同样继以学生自由讨论，提问发言，再由笔者加以评讲，其过程不细述。笔者评述如下：

用“落花”一词，因前面已有“问花”一词，“花”字重复，读起来不协调。

用“飞花”则前有“花”，后有“飞”，两个字都重复，更显不当。

用“枯叶”“落叶”“残叶”或其他非指代花的词语，则与前句的意思不相符合，因前句是人泪眼问花，突然又说飞去者乃叶，不合诗意。

用“残红”“落红”诗意不错，与原诗接近。“残红”“落红”即“残花”“落花”之意，词作者用“红”代替“花”字，是为了避免与上一句的“花”字重复。而且这也是古典诗词的常见语，并不算特别。此句的关键或奥妙在于一“乱”字。

评讲至此，笔者请学生重点思考“乱”字有何妙，“乱”和此女子的情感状态是何关系。一经提点，学生经讨论后，在笔者引导下渐次明白：“乱红”不是一朵落花，乃是无数落花被风卷起而飘飞过秋千而去。“乱”字暗示此女子的情感正像这无数飞花一样，也是凌乱无章的。前面是“泪眼问花”，问的什么，作者没有说，但我们可以想象这个闺怨女子的种种疑问：我为什么这么孤独寂寞？连花都不理我了？那个男人到哪里去了？他去的是青楼那里吗？他是去幽会那个最近他话里无意提到的小红吗？他是逢场作戏，还是真的移情别恋了？我还漂亮吗？我的青春年华真的一去不复返了吗？他知道我在苦苦地思念他吗？他会有那么一刻感受到了我的疯狂的思恋吗？我该离开他吗？我该离开这个地方吗？又该去哪里呢？我还有什么别的出路吗？……任何深陷进一段深刻的情感而后失恋的男女都有感受，那种失恋后的情感状态是非常凌乱的，无数疑问在内心里涌现，又无可答复，最终化为一句最无奈的怨叹：你还会爱我吗？

评讲完“乱红”一词，再进一步，笔者让学生再替换掉“泪眼”一词。学生们的替换词语通常如下：

无语、凝噎、低眉、颦眉、把酒、把杯、把泪、且待、聊且、秦女、越女、女儿、西子、飞燕。

这些词语大致可分为三类：一类是表示动作，如无语、低眉等；一类是虚词，如聊且；一类是名词或代称，如女儿、飞燕之类。

同样继以学生自由讨论，提问发言，再由笔者加以评讲。笔者评讲如下：

女儿、西子、飞燕的一类词语在这里明显不好。因为全词主人公明显是闺怨的女子，这里没有必要点明，用这个词语其实是多余的，浪费了一个意象，没有增加任何有意义的内容。

且待、聊且一类的虚词也显多余。虚词的使用，要么表达意思的曲折，要么达成特别的意味，常常是很重要的“诗眼”，如“映阶碧草自春色，隔叶黄鹂空好音”中的“自”“空”字。此处用虚词只起到填补空缺的作用，而且还把原来隐含的强烈情感减轻了，轻飘飘而无着落，还不如不用。

至于表示动作的词如把酒、凝噎、低眉等，确实增多了一个意象，也有情感的表露。但把酒、把杯最不合适，这些词语在古典诗词中适合男性，若女性用，简直类似一个酗酒的女性了。无语、凝噎、低眉、颦眉有动作，也体现了情感，在情感上和语感上较为接近“泪眼”，但在意境上仍不如原语词。特别是“无语”一词，与下边的“花不语”重复一“语”字，尤为不协，绝不可用；改为“无言”尚好一些。我们可以想象一下，一个孤独寂寞的女子如何去问花才最有艺术的美感，带给人感动？“泪眼问花”这个意象最令人震动之处在于女性白皙姣好的面容与盛开的鲜花两相对映，如同今天女孩子照相时爱把脸凑到花前做对比状，这个意象是一个非常生活化，同时又非常经典的意象，“人面桃花相映红”这句诗之所以动人亦在于此。又如《长恨歌》中的“玉容寂寞泪阑干，梨花一枝春带雨”，也是以女子眼带泪与花带雨相映衬。本词这个意象在某种程度上实际上回应了这个经典的意象。同时，“泪眼”二字，也涵盖了无语、凝噎、低眉、颦眉等词所表达的意蕴，而更为丰富细腻。当然了，“泪眼”这个词语并非词作者独创，它是古典诗词中常见的词语，冯延巳《蝶恋花》有“泪眼倚楼频独语，双燕来时，陌上相逢否”，柳永《雨霖铃》有“执手相看泪眼，竟无语凝噎”，欧阳修《清商怨》有“雁过南云，行人回泪眼”。

最后，将替换进行到底，笔者要求学生替换“泪眼问花花不语，乱红飞过秋千去”中的“飞”字。学生常见替换词如下：

飘、吹、越、坠、跃。

笔者评讲如下：

“飞”在这里可以理解为主动态，是花主动飞走的，连花也不理会人，把她抛弃了，这个词可以起到某种暗示作用：女子被那个游冶章台的男子抛弃了。“飞”是个普通的词语，但在此处正合适，正连接得起来。“飘”太轻了。“吹”则太被动，显示是被风吹走的，而非花自己飞走。而“越”字稍显沉重，缺少了花飞走的轻盈之感。“坠”“跃”最不合适，下得太重，与花飞之情景最不协调。

至此，这个千古名句的替换教学法告一段落。笔者最后让学生看三条材料：

归国遥　其一

［唐］韦庄

春欲暮。满地落花红带雨。惆怅玉笼鹦鹉，单栖无伴侣。

南望去程何许。**问花花不语。**早晚得同归去。恨无双翠羽。

惜春词

［唐］温庭筠

百舌问花花不语。低回似恨横塘雨。蜂争粉蕊蝶分香，不似垂杨惜金缕。

愿君留得长妖韶。莫逐东风还荡摇。秦女含嚬向烟月，愁红带露空迢迢。

落　花

［唐］严恽

春光冉冉归何处，更向花前把一杯。**尽日问花花不语，**为谁零落为谁开。

欧阳修的结句或许由以上诗词脱化而来，但为何这几首诗词均寂寂无名，而欧阳修的词作则是千古名篇呢？欧阳修词作中此句与上下句血脉贯通，与整首词贴合无间，语言朴素而流美，全词创造出一气浑成的意境，韵味悠长而意蕴深厚，远非温、严原作可比。由此可见，一句诗、一句词成为千古名句，除本句震慑人心之外，与整体诗作、词作的协调、融洽乃至能够将整首诗或整首词抬升到至高的艺术境界有密切关系，本质上它们是不可分的。

二、其他实例

除了词语的替换外，另外一个挺有意思的替换操作是给整首诗、词换掉韵部。

浣溪沙

门隔花深梦旧游。夕阳无语燕归愁。玉纤香动小帘钩。

落絮无声春堕泪，行云有影月含羞。东风临夜冷于秋。

浣溪沙

门隔花深梦旧乡。夕阳无语燕归廊。玉纤香动小帘堂。

落絮无声春堕泪，行云有影月含凉。东风临夜冷于霜。

第一首是宋代词人吴文英的名作，但未读过的学生是比较多的。笔者替换成另一个韵部，不告知他们哪一首是原作，要求那些从未读过的学生在短时间的阅读之后，凭感觉给出优劣的判断。从结果看，原作的赞成票大约是改作的 1.5 倍，一些学生则无从判断。

在告知学生原作是第一首后，进行课堂讨论，然后结合学生的疑问，笔者给出了自己的评讲：

第一首用了平水韵的十一尤韵，仿作则用了七阳韵。这两个韵部字的字音在情感基调上是有区别的。阳韵部的字如阳、扬、香、乡、光、昌、堂、芳、长、凉、霜、藏等，读来洪亮浑厚，嘴唇是张大的，中间会形成一个中空的形状。这个韵部的字适宜写豪放的、昂扬的、激动的情感。尤韵部的字如尤、忧、流、留、游、悠、修、羞、秋、洲、酬等，读起来会稍拉长，有滚滚不尽感，似有愁怨，无法申诉的意味，适宜于写忧愁、深沉、感慨、阔远之情①。吴文英的词作在情感基调上还是用尤韵最适宜。尤其是开首两句，用“游”“愁”二字，要远远强过用“乡”“廊”二字。“门隔花深旧梦乡。夕阳无语燕归廊”两句，乡、廊都变成了实在的地方，太实了，而用游、愁二字，则有如梦如幻的感觉。而且“燕归廊”没有了情感的寄托，“燕归愁”则情景交融，深得中国古典诗词三昧。笔者第一次读此词，首两句竟给人一种触电的感觉，犹如春暮夏初，某个慵懒的午

---

① 各韵部字的情感基调第八章“词的写作二”第一节“填词步骤”中的“选定韵部”有论述，可参看。

后，在半梦半醒的午休中连续做了好多个短暂的梦，一时竟分不清是真是假，猛醒过来，很快将这些梦忘得一干二净，但某种惆怅的情绪却挥之不去。从此深爱此词。

至于“行云有影月含凉。东风临夜冷于霜”与“行云有影月含羞。东风临夜冷于秋”二句，原作偏于忧愁，改作偏于清爽。确实各有特色，不好骤分优劣。但如考虑全诗的意境构筑，还是原作更合宜。许多同学犹豫往往就在这两句上。

替换韵部字的操作在古人的诗话中是有实例的，南宋吴曾《能改斋漫录》：

> 杭之西湖有一倅（cuì），闲唱少游《满庭芳》，偶然误举一韵云：“画角声断斜阳。”妓琴操在侧云：“‘画角声断谯门’，非‘斜阳’也。”倅因戏之曰：“尔可改韵否？”琴即改作阳字韵云：
>
> “山抹微云，天连衰草，画角声断斜阳。暂停征辔，聊共引离觞。多少蓬莱旧侣，频回首、烟霭茫茫。孤村里，寒鸦万点，流水绕低墙。
>
> “魂伤。当此际，轻分罗带，暗解香囊。漫赢得青楼，薄幸名狂。此去何时见也，襟袖上、空有余香。伤心处，长城望断，灯火已昏黄。”

秦观的原作如下：

满庭芳

山抹微云，天黏衰草，画角声断谯门。暂停征棹，聊共引离尊。多少蓬莱旧事，空回首、烟霭纷纷。斜阳外，寒鸦万点，流水绕孤村。

销魂。当此际，香囊暗解，罗带轻分。谩赢得青楼、薄幸名存。此去何时见也，襟袖上、空惹啼痕。伤情处，高城望断，灯火已黄昏。

这是把十三元的韵部字替换成七阳的韵部字。原作那种苦闷、深沉，多少有些怨恨的基调变得开朗、清爽了。改作与原作相比，差得很远了。

贾岛的诗句“鸟宿池边树，僧敲月下门”因为关于“推敲”的典故，曾引起太多的讨论，现代学者也写过很多文章去讨论。但关于这首诗还有一个小争议，在笔者看来挺有意思的，却没有什么讨论：

题李凝幽居

［唐］贾岛

闲居少邻并，草径入荒园。鸟宿池边树，僧敲月下门。
过桥分野色，移石动云根。暂去还来此，幽期不负言。

［清］冯班：池边树，边，集作“中”，较胜。《诗人玉屑》引此亦作“中”。“池中树”，树影在池中也。后人不解，改作“边”字，通句少力。

［清］纪昀：冯氏以“池边”作“池中”，言树影在池中，若改作“边”字，通句少力。不知此十字正以自然，故入妙。不应下句如此自然，上句如此迂曲。

（《瀛奎律髓汇评》卷二三）

“鸟宿池边树”好，还是“鸟宿池中树”好，冯班和纪昀有意见分歧，两人都是清代的诗人，都有很丰富的创作经验。冯班认为“池边树”让整个句子少力，纪昀认为“池边树”正因为自然才入妙，且正与下句“僧敲月下门”相对应，都很自然。古人诗评常常片言只语，凭感觉而发，不做过多解释。这是我们阅读古人诗评时最头疼的一点。笔者反复思索这两种观点，结合自己对整首诗的理解，给学生评讲如下：

“池边”，发音时舌头很自然地就连接起来发出这个音，而“池中”发起音来是较“池边”更费力的。冯班所说的“有力”盖指此。全句读起来确实更铿锵有力一些，但与全诗意境和基调不符。树影在池中，又有鸟影映在池中，在月光下，此情此景，正十足地幽静与孤寂。而鸟飞之响动反更衬托出环境之幽静，但此种幽静已达到有些瘆人的意味了。而且“中”字在意味上会让这个池子显得很大。有些树确实长在水中，但一般都长在离岸边不远的水中。我们用语言描述这一事实时，还是会说“湖边”有树。说湖边有树，可以指树长在湖的岸边，也可以指长在水中近岸的地方，而不是绝对地说树只长在岸上。当我们说“湖中有树”这么一句话时，给他人的联想是树长在湖中间的位置，而且那个画面常常是只有一棵树孤零零地长在湖中间，这样的景象就比较孤寂了。古人说艺术创作妙在似与不似之间，太似为媚俗，不似为欺世，大概也有这个意思。

语言是不精确的，不能和现实绝对等同，语言的描述在他人心目中引起的联想和现实更容易有误差。比如一首很流行的歌曲《家在东北》的第一句歌词是“我的家就在东北松花江上”，我们不能说家建在松花江江面上，这里的意思就是家在松花江边，“上”在这里就是“边”的意思。那为什么不把歌词写成“我的家就在东北松花江边”呢？大家只要一唱就感觉到了，“江上”两个字是同韵的，力量感比“江边”强得多。这首歌后面的歌词是“那里有满山遍野大豆高粱，在那青山绿水旁，门前两棵大白杨，齐整整的篱笆院，一间小草房”，“上”字和后面的“粱”“旁”“杨”“房”押韵。用“边”字就破坏了这首歌的情感基调、音乐基调了。

同样的，这首诗的基调是写朋友李凝的住所是幽静的居所，诗中说“少邻并”，可见远处还是有人家的，并非李凝一人独住于荒郊野外。而且家旁边还有小池，还种有树，鸟在上面搭窝，这个环境是幽静而可爱的，有一种生机在里面。“池边树”带给人的自然、幽静感就更贴切诗境，而“池中树”给人的联想确实有些瘆人了。中国闲适的士人住的地方本来就喜欢静中有动，完全孤寂的环境并未为我们这个民族的文化人所喜欢。

这两个字，在版本上都有依据，而且“中”的依据可能更可靠。但为何后世成了“边”呢？不少诗作版本多，有文字上的差别，这可能是流传中的讹误，也可能是诗人自己的修订，有一部分也可能是后世的诗人及读者在大量诵读、吟咏中感觉另一个字更好，于是不知不觉中就以改字替换了原字，导致了争议的发生。我们在读诗过程中需要注意这些文字上的不同，多注意，多思考，或许就会有所发现，对诗歌的理解和鉴赏能力也会得到提高。

三、规则及要点

在多年的教学过程中，笔者发现使用这种词语替换法，对提升学生的诗词鉴赏能力效果不错。实操中，笔者认为这个方法有以下一些规则及要点需要把控好：

（1）由易到难。即刚开始替换的词语可以先不考虑其平仄、押韵、对偶等技术上的要求，学生能够找到基本适宜的词语即可。重要的是参与和讨论。随着练习的增多、对格律的掌握逐渐熟练，可逐渐提高要求。

（2）替换的词语先从近义词、相同类型的词语入手。这样学生不会畏难，后面可以提高要求，让学生寻找完全不同的词语。

（3）如果是替换多个词语，通常较好的顺序是名词—形容词—动词—虚词。这样做的原因即是从易到难，因为名词、形容词好找同义、近义词或同类型的词语，动词、虚词往往是诗中的关键字，是诗眼，不好把握。这个规则不是死的，取决于具体的诗句。

（4）控制变量。即每次只替换一个词语。不要同时替换多个词语，那样就变成自己的重新创作了。

（5）多从音律方面去考虑替换词语的优劣。对替换词语的优劣评价，需要在课堂上当堂讨论并发言，教师还要当堂做评讲，这个任务对教师、学生来说都不容易。笔者在实操中发现，很多词语的优劣往往和音律相关。教师和学生平时可以在这方面多积累些知识。

（6）注意在古人诗话、古人诗歌评述、诗词不同版本中寻找合适的例子。作为教师，要找到合适的例子并不容易，光靠自己思考是远远不够的。各类诗话中谈到的诗眼、炼字、炼意，都是很合适的例子①。

（7）模仿非常重要。学生对诗词用语不熟悉，有时候不容易找到合适的替换词，可以让学生随时用手机上网搜索相近类型的诗句②。

（8）讨论和发言很重要，不可以缺少。这种教学也是教学相长的过程，学生的很多观点也常常给笔者很大的启发。

这些规则及要点每一点都可以展开讨论，并举出实例。本章行文已经够长，不在这里展开。值得一提的是，这个方法也可以拓展到现代诗歌的鉴赏上。笔者在教学中偶觅得一很有意思的实例，略述如下：

余光中先生著有《古董店与委托行之间——谈谈中国现代诗的前途》一文，将诗句“一水护田将绿绕，两山排闼送青来”（王安石《书湖阴先生壁》）译成现代诗句：

山一脚把门踢开，把青色
把青色喷在你脸上③

笔者将此例作为教学中的一个例子展示给学生看。在自己反复诵读此诗句时，突然蹦出一个疑问：为什么余光中先生要把这个“把青色”重复一次呢？直接写成“山一脚把门踢开 / 把青色喷在你脸上”不好吗？

在一次去上课的途中，笔者骑自行车上一个长斜坡，还是在反复念叨这句话，当时嘴里有痰，很想一口吐出来，忽然就有了感悟：人嘴里有痰，想要吐出来时，有人会习惯性地在嘴里用舌头把痰搅上几搅，然后大力“呸”一声吐出来。这句诗所比喻的场景就是如此：要把“青色”喷出来前，先在嘴里酝酿一番，搅上几搅，“把青色”三字重复一次，就把这个动作过程模拟了出来。余光中所译的句式念起来最符合人的生理节奏。诗歌的语言需要符合人的生理节奏，这样才有美感，也符合文艺学上“省力”的原则。

---

① 笔者这里特别推荐《瀛奎律髓汇评》一书，真的可以找到很多好例子。
② 这方面笔者推荐“搜韵”和“诗词吾爱”这两个APP，它们都是非常好的学习诗词的工具。
③ 见余光中：《余光中谈诗歌》，南昌：江西高校出版社，2003年，第93页。

四、教学实例：模仿写作

最后，笔者想明确一点，这种“词语替换法”并非什么了不起的、创新的方法，和古人古诗话中谈到的诗眼、炼字、炼意及“一字师”等[①]，本质都是相通的。笔者想强调的是，有意识地去切入诗歌鉴赏，这种训练是挺有效的。这种更关注从具体的语言文字上去探寻诗歌的鉴赏之道的方法，如果简化的话，可以一句话概括：从创作者的角度去思考问题；或者说，“像诗人一样思考”；或者这样表达：“只有诗人才了解诗人。”[②]

回到本章开头的欧阳修的词作，李清照读到此作，深深为首句折服，为此拟作三篇，首句全用了欧阳修原作的“庭院深深深几许”。作为大词人的李清照，为什么自己不另叠出一句类似这样的句式，而要直接袭用原句呢？难道只是为了致敬原作吗？还是她叠不出这种三字重复的句式呢？笔者在课堂上会向学生提出这些问题，然后要求学生模仿这个句式，完成一个有三字重叠的诗句，完成李清照没有完成的事情。

这个课堂实践很有意思。刚开始许多学生有些发懵：和李清照比哦，自己也能叠吗？笔者会引导他们，可以先从同义词、近义词、反义词入手。很快就有学生发现了，既然“深”可以叠三个字，那么“浅”应该也可以，于是叠出“眉黛浅浅浅几许”“小溪浅浅浅几许”等类似的句子。只需要变换首两字，找到哪些东西可以是浅的即可，难度并不高。笔者又提醒他们，注意“深深”“深”“浅浅”“浅”等的词性。学生很快就发现，“深深”是形容词，叠在第三字的“深”字则是形容词活用为动词，这样的词语其实是很多的，飘飘、飞飞、漫漫等都是可以叠的。有的学生自己随手拟就，有的学生参考古人诗词，又写出：

> 小溪浅浅浅入池，眉黛弯弯弯如月，长路漫漫漫浩浩，归期遥遥遥无期，千山重重重如障，春愁茫茫茫如海，秋山苍苍苍几重，春夜悄悄悄无人，碧江冷冷冷于秋，春愁淡淡淡如水。

有学生接着发现，第三字也可以是一个动词，然后这个动词两叠是一个形容词就可以了。于是又写出像这样的句子：

> 杨柳飘飘飘暮春，柳絮飘飘飘如雪，秋日黯黯黯长空，蜂蝶飞飞飞入林，歌声隐隐隐于夜。

---

① 一字师，指改动他人诗中一字而诗句或全诗顿时变得极为优秀，遂获称为“一字师”。

② 在这点上，本身也是诗人的诗评家所撰写的诗歌评论往往能给人深刻启发。

这些句子有些是勉强成句的。但只要愿意，用词典翻查叠音词，其实是可以叠出很多的句子的，难度并不高。但是叠音词中有些词明显是不能叠的，如“夭夭”“关关”就不能叠。为什么这类词不能叠呢？这就需要用到语言学的理论了。像“飘飘”“飞飞”“漫漫”“弯弯”“重重”“浅浅”“深深”这类叠词称合成复音词，拆开来后的单个字与双音节词在意义上有联系。而像“夭夭”“关关”这类词叫联绵词，它和音译外来词如“沙发”“玻璃”“单于”等都属于单纯复音词，是不能拆开来理解的，组成叠词的单个字“夭”“关”与“夭夭”“关关”没有任何意义上的联系，只是记录这个词的读音。因为拆开的单个字没有意义，当然就不能三叠了。这样的词有好多，如“坎坎”“所所”“溅溅”“淙淙”“辚辚”“萧萧”“喈喈”“灼灼”“蚩蚩”“劳劳”“冉冉”“漠漠”“历历”“萋萋”等。

叠出了不少类似的句式后，笔者会发问：为什么大家叠出的句式要么选择类似“几许”这样的疑问词，要么放弃疑问词，顺着句子的意思，最后两字与第三个叠字形成或比喻，或表状态的关系？还有别的可能的组合吗？

在分析一番后，发现确实很难找到别的句式了。总之，三叠并不算太难，但要找到合适的后两字去配合前面五字，并不容易。“几许”是一个更难找到替换的词语。而且即便仍用“几许”，似乎也很难找到与原句可比拟的好句。原句“庭院深深深几许”似乎有另外一些隐藏的东西，别的句子是无法模拟的。笔者这时候会将自己思考许久的感受和学生分享：

明代诗人杨慎在评述这首词时，发现了另外的叠法。其《词品》：“一句中连三字者，如‘夜夜夜深闻子规’，又‘日日日斜空醉归’，又‘更更更漏月明中’，又‘树树树梢啼晓莺’，皆用叠字也。”杨慎这个叠字是另外一种方式的叠字，“夜夜”是频率词，“夜”是名词，而且他把三叠放到开头了，完全没有抓到欧阳修叠字的奥秘。欧阳修那样的句式是这样的：

名词性词组（两字）+形容词词组叠字（两字）+动词叠字（或形容词当动词用，一字）+表疑问副词词组（两字）。

其中形容词词组叠字是修饰前两字的名词性词组，后两字副词词组是修饰第三字的动词叠词的。

“庭院深深深几许”，把此句放到全首中来读，有一种我们非常熟悉的“侯门一入深如海，从此萧郎是路人”的隐晦感受。同时，“几许”与前面的“深深”形成一种矛盾的张力。庭院是很深的，有多深呢？杨柳树上都堆满了烟雾，又有无数重的帘幕、高高的楼台。可是，主人公是想逃离这个禁锢人的生命的深院的，所以她才发出“深几许”的疑问。这个疑问不仅仅是问“有多深”，它还隐含了反问、质疑、反抗的意味。它类似于“永远有多远”这样具有文学性的句式。既是“永远”了，我还要反问它“有多远”。是因为人要去反抗这种庞大的、压制人的、貌似是绝对的力量，以显现人类的尊严。人们之所以会喜欢荆轲刺秦的故事，就因为它蕴含了人类这种精神力量。弱小者反抗强权，这是文学永恒的母题。不过本句反抗的意味没有那么浓烈，它首先是一种怨恨，但这种怨恨背后已经隐藏了一种隐忍的、反抗的力量。这种隐而不露的矛盾的张力正是它震慑人心的原因所在。这句词实在是太微妙了，敏感的人可以感受到它的郁勃的力量，却很难说清楚为什么。

要形成这种矛盾的张力，最后两字只有用表疑问的副词才合适，如“几许”“几多”“几何”“多少”“如何”“奈何”等，然后还需要前面的“形容词性叠词”与这个表疑问的副词构成一种对应的关系。这样的组合并不容易寻找。我们前面的拟作之所以缺乏力量，原因就在于无法构拟出一种矛盾的张力，而且这种张力背后蕴含有人的情感。“庭院深深深几许”“永远有多远”是好句，而“黑夜有多黑”“太白有多白”“眉黛浅浅浅几许”等就不是好句，因为它们只有表面字义上的矛盾，却缺乏人的情感，于是就构拟不出一种张力。

同时，这个组合的音律性也是非常美妙的。以今天的拼音读来，“庭院深深深”五个字都以鼻音韵尾结束，鼻音发音时以鼻腔共鸣，有一种深沉的叹息的意味。“许”字则属平水韵六语，这个韵部的字，按一些学者对韵部字的体悟和感受，“凡鱼、虞、模韵的韵语，都含有日暮途穷、极端失意的情感”（谢云飞《文学与音律》），“鱼语幽咽”（王易《词曲史》），“鱼虞等韵：给人以郁结难吐的感觉，适宜表达缠绵深微，感叹不已等感情”（陈少松《古诗词文吟诵研究》）。

这个句子的力量有某种独立性，单独拿出来仍然是有力的，所以我们可以独自欣赏。但同时它也巧妙地融入整首词作，成为词作总体意境不可分割的部分。

总结以上说法，在一定意义上这个句子蕴含一种矛盾的张力，张力背后是人的情感；在音律上它有一种深沉的叹息感，一种幽咽郁结的情绪；整体上它也融入整首词的意境。或许恰巧就是欧阳修发现了“庭院深深深几许”这样一个组合，相信后来的诗人、词人也做过努力，确实找不到比它更合宜的。我们今天也试了一下，同样也没有找到。文学史上也许真有这样的可能，前人已经把某些词语最美妙的组合找到了，后人再难以为继，只能目瞪口呆地站在前人的妙笔前面，为之折服。李清照之所以袭月原句，可能是因为她也像我们这样试着叠过，而后发现只能搁笔长叹。

附录

附录一　平仄需要特别注意的字

（一）古代平仄两读而意义不变（今天只有一个读音）（仅列诗词中常见字）

叹：平声，tān。仄声，tàn。叹息、感叹之意。

看：平声，kān。仄声，kàn。看见、看望之意。

过：平声，guō。仄声，guò。作“经过”意时可读平仄两声。作“过失”意时仅读去声。

望：平声，wáng。仄声，wàng。作“观望”意时可读平仄两声。作“名望”意时仅读仄声。

忘：平声，wáng。仄声，wàng。

跳：平声，tiáo。仄声，tiào。

醒：平声，xīng。仄声，xǐng。

漫：平声 mán。仄声，màn。平仄两读时都有“大水貌”之意，但作副词只读仄声，“徒也，空也”的意思。

听：平声，tīng。仄声，tìng。

莹：平声，yíng。仄声，yìng。

患：属十五删韵，读“还”（huán）。又属十六谏韵，读“院”（yuàn）。两字读音有差别。

阆：属七阳韵，发“郎”（láng）音。又属二十三漾韵，发“浪”（làng）音。

凭：平声，píng。仄声去声，pìng。

售：分属十一尤、二十六宥韵。平声读“酬”（chóu）。如《古乐府·陇头水歌》：将顿楼兰膝，就解郅支裘。勿令如李牧，功多信不售。

钿：属一先韵，发“田”（tián）音。又属十七霰韵，发“店”（diàn）音。

挠：属三肴韵，发“铙”（náo）音。又属四豪韵，发“蒿”（hāo）音。又属十八巧韵，发“脑”（nǎo）音。

泡：属三肴韵，发“抛”（pāo）音。又属十九效韵，发“炮”（pào）音。

批：属八齐韵，平声，发 pī 音。又属九屑韵，入声，发“蹩”（bié）音。

嵬：属十灰韵，发“韦”（wéi）音。又属十贿韵，发“隗”（wěi）音。

撞：属三江韵，发“床”（chuáng）音。又属三绛韵，发“壮”（zhuàng）音。

谆：属十一真韵，发 zhūn 音。又属十二震韵，发 zhùn 音，谆谆教导意。

泯：属十一真韵，发“民”（mín）音。又属十一轸韵，发“敏”（mǐn）音。

妊：属十二侵韵，发“人”（rén）音。又属二十七沁韵，发“认”（rèn）音。

笼：属一东韵，发“龙”（lóng）音。又属一董韵，发“笼”（lǒng）音。笼平仄两读作名词时都有“笼子”的意思，但作动词读仄声时还有“笼罩”的意思。

纫：属十一真韵，发“人”（rén）音。又属十二震韵，发“认”（rèn）音。

拚：平声，读“拼”（pīn）音。仄声去声，读“判”（pàn）音。均“舍弃，豁出去”的意思。这个字在词中很常见。

（二）古代平仄两读而意义不同（仅列诗中常见而不容易分辨的）

思：平声，动词，思念。仄声 sì，名词，思念。今俱平声①。

治：平声 chí，治理。仄声，形容词，治安。今俱仄声。如“治国平天下”读平声。

誉：平声 yú，动词。仄声，名词。今俱仄声。

翰：平声 hán，羽翮。仄声，翰墨。今俱仄声。

胜：平声 shēng，胜任。仄声，胜败。今俱仄声。

吹：平声，用口吹。仄去声 chuì，鼓吹、歌吹。今俱平声。

判：平声 pān，舍弃，豁出去。仄声，判别、裁判。今俱仄声。

烧：平声，焚烧。仄声 shào，猎人放火禁烧之处。今俱平声。

令：平声 líng，动词，使。仄去声，名词，命令，县令。今俱仄声。

行：平声，动词，行走，行为。仄去声 xìng，名词，德行。今俱平声。

论：平声 lún，动词，讨论。仄去声，名词，言论。今俱仄声。

那：平声 nuó，何也。仄声无那即无奈。今俱仄声。

浪：平声 láng，浪浪、沧浪、淋浪。仄声波浪。今俱仄声。

雍：平声，和也。仄声 yòng，雍州。今俱平声。

并：平声 bīng，并州，古州名。仄声，交并，古写作“並”。今俱仄声。

操：平声，操持。仄声 cào，节操，操行，琴操。今俱平声。

从：平声，顺从。仄声 zòng，仆从。今俱平声。

---

① 由于诗中词性较为灵活，诗句的意思也可灵活理解，“思”作名词还是动词，有时候并不能很快判定。在实际操作中，我们可以把“思”当作一个平仄两读而意思不变的字来处理。

骑：平声，动词，骑马。仄声 jì，名词，一骑。今俱平声。
颇：平声，偏颇。仄声 pǒ，还算。今俱平声。
傍：平声 páng，即旁。仄声，依也。今俱仄声。
污：平声，污秽。仄声 wù，染也。今俱平声。
殷：平声，大也。仄声 yǐn，雷声。今保留两声。又发 yān，黑红色。
施：平声，施行。仄声 shǐ，施舍。今俱平声。
纵：平声 zōng，纵横。仄声，放纵。今俱仄声。
任：平声 rén，负担。仄声，信任。今俱仄声。
迟：平声，迟到。仄声去声 chì，等待。今俱平声。
阿：平声，通“啊”。仄声音屋，入声，名词词头，阿谁，阿娇。今俱平声。
燕：平声 yān，燕国。仄声，燕子，又通“宴”。今保留两声。
教：平声 jiāo，使也。仄声，教训。今保留两声。
要：平声要求，要盟。仄声，重要。今保留两声。
当：平声应当。仄声，适当，当作。今保留两声。
便：平声 pián，安静。仄声，方便。今保留两声。
禁：平声 jīn，力能胜任。仄声，禁止。今保留两声。
不：平声同“否”，表疑问。仄声，入声，表否定。今保留两声。
供：平声，动词，供给。仄声，供设。今保留两声。
横：平声，纵横。仄声 hèng，横逆。今保留两声。
离：平声，离别。仄声 lì，偶也，附丽也。
疏：平声，疏密。仄声 shù，书疏。
分：平声，分离。仄声名分。今保留两声。
旋：平声，回旋。仄声 xuàn，俄顷之间。今保留两声。
闻：平声，动词，耳闻。仄声 wèn，名誉，声闻。
观：平声，观察。仄声，道观、伟观。今保留两声。
兴：平声，兴起。仄声，兴趣。今保留两声。
乘：平声，动词，乘坐。仄声，名词，一乘。今保留两声。
干：平声，如江干。仄声，干犯、树干、干练。今保留两声。
反：平声，读“翻”，平反意。仄声，读“返”，回还也。

（三）古平今仄或古仄今平

古平今仄：俱（jū）、竣（qūn）、闽（mín）

古仄今平：播（bò）、抒（shǔ）、拥（yǒng）、茗（mǐng）

（四）常见的变为平声的入声字

阴平（第一调）：

屋哭叔淑秃鞠缩掬粥督曲捉卓剥扑涿倬出一壹七虱悉膝失戌沏蟋疙屈歘诎发髮忽突窟歇曰蝎挖钵脱割拨豁掇喝撮咄泼聒八刷杀瞎刮擦扎拙切鳖跌揭薛噎说缺结渐撤憋瞥约郭托削桌搁夕惜摘昔拍迹积只屐擘汐胳掖拆帻锡击绩滴激析剔涤戚的晰吃蜥劈淅息织逼黑勒熄塞缉湿揖汁吸吸辑岌翕歙匝榼鸽拉答踏塌磕帖贴接浃压鸭插押夹掐

阳平（第二调）：

竹服福熟族菊轴逐伏读犊幅斛触孰竺仆濮筑（古乐器）醭袱啄蝠辐茯渎妯牍俗足烛鹄赎局躅毒觉角琢驳雹浊擢学镯璞壳濯实疾吉侄茁佛拂弗倔屈绋绂不勿讫乞骨伐罚卒竭勃筏掘渤没脖阀獗蹶黠辖札拔猾滑察颉扎节绝结穴洁别折辙决哲截桀碣撷蹩迭诘决抉薄阁爵脚酌芍灼凿着泊勺嚼搏礴昨箔膊膜度铎斫矍攫熠涸貉石白泽伯宅席籍格帛额柏革脊择藉骼翮瘠隔舶谪帼核嫡帻箦媳责硕笛敌镝檄翟狄逖涤的籴迪职国德食蚀极直值植殖得贼则即亟极辑集急习十拾什袭及级蛰执汲楫岌汲合答杂阖闸盒牒蝶叠挟颊协谍辄蝶碟捷睫堞蹀狭峡匣乏劫胁狎浃侠

附录二　诗词训练方法与题目

诗

1．杜诗对偶练习：为下面的杜诗补足对仗句，可参考原句，但不要用原句。

卜　居

浣花溪水水西头，主人为卜林塘幽。已知出郭少尘事，______________。
无数蜻蜓齐上下，______________。东行万里堪乘兴，须向山阴入小舟。

江　村

清江一曲抱村流，长夏江村事事幽。自去自来梁上燕，______________。
老妻画纸为棋局，______________。但有故人供禄米，微躯此外更何求。

宾　至

幽栖地僻经过少，老病人扶再拜难。岂有文章惊海内，漫劳车马驻江干。
竟日淹留佳客坐，______________。不嫌野外无供给，乘兴还来看药栏。

恨　别

洛城一别四千里，胡骑长驱五六年。草木变衰行剑外，______________。
思家步月清宵立，______________。闻道河阳近乘胜，司徒急为破幽燕。

后　游

寺忆曾游处，桥怜再渡时。江山如有待，__________。
野润烟光薄，__________。客愁全为减，舍此复何之。

野　望

西山白雪三城戍，南浦清江万里桥。海内风尘诸弟隔，______________。
惟将迟暮供多病，未有涓埃答圣朝。跨马出郊时极目，不堪人事日萧条。

附原作：

卜　居

浣花溪水水西头，主人为卜林塘幽。已知出郭少尘事，更有澄江销客忧。
无数蜻蜓齐上下，一双鸂鶒对沉浮。东行万里堪乘兴，须向山阴入小舟。

江　村

清江一曲抱村流，长夏江村事事幽。自去自来梁上燕，相亲相近水中鸥。
老妻画纸为棋局，稚子敲针作钓钩。但有故人供禄米，微躯此外更何求。

宾　至

幽栖地僻经过少，老病人扶再拜难。岂有文章惊海内，漫劳车马驻江干。
竟日淹留佳客坐，百年粗粝腐儒餐。不嫌野外无供给，乘兴还来看药栏。

恨　别

洛城一别四千里，胡骑长驱五六年。草木变衰行剑外，兵戈阻绝老江边。
思家步月清宵立，忆弟看云白日眠。闻道河阳近乘胜，司徒急为破幽燕。

后　游

寺忆曾游处，桥怜再渡时。江山如有待，花柳自无私。
野润烟光薄，沙暄日色迟。客愁全为减，舍此复何之。

野　望

西山白雪三城戍，南浦清江万里桥。海内风尘诸弟隔，天涯涕泪一身遥。
惟将迟暮供多病，未有涓埃答圣朝。跨马出郊时极目，不堪人事日萧条。

2. 用自己的意思将以下诗补足。

喜外弟卢纶见宿

［唐］司空曙

静夜四无邻，荒居旧业贫。
雨中黄叶树，__________。
__________，愧君相见频。
平生自有分，况是蔡家亲。

原作：

静夜四无邻，荒居旧业贫。
雨中黄叶树，灯下白头人。
以我独沉久，愧君相见频。
平生自有分，况是蔡家亲。

送魏万之京

［唐］李颀

朝闻游子唱离歌，＿＿＿＿＿＿＿＿。
鸿雁不堪愁里听，＿＿＿＿＿＿＿＿。
关城树色催寒近，御苑砧声向晚多。
莫见长安行乐处，空令岁月易蹉跎。

原作：

朝闻游子唱离歌，昨夜微霜初渡河。
鸿雁不堪愁里听，云山况是客中过。
关城树色催寒近，御苑砧声向晚多。
莫见长安行乐处，空令岁月易蹉跎。

3. 给以下诗句对出尽可能多的对句。

白日放歌须纵酒，＿＿＿＿＿＿＿＿＿＿。
＿＿＿＿＿＿＿＿＿＿，万里归心对月明。

4. 题目：秋夜怀人。要求：以下平八庚或上平十四寒韵，五言律、七言律均可，实在写不出这方面的内容，可不限。

5. 写一首五律，题材、韵部不限。

6. 写一首七律，题材、韵部不限。

词

1. 将杜牧《寄扬州韩绰判官》一诗改写为词，词牌限《减字木兰花》或《采桑子》。

青山隐隐水迢迢，秋尽江南草未凋。二十四桥明月夜，玉人何处教吹箫。

【减字木兰花】又名减兰、木兰香、天下乐令等。双调四十四字，上下片各四句两仄韵两平韵。

㊣平Ⓩ**仄**。ⓏⓏⓏ平平仄**仄**。Ⓩ仄平**平**。Ⓩ仄平平Ⓩ仄**平**。
㊣平Ⓩ**仄**。ⓏⓏⓏ平平仄**仄**。Ⓩ仄平**平**。Ⓩ仄平平Ⓩ仄**平**。

歌檀敛袂。缭绕雕梁尘暗起。柔润清圆。百琲明珠一线穿。
樱唇玉齿。天上仙音心下事。留住行云。满座迷魂酒半醺。（欧阳修）

注：加粗“**平**”表示押平韵，加粗“**仄**”表示押仄韵。㊣表示应平可仄，Ⓩ表示应仄可平。下同。

2. 阅晏几道《采桑子》词几首，自作一首，用其中一首之韵。

【采桑子】又名丑奴儿、罗敷媚等。双调四十四字，上下片各四句三平韵。

㊉平㊀仄平平仄，㊀仄平**平**。㊀仄平**平**，仄平平㊀仄**平**。

㊉平㊀仄平平仄，㊀仄平**平**。㊀仄平**平**，仄平平㊀仄**平**。

高吟烂醉淮西月，诗酒相留。明日归舟，碧藕花中醉过秋。
文姬赠别双团扇，自写银钩。散尽离愁，携得清风出画楼。

谁将一点凄凉意，送入低眉。画箔闲垂，多是今宵得睡迟。
夜痕记尽窗间月，曾误心期。准拟相思，还是窗间记月时。

非花非雾前时见，满眼娇春。浅笑微颦，恨隔垂帘看未真。
殷勤借问家何处，不在红尘。若是朝云，宜作今宵梦里人。

白莲池上当时月，今夜重圆。曲水兰船，忆伴飞琼看月眠。
黄花绿酒分携后，泪湿吟笺。旧事年年，时节南湖又采莲。

春风不负年年信，长趁花期。小锦堂西，红杏初开第一枝。
碧箫度曲留人醉，昨夜归迟。短恨凭谁，莺语殷勤月落时。

金风玉露初凉夜，秋草窗前。浅醉闲眠，一枕江风梦不圆。
长情短恨难凭寄，枉费红笺。试拂幺弦，却恐琴心可暗传。

西楼月下当时见，泪粉偷匀。歌罢还颦，恨隔炉烟看未真。
别来楼外垂杨缕，几换青春。倦客红尘，长记楼中粉泪人。

征人去日殷勤嘱，莫负心期。寒雁来时，第一传书慰别离。
轻春织就机中素，泪墨题诗。欲寄相思，日日高楼看雁飞。

3. 任选《蝶恋花》《临江仙》《青玉案》《水调歌头》中的一个词牌，填词一首。

【蝶恋花】又名鹊踏枝、凤栖梧、卷珠帘等。双调六十字，上下片各五句四仄韵。

㊀仄㊉平平仄**仄**。㊀仄平平，㊀仄平平**仄**。㊀仄㊉平平仄**仄**。㊉平㊀仄平平**仄**。

㊀仄㊉平平仄**仄**。㊀仄平平，㊀仄平平**仄**。㊀仄㊉平平仄**仄**。㊉平㊀仄平平**仄**。

花褪残红青杏小。燕子飞时，绿水人家绕。枝上柳绵吹又少。天涯何处无芳草。

墙里秋千墙外道。墙外行人，墙里佳人笑。笑渐不闻声渐悄。多情却被无情恼。（苏轼）

【临江仙】双调五十二字、五十四字、五十八字、五十九字、六十字或六十二字，上下片各五句三平韵。

仄⃝仄平平仄⃝仄，平⃝平仄⃝仄平**平**。平⃝平仄⃝仄仄平**平**。平⃝平平⃝仄仄，仄⃝仄仄平**平**。

仄⃝仄平平仄⃝仄，平⃝平仄⃝仄平**平**。平⃝平仄⃝仄仄平**平**。平⃝平平⃝仄仄，仄⃝仄仄平**平**。

梦后楼台高锁，酒醒帘幕低垂。去年春恨却来时。落花人独立，微雨燕双飞。

记得小苹初见，两重心字罗衣。琵琶弦上说相思。当时明月在，曾照彩云归。（晏几道）

【青玉案】双调六十七字，前后段各六句五仄韵。

平⃝平仄⃝仄平平**仄**。仄仄⃝仄、平平**仄**。仄⃝仄平⃝平平仄**仄**。仄⃝平平⃝仄，仄⃝平平⃝**仄**。平⃝仄平平**仄**。

仄⃝平仄⃝仄平平**仄**。仄⃝仄平平仄平**仄**。仄⃝仄平⃝平平仄**仄**。仄⃝平平⃝仄，仄⃝平平⃝**仄**，平⃝仄平平**仄**。

凌波不过横塘路。但目送、芳尘去。锦瑟华年谁与度。月桥花院，琐窗朱户。只有春知处。

碧云冉冉蘅皋暮。彩笔新题断肠句。试问闲愁都几许。一川烟草，满城风絮。梅子黄时雨。（贺铸）

【水调歌头】双调九十五字，上片九句四平韵、两仄韵，下片十句四平韵、两仄韵。

仄⃝仄仄⃝平仄，仄⃝仄仄平**平**。平⃝平仄⃝仄平平⃝、仄⃝仄仄平**平**。仄⃝仄平平仄⃝**仄**。仄⃝仄平平仄⃝**仄**。仄⃝仄仄平**平**。仄⃝仄仄平仄，仄⃝仄仄平**平**。

仄⃝平⃝仄⃝，平⃝仄⃝仄，仄平**平**。仄⃝平仄⃝仄、平仄⃝平仄仄平**平**。仄⃝仄平平仄⃝**仄**。仄⃝仄平平仄⃝**仄**。仄⃝仄仄平**平**。仄⃝仄仄⃝平仄，仄⃝仄仄平**平**。

明月几时有，把酒问青天。不知天上宫阙，今夕是何年。我欲乘风归去。又恐琼楼玉宇。高处不胜寒。起舞弄清影，何似在人间。

转朱阁，低绮户，照无眠。不应有恨，何事长向别时圆？人有悲欢离合。月有阴晴圆缺。此事古难全。但愿人长久，千里共婵娟。（苏轼）

附录三　诗词格律与写作课背诵篇目

诗

《国风·周南·卷耳》：采采卷耳，不盈顷筐。嗟我怀人，寘（zhì）彼周行（háng）。陟彼崔嵬，我马虺隤（huī tuí）。我姑酌彼金罍（léi），维以不永怀。陟彼高冈，我马玄黄。我姑酌彼兕觥（gōng），维以不永伤。陟彼砠（jū）矣，我马瘏（tú）矣，我仆痡（pū）矣，云何吁矣！

《国风·周南·桃夭》：桃之夭夭，灼灼其华。之子于归，宜其室家。桃之夭夭，有蕡（fén）其实。之子于归，宜其家室。桃之夭夭，其叶蓁蓁（zhēn）。之子于归，宜其家人。

《国风·周南·汉广》节选：南有乔木，不可休思。汉有游女，不可求思。汉之广矣，不可泳思。江之永矣，不可方思。

《国风·邶（bèi）风·击鼓》节选：死生契阔，与子成说。执子之手，与子偕老。

《国风·邶风·式微》节选：式微式微，胡不归？微君之故，胡为乎中露？式微式微，胡不归？微君之躬，胡为乎泥中？

《国风·邶风·静女》：静女其姝，俟我于城隅。爱而不见，搔首踟蹰。静女其娈，贻我彤管。彤管有炜，说怿女美。自牧归荑，洵美且异。匪女之为美，美人之贻。

《国风·鄘风·桑中》节选：期我乎桑中，要我乎上宫，送我乎淇之上矣。

《国风·卫风·硕人》节选：手如柔荑，肤如凝脂。领如蝤蛴（qiú qí），齿如瓠犀。螓首蛾眉，巧笑倩兮，美目盼兮。

《国风·卫风·河广》：谁谓河广？一苇杭之。谁谓宋远？跂余望之。谁谓河广？曾不容刀。谁谓宋远？曾不崇朝。

《国风·卫风·伯兮》节选：自伯之东，首如飞蓬。岂无膏沐？谁适为容。

《国风·卫风·木瓜》：投我以木瓜，报之以琼琚。匪报也，永以为好也。投我以木桃，报之以琼瑶。匪报也，永以为好也。

《国风·王风·黍离》节选：彼黍离离，彼稷之苗。行迈靡靡，中心摇摇。知我者，谓我心忧；不知我者，谓我何求。悠悠苍天，此何人哉。

《国风·郑风·子衿》：青青子衿，悠悠我心。纵我不往，子宁不嗣音？青青子佩，悠悠我思。纵我不往，子宁不来。挑兮达兮，在城阙兮。一日不见，如三月兮。

《国风·郑风·野有蔓草》：野有蔓草，零露漙（tuán）兮。有美一人，清扬婉兮。邂逅相遇，适我愿兮。野有蔓草，零露瀼（ráng）瀼。有美一人，宛如清扬。邂逅相遇，与子偕臧（zāng）。

《国风·秦风·蒹葭》节选：蒹葭苍苍，白露为霜。所谓伊人，在水一方。溯洄从之，道阻且长；溯游从之，宛在水中央。

《国风·豳（bīn）风·七月》节选：七月流火，九月授衣。春日载阳，有鸣仓庚。女执懿筐，遵彼微行（háng），爰求柔桑。春日迟迟，采蘩祁祁。女心伤悲，殆及公子同归。

《国风·豳风·东山》节选：我徂东山，慆慆不归。我来自东，零雨其濛。我东曰归，我心西悲。

《小雅·鹿鸣之什·鹿鸣》：呦呦鹿鸣，食野之苹。我有嘉宾，鼓瑟吹笙。吹笙鼓簧，承筐是将。人之好我，示我周行（háng）。呦呦鹿鸣，食野之蒿。我有嘉宾，德音孔昭。视民不恌（tiāo），君子是则是效。我有旨酒，嘉宾式燕以敖。呦呦鹿鸣，食野之芩（qín）。我有嘉宾，鼓瑟鼓琴。鼓瑟鼓琴，和乐且湛（dān）。我有旨酒，以宴乐嘉宾之心。

《小雅·鹿鸣之什·伐木》节选：伐木丁丁（zhēng），鸟鸣嘤嘤。出自幽谷，迁于乔木。嘤其鸣矣，求其友声。

《小雅·鹿鸣之什·采薇》节选：昔我往矣，杨柳依依。今我来思，雨雪霏霏。行道迟迟，载渴载饥。我心伤悲，莫知我哀。

《小雅·小旻之什·蓼莪（lù é）》节选：哀哀父母！生我劬（qú）劳。……父兮生我，母兮鞠我。拊（fǔ）我畜我，长我育我。

《小雅·都人士之什·何草不黄》：何草不黄？何日不行？何人不将？经营四方。何草不玄？何人不矜？哀我征夫，独为匪民。匪兕匪虎，率彼旷野。哀我征夫，朝夕不暇！有芃者狐，率彼幽草。有栈之车，行彼周道。

《离骚》节选：朝搴阰之木兰兮，夕揽洲之宿莽。日月忽其不淹兮，春与秋其代序。惟草木之零落兮，恐美人之迟暮。……老冉冉其将至兮，恐修名之不立。朝饮木兰之坠露兮，夕餐秋菊之落英。……长太息以掩涕兮，哀民生之多艰。……路曼曼其修远兮，吾将上下而求索。……陟升皇之赫戏兮，忽临睨夫旧乡。仆夫悲余马怀兮，蜷局顾而不行。乱曰：已矣哉！国无人莫我知兮，又何怀乎故都！既莫足与为美政兮，吾将从彭咸之所居！

《九歌·湘夫人》节选：帝子降兮北渚，目眇眇兮愁予。袅袅兮秋风，洞庭波兮木叶下。

《九歌·少司命》节选：悲莫悲兮生别离，乐莫乐兮新相知。

《涉江》节选：余幼好此奇服兮，年既老而不衰。带长铗之陆离兮，冠切云之崔嵬。……哀吾生之无乐兮，幽独处乎山中。吾不能变心而从俗兮，固将愁苦而终穷。

《哀郢》节选：皇天之不纯命兮，何百姓之震愆。民离散而相失兮，方仲春而东迁。去故乡而就远兮，遵江夏以流亡。……乱曰：曼余目以流观兮，冀壹反之何时？鸟飞反故乡兮，狐死必首丘。信非吾罪而弃逐兮，何日夜而忘之。

《招魂》节选：皋兰被径兮斯路渐，湛湛江水兮上有枫。目极千里兮伤春心，魂兮归来哀江南。

古诗十九首《行行重行行》：行行重行行，与君生别离。相去万余里，各在天一涯。道路阻且长，会面安可知。胡马依北风，越鸟巢南枝。相去日已远，衣带日已缓。浮云蔽白日，游子不顾返。思君令人老，岁月忽已晚。弃捐勿复道，努力加餐饭。

古诗十九首《青青河畔草》：青青河畔草，郁郁园中柳。盈盈楼上女，皎皎当窗牖。娥娥红粉妆，纤纤出素手。昔为倡家女，今为荡子妇。荡子行不归，空床难独守。

古诗十九首《涉江采芙蓉》：涉江采芙蓉，兰泽多芳草。采之欲遗谁，所思在远道。还顾望旧乡，长路漫浩浩。同心而离居，忧伤以终老。

曹植《七哀》：明月照高楼，流光正徘徊。上有愁思妇，悲叹有余哀。借问叹者谁，自云宕子妻。君行逾十年，孤妾常独栖。君若清路尘，妾若浊水泥。浮沉各异势，会合何时谐。愿为西南风，长逝入君怀。君怀良不开，贱妾当何依。

陶渊明《归园田居（其一）》：少无适俗韵，性本爱丘山。误落尘网中，一去三十年。羁鸟恋旧林，池鱼思故渊。开荒南野际，守拙归园田。方宅十余亩，草屋八九间。榆柳荫后檐，桃李罗堂前。暧暧远人村，依依墟里烟。狗吠深巷中，鸡鸣桑树颠。户庭无尘杂，虚室有余闲。久在樊笼里，复得返自然。

张若虚《春江花月夜》：春江潮水连海平，海上明月共潮生。滟滟随波千万里，何处春江无月明。江流宛转绕芳甸，月照花林皆似霰。空里流霜不觉飞，汀上白沙看不见。江天一色无纤尘，皎皎空中孤月轮。江畔何人初见月，江月何年初照人。人生代代无穷已，江月年年望相似。不知江月待何人，但见长江送流水。白云一片去悠悠，青枫浦上不胜愁。谁家今夜扁舟子，何处相思明月楼。可怜楼上月徘徊，应照离人妆镜台。玉户帘中卷不去，捣衣砧上拂还来。此时相望不相闻，愿逐月华流照君。鸿雁长飞光不度，鱼龙潜跃水成文。昨夜闲潭梦落花，可怜春半不还家。江水流春去欲尽，江潭落月复西斜。斜月沉沉藏海雾，碣石潇湘无限路。不知乘月几人归，落月摇情满江树。

骆宾王《在狱咏蝉》：西陆蝉声唱，南冠客思深。那堪玄鬓影，来对白头吟。露重飞难进，风多响易沉。无人信高洁，谁为表予心。

孟浩然《与诸子登岘首》：人事有代谢，往来成古今。江山留胜迹，我辈复登临。水落鱼梁浅，天寒梦泽深。羊公碑尚在，读罢泪沾襟。

孟浩然《过故人庄》：故人具鸡黍，邀我至田家。绿树村边合，青山郭外斜。开轩面场圃，把酒话桑麻。待到重阳日，还来就菊花。

王维《终南别业》：中岁颇好道，晚家南山陲。兴来每独往，胜事空自知。行到水穷处，坐看云起时。偶然值林叟，谈笑无还期。

常建《题破山寺后禅院》：清晨入古寺，初日照高林。曲径通幽处，禅房花木深。山光悦鸟性，潭影空人心。万籁此俱寂，唯余钟磬音。（注：曲径，有版本作“竹径”）

高适《燕歌行》：汉家烟尘在东北，汉将辞家破残贼。男儿本自重横行，天子非常赐颜色。摐（chuāng）金伐鼓下榆关，旌旆逶迤碣石间。校尉羽书飞瀚海，单于猎火照狼山。山川萧条极边土，胡骑凭陵杂风雨。战士军前半死生，美人帐下犹歌舞。大漠穷秋塞草腓（féi），孤城落日斗兵稀。身当恩遇常轻敌，力尽关山未解围。铁衣远戍辛勤久，玉箸应啼别离后。少妇城南欲断肠，征人蓟北空回首。边风飘飖那可度，绝域苍茫更何有。杀气三时作阵云，寒声一夜传刁斗。相看白刃血纷纷，死节从来岂顾勋。君不见沙场征战苦，至今犹忆李将军。

李白《月下独酌》：花间一壶酒，独酌无相亲。举杯邀明月，对影成三人。月既不解饮，影徒随我身。暂伴月将影，行乐须及春。我歌月徘徊，我舞影零乱。醒时同交欢，醉后各分散。永结无情游，相期邈云汉。

李白《宣州谢朓楼饯别校书叔云》：弃我去者，昨日之日不可留；乱我心者，今日之日多烦忧。长风万里送秋雁，对此可以酣高楼。蓬莱文章建安骨，中间小谢又清发。俱怀逸兴壮思飞，欲上青天揽明月。抽刀断水水更流，举杯销愁愁更愁。人生在世不称意，明朝散发弄扁舟。

李白《将进酒》：君不见，黄河之水天上来，奔流到海不复回。君不见，高堂明镜悲白发，朝如青丝暮成雪。人生得意须尽欢，莫使金樽空对月。天生我材必有用，千金散尽还复来。烹羊宰牛且为乐，会须一饮三百杯。岑夫子，丹丘生，将进酒，杯莫停。与君歌一曲，请君为我倾耳听。钟鼓馔玉不足贵，但愿长醉不复醒。古来圣贤皆寂寞，惟有饮者留其名。陈王昔时宴平乐，斗酒十千恣欢谑。主人何为言少钱？径须沽取对君酌。五花马，千金裘，呼儿将出换美酒，与尔同销万古愁。

杜甫《旅夜书怀》：细草微风岸，危樯独夜舟。星垂平野阔，月涌大江流。名岂文章著，官应老病休。飘飘何所似，天地一沙鸥。

杜甫《登岳阳楼》：昔闻洞庭水，今上岳阳楼。吴楚东南坼（chè），乾坤日夜浮。亲朋无一字，老病有孤舟。戎马关山北，凭轩涕泗流。

杜甫《蜀相》：丞相祠堂何处寻，锦官城外柏森森。映阶碧草自春色，隔叶黄鹂空好音。三顾频烦天下计，两朝开济老臣心。出师未捷身先死，长使英雄泪满襟。

杜甫《闻官军收河南河北》：剑外忽传收蓟北，初闻涕泣满衣裳。却看妻子愁何在，漫卷诗书喜欲狂。白日放歌须纵酒，青春作伴好还乡。即从巴峡穿巫峡，便下襄阳向洛阳。

杜甫《登高》：风急天高猿啸哀，渚清沙白鸟飞回。无边落木萧萧下，不尽长江滚滚来。万里悲秋常作客，百年多病独登台。艰难苦恨繁霜鬓，潦倒新停浊酒杯。

杜甫《秋兴八首（其一）》：玉露凋伤枫树林，巫山巫峡气萧森。江间波浪兼天涌，塞上风云接地阴。丛菊两开他日泪，孤舟一系故园心。寒衣处处催刀尺，白帝城高急暮砧。

杜甫《登楼》：花近高楼伤客心，万方多难此登临。锦江春色来天地，玉垒浮云变古今。北极朝廷终不改，西山寇盗莫相侵。可怜后主还祠庙，日暮聊为梁甫吟。

杜甫《阁夜》：岁暮阴阳催短景，天涯霜雪霁寒宵。五更鼓角声悲壮，三峡星河影动摇。野哭千家闻战伐，夷歌数处起渔樵。卧龙跃马终黄土，人事音书漫寂寥。

韦应物《淮上喜会梁州故人》：江汉曾为客，相逢每醉还。浮云一别后，流水十年间。欢笑情如旧，萧疏鬓已斑。何因不归去，淮上有秋山。

韩愈《左迁至蓝关示侄孙湘》：一封朝奏九重天，夕贬潮州路八千。欲为圣明除弊事，肯将衰朽惜残年。云横秦岭家何在，雪拥蓝关马不前。知汝远来应有意，好收吾骨瘴江边。

刘禹锡《酬乐天扬州初逢席上见赠》：巴山楚水凄凉地，二十三年弃置身。

怀旧空吟闻笛赋，到乡翻似烂柯人。沉舟侧畔千帆过，病树前头万木春。今日听君歌一曲，暂凭杯酒长精神。

元稹《遣悲怀三首（其一）》：谢公最小偏怜女，自嫁黔娄百事乖。顾我无衣搜荩箧，泥他沽酒拔金钗。野蔬充膳甘长藿，落叶添薪仰古槐。今日俸钱过十万，与君营奠复营斋。

元稹《遣悲怀三首（其二）》：昔日戏言身后事，今朝都到眼前来。衣裳已施行看尽，针线犹存未忍开。尚想旧情怜婢仆，也曾因梦送钱财。诚知此恨人人有，贫贱夫妻百事哀。

元稹《遣悲怀三首（其三）》：闲坐悲君亦自悲，百年都是几多时。邓攸无子寻知命，潘岳悼亡犹费词。同穴窅冥何所望，他生缘会更难期。惟将终夜长开眼，报答平生未展眉。

柳宗元《登柳州城楼寄漳汀封连四州刺史》：城上高楼接大荒，海天愁思正茫茫。惊风乱飐（zhǎn）芙蓉水，密雨斜侵薜荔墙。岭树重遮千里目，江流曲似九回肠。共来百越文身地，犹自音书滞一乡。

李商隐《锦瑟》：锦瑟无端五十弦，一弦一柱思华年。庄生晓梦迷蝴蝶，望帝春心托杜鹃。沧海月明珠有泪，蓝田日暖玉生烟。此情可待成追忆，只是当时已惘然。

李商隐《无题》：昨夜星辰昨夜风，画楼西畔桂堂东。身无彩凤双飞翼，心有灵犀一点通。隔座送钩春酒暖，分曹射覆蜡灯红。嗟余听鼓应官去，走马兰台类转蓬。

李商隐《无题》：来是空言去绝踪，月斜楼上五更钟。梦为远别啼难唤，书被催成墨未浓。蜡照半笼金翡翠，麝熏微度绣芙蓉。刘郎已恨蓬山远，更隔蓬山一万重。

李商隐《无题》：飒飒东风细雨来，芙蓉塘外有轻雷。金蟾啮锁烧香入，玉虎牵丝汲井回。贾氏窥帘韩掾少，宓妃留枕魏王才。春心莫共花争发，一寸相思一寸灰。

李商隐《无题》：相见时难别亦难，东风无力百花残。春蚕到死丝方尽，蜡炬成灰泪始干。晓镜但愁云鬓改，夜吟应觉月光寒。蓬山此去无多路，青鸟殷勤为探看。

李商隐《无题》：凤尾香罗薄几重，碧文圆顶夜深缝。扇裁月魄羞难掩，车走雷声语未通。曾是寂寥金烬暗，断无消息石榴红。斑骓只系垂杨岸，何处西南待好风。

李商隐《无题》：重帏深下莫愁堂，卧后清宵细细长。神女生涯原是梦，小姑居处本无郎。风波不信菱枝弱，月露谁教桂叶香。直道相思了无益，未妨惆怅是清狂。

李商隐《隋宫》：紫泉宫殿锁烟霞，欲取芜城作帝家。玉玺不缘归日角，锦帆应是到天涯。于今腐草无萤火，终古垂杨有暮鸦。地下若逢陈后主，岂宜重问后庭花。

李贺《金铜仙人辞汉歌》：茂陵刘郎秋风客，夜闻马嘶晓无迹。画栏桂树悬秋香，三十六宫土花碧。魏官牵车指千里，东关酸风射眸子。空将汉月出宫门，忆君清泪如铅水。衰兰送客咸阳道，天若有情天亦老。携盘独出月荒凉，渭城已远波声小。

许浑《咸阳城西楼晚眺》：一上高城万里愁，蒹葭杨柳似汀洲。溪云初起日沉阁，山雨欲来风满楼。鸟下绿芜秦苑夕，蝉鸣黄叶汉宫秋。行人莫问当年事，故国东来渭水流。

杜牧《题宣州开元寺水阁，阁下宛溪，夹溪居人》：六朝文物草连空，天淡云闲今古同。鸟去鸟来山色里，人歌人哭水声中。深秋帘幕千家雨，落日楼台一笛风。惆怅无因见范蠡，参差烟树五湖东。

苏轼《澄迈驿通潮阁二首（其二）》：余生欲老海南村，帝遣巫阳招我魂。杳杳天低鹘没处，青山一发是中原。

黄庭坚《寄黄几复》：我居北海君南海，寄雁传书谢不能。桃李春风一杯酒，江湖夜雨十年灯。持家但有四立壁，治病不蕲三折肱。想见读书头已白，隔溪猿哭瘴溪藤。

陆游《临安春雨初霁》：世味年来薄似纱，谁令骑马客京华。小楼一夜听春雨，深巷明朝卖杏花。矮纸斜行闲作草，晴窗细乳戏分茶。素衣莫起风尘叹，犹及清明可到家。

陆游《沈园二首》其一：城上斜阳画角哀，沈园非复旧池台。伤心桥下春波绿，曾是惊鸿照影来。 其二：梦断香销四十年，沈园柳老不吹绵。此身行作稽山土，犹吊遗踪一泫然。

陆游《剑门道中遇微雨》：衣上征尘杂酒痕，远游无处不销魂。此身合是诗人未，细雨骑驴入剑门。

陆游《书愤》：早岁那知世事艰，中原北望气如山。楼船夜雪瓜洲渡，铁马秋风大散关。塞上长城空自许，镜中衰鬓已先斑。出师一表真名世，千载谁堪伯仲间。

词

李白《菩萨蛮》：平林漠漠烟如织。寒山一带伤心碧。暝色入高楼。有人楼上愁。　玉阶空伫立。宿鸟归飞急。何处是归程。长亭更短亭。

李白《忆秦娥》：箫声咽。秦娥梦断秦楼月。秦楼月。年年柳色，灞陵伤别。　乐游原上清秋节。咸阳古道音尘绝。音尘绝。西风残照，汉家陵阙。

温庭筠《菩萨蛮》：玉楼明月长相忆。柳丝袅娜春无力。门外草萋萋。送君闻马嘶。　画罗金翡翠，香烛销成泪。花落子规啼。绿窗残梦迷。

温庭筠《梦江南》：梳洗罢，独倚望江楼。过尽千帆皆不是，斜晖脉脉水悠悠。肠断白蘋洲。

韦庄《菩萨蛮》：人人尽说江南好。游人只合江南老。春水碧于天。画船听雨眠。　垆边人似月。皓腕凝霜雪。未老莫还乡。还乡须断肠。

韦庄《菩萨蛮》：如今却忆江南乐。当时年少春衫薄。骑马倚斜桥。满楼红袖招。　翠屏金屈曲。醉入花丛宿。此度见花枝。白头誓不归。

牛希济《生查子》：春山烟欲收，天淡稀星小。残月脸边明，别泪临清晓。　语已多，情未了。回首犹重道。记得绿罗裙，处处怜芳草。

冯延巳《鹊踏枝》：谁道闲情抛弃久。每到春来，惆怅还依旧。日日花前常病酒。　不辞镜里朱颜瘦。河畔青芜堤上柳。为问新愁，何事年年有。独立小桥风满袖。平林新月人归后。

冯延巳《蝶恋花》：几日行云何处去。忘了归来，不道春将暮。百草千花寒食路。香车系在谁家树。　泪眼倚楼频独语。双燕飞来，陌上相逢否。撩乱春愁如柳絮。悠悠梦里无寻处。

李璟《摊破浣溪沙》：菡萏香销翠叶残。西风愁起绿波间。还与韶光共憔悴，不堪看。细雨梦回鸡塞远，小楼吹彻玉笙寒。多少泪珠何限恨，倚栏干。

李煜《相见欢》：林花谢了春红。太匆匆。无奈朝来寒雨晚来风。　胭脂泪。留人醉。几时重。自是人生长恨水长东。

李煜《浪淘沙》：帘外雨潺潺。春意阑珊。罗衾不耐五更寒。梦里不知身是客，一晌贪欢。　独自莫凭栏。无限江山。别时容易见时难。流水落花春去也，天上人间。

柳永《雨霖铃》：寒蝉凄切。对长亭晚，骤雨初歇。都门帐饮无绪，留恋处，兰舟催发。执手相看泪眼，竟无语凝噎。念去去、千里烟波，暮霭沉沉楚天阔。　多情自古伤离别。更那堪、冷落清秋节。今宵酒醒何处，杨柳岸、晓风残月。此去经年，应是良辰好景虚设。便纵有、千种风情，更与何人说。

范仲淹《苏幕遮》：碧云天，黄叶地。秋色连波，波上寒烟翠。山映斜阳天接水。芳草无情，更在斜阳外。　黯乡魂，追旅思。夜夜除非，好梦留人睡。明月楼高休独倚。酒入愁肠，化作相思泪。

范仲淹《渔家傲》：塞下秋来风景异。衡阳雁去无留意。四面边声连角起。千嶂里。长烟落日孤城闭。　浊酒一杯家万里。燕然未勒归无计。羌管悠悠霜满地。人不寐。将军白发征夫泪。

张先《天仙子》：水调数声持酒听。午醉醒来愁未醒。送春春去几时回，临晚镜。伤流景。往事后期空记省。　沙上并禽池上暝。云破月来花弄影。重重帘幕密遮灯，风不定。人初静。明日落红应满径。

晏殊《浣溪沙》：一曲新词酒一杯。去年天气旧亭台。夕阳西下几时回。　无可奈何花落去。似曾相识燕归来。小园香径独徘徊。

晏殊《浣溪沙》：一向（shǎng）年光有限身。等闲离别易销魂。酒筵歌席莫辞频。　满目山河空念远，落花风雨更伤春。不如怜取眼前人。

晏殊《蝶恋花》：槛菊愁烟兰泣露。罗幕轻寒，燕子双飞去。明月不谙离恨苦。斜光到晓穿朱户。　昨夜西风凋碧树。独上高楼，望尽天涯路。欲寄彩笺兼尺素。山长水阔知何处。

宋祁《玉楼春》：东城渐觉风光好。縠皱波纹迎客棹。绿杨烟外晓寒轻，红杏枝头春意闹。　浮生长恨欢娱少。肯爱千金轻一笑。为君持酒劝斜阳，且向花间留晚照。

欧阳修《踏莎行》：候馆梅残，溪桥柳细。草薰风暖摇征辔。离愁渐远渐无穷，迢迢不断如春水。　寸寸柔肠，盈盈粉泪。楼高莫近危栏倚。平芜尽处是春山，行人更在春山外。

欧阳修《玉楼春》：尊前拟把归期说。欲语春容先惨咽。人生自是有情痴，此恨不关风与月。　离歌且莫翻新阕。一曲能教肠寸结。直须看尽洛城花，始共春风容易别。

欧阳修（一说冯延巳）《蝶恋花》：庭院深深深几许。杨柳堆烟，帘幕无重数。玉勒雕鞍游冶处。楼高不见章台路。　雨横风狂三月暮。门掩黄昏，无计留春住。泪眼问花花不语。乱红飞过秋千去。

晏几道《临江仙》：梦后楼台高锁，酒醒帘幕低垂。去年春恨却来时。落花人独立，微雨燕双飞。　记得小苹初见，两重心字罗衣。琵琶弦上说相思。当时明月在，曾照彩云归。

晏几道《蝶恋花》：醉别西楼醒不记。春梦秋云，聚散真容易。斜月半窗还少睡。画屏闲展吴山翠。　衣上酒痕诗里字。点点行行，总是凄凉意。红烛自怜无好计。夜寒空替人垂泪。

晏几道《鹧鸪天》：彩袖殷勤捧玉钟。当年拚（pàn）却醉颜红。舞低杨柳楼心月，歌尽桃花扇影风。　从别后，忆相逢。几回魂梦与君同。今宵剩把银釭照，犹恐相逢是梦中。

苏轼《水龙吟·次韵章质夫杨花词》：似花还似非花，也无人惜从教坠。抛家傍路，思量却是，无情有思。萦损柔肠，困酣娇眼，欲开还闭。梦随风万里，寻郎去处，又还被、莺呼起。　不恨此花飞尽，恨西园、落红难缀。晓来雨过，遗踪何在，一池萍碎。春色三分，二分尘土，一分流水。细看来，不是杨花，点点是离人泪。

苏轼《定风波》：三月七日，沙湖道中遇雨。雨具先去，同行皆狼狈，余独不觉。已而遂晴，故作此。　莫听穿林打叶声。何妨吟啸且徐行。竹杖芒鞋轻胜马。谁怕。一蓑烟雨任平生。　料峭春风吹酒醒。微冷。山头斜照却相迎。回首向来萧瑟处。归去。也无风雨也无晴。

苏轼《卜算子·黄州定慧院寓居作》：缺月挂疏桐，漏断人初静。谁见幽人独往来，缥缈孤鸿影。　惊起却回头，有恨无人省。拣尽寒枝不肯栖，寂寞沙洲冷。

苏轼《蝶恋花·春景》：花褪残红青杏小。燕子飞时，绿水人家绕。枝上柳绵吹又少。天涯何处无芳草。　墙里秋千墙外道。墙外行人，墙里佳人笑。笑渐不闻声渐悄。多情却被无情恼。

苏轼《江城子·密州出猎》：老夫聊发少年狂。左牵黄。右擎苍。锦帽貂裘，千骑卷平冈。为报倾城随太守，亲射虎，看孙郎。　酒酣胸胆尚开张。鬓微霜。又何妨。持节云中，何日遣冯唐。会挽雕弓如满月，西北望，射天狼。

苏轼《江城子·乙卯正月二十日夜记梦》：十年生死两茫茫。不思量。自难忘。千里孤坟，无处话凄凉。纵使相逢应不识，尘满面，鬓如霜。　夜来幽梦忽还乡。小轩窗。正梳妆。相顾无言，惟有泪千行。料得年年肠断处，明月夜，短松冈。

苏轼《醉落魄·离京口作》：轻云微月，二更酒醒船初发。孤城回望苍烟合。公子佳人，不记归时节。　巾偏扇坠藤床滑，觉来幽梦无人说。此生飘荡何时歇。家在西南，长作东南别。

苏轼《南乡子·送述古》：回首乱山横。不见居人只见城。谁似临平山上塔，亭亭。迎客西来送客行。　归路晚风清。一枕初寒梦不成。今夜残灯斜照处，荧荧。秋雨晴时泪不晴。

李之仪《卜算子》：我住长江头，君住长江尾。日日思君不见君，共饮长江水。　此水几时休，此恨何时已。只愿君心似我心，定不负相思意。

秦观《鹊桥仙》：纤云弄巧，飞星传恨，银汉迢迢暗渡。金风玉露一相逢，便胜却、人间无数。　柔情似水，佳期如梦，忍顾鹊桥归路。两情若是久长时，又岂在、朝朝暮暮。

秦观《踏莎行》：雾失楼台，月迷津渡。桃源望断无寻处。可堪孤馆闭春寒，杜鹃声里斜阳暮。　驿寄梅花，鱼传尺素。砌成此恨无重数。郴（chēn）江幸自绕郴山，为谁流下潇湘去。

秦观《浣溪沙》：漠漠轻寒上小楼。晓阴无赖似穷秋。淡烟流水画屏幽。　自在飞花轻似梦，无边丝雨细如愁。宝帘闲挂小银钩。

秦观《满庭芳》：山抹微云，天黏衰草，画角声断谯门。暂停征棹，聊共引离尊。多少蓬莱旧事，空回首、烟霭纷纷。斜阳外，寒鸦万点，流水绕孤村。　销魂。当此际，香囊暗解，罗带轻分。谩赢得青楼、薄幸名存。此去何时见也，襟袖上、空惹啼痕。伤情处，高城望断，灯火已黄昏。

贺铸《青玉案·横塘路》：凌波不过横塘路。但目送、芳尘去。锦瑟华年谁与度。月桥花院，琐窗朱户。只有春知处。　碧云冉冉蘅皋暮。彩笔新题断肠句。试问闲愁都几许。一川烟草，满城风絮。梅子黄时雨。

贺铸《鹧鸪天》：重过阊门万事非，同来何事不同归。梧桐半死清霜后，头白鸳鸯失伴飞。　原上草，露初晞。旧栖新垅两依依。空床卧听南窗雨，谁复挑灯夜补衣。

周邦彦《苏幕遮》：燎沉香，消溽暑。鸟雀呼晴，侵晓窥檐语。叶上初阳干宿雨。水面清圆，一一风荷举。　故乡遥，何日去。家住吴门，久作长安旅。五月渔郎相忆否。小楫轻舟，梦入芙蓉浦。

李清照《一剪梅》：红藕香残玉簟秋。轻解罗裳，独上兰舟。云中谁寄锦书来，雁字回时，月满西楼。　花自飘零水自流。一种相思，两处闲愁。此情无计可消除，才下眉头，却上心头。

李清照《醉花阴》：薄雾浓云愁永昼。瑞脑消金兽。佳节又重阳，玉枕纱厨，半夜凉初透。　东篱把酒黄昏后。有暗香盈袖。莫道不销魂，帘卷西风，人比黄花瘦。

李清照《声声慢》：寻寻觅觅，冷冷清清，凄凄惨惨戚戚。乍暖还寒时候，最难将息。三杯两盏淡酒，怎敌他、晚来风急。雁过也，正伤心，却是旧时相识。　满地黄花堆积。憔悴损、如今有谁堪摘。守着窗儿，独自怎生得黑。梧桐更兼细雨，到黄昏、点点滴滴。这次第，怎一个愁字了得。

李清照《武陵春》：风住尘香花已尽，日晚倦梳头。物是人非事事休。欲语泪先流。　闻说双溪春尚好，也拟泛轻舟。只恐双溪舴艋舟。载不动、许多愁。

李清照《如梦令》：昨夜雨疏风骤。浓睡不消残酒。试问卷帘人，却道海棠依旧。知否。知否。应是绿肥红瘦。

岳飞《满江红》：怒发冲冠，凭栏处、潇潇雨歇。抬望眼、仰天长啸，壮怀激烈。三十功名尘与土，八千里路云和月。莫等闲、白了少年头，空悲切。　靖康耻，犹未雪。臣子恨，何时灭。驾长车、踏破贺兰山缺。壮志饥餐胡虏肉，笑谈渴饮匈奴血。待从头、收拾旧山河，朝天阙。

陆游《钗头凤》：红酥手。黄縢酒。满城春色宫墙柳。东风恶。欢情薄。一怀愁绪，几年离索。错。错。错。　春如旧。人空瘦。泪痕红浥鲛绡透。桃花落。闲池阁。山盟虽在，锦书难托。莫。莫。莫。

陆游《卜算子·咏梅》：驿外断桥边，寂寞开无主。已是黄昏独自愁，更着风和雨。　无意苦争春，一任群芳妒。零落成泥碾作尘，只有香如故。

陆游《诉衷情》：当年万里觅封侯。匹马戍梁州。关河梦断何处，尘暗旧貂裘。　胡未灭，鬓先秋。泪空流。此生谁料，心在天山，身老沧洲。

辛弃疾《摸鱼儿》：**淳熙己亥，自湖北漕移湖南，同官王正之置酒小山亭，为赋。**　更能消、几番风雨，匆匆春又归去。惜春长怕花开早，何况落红无数。春且住。见说道、天涯芳草无归路。怨春不语。算只有殷勤，画檐蛛网，尽日惹飞絮。　长门事，准拟佳期又误。蛾眉曾有人妒。千金纵买相如赋，脉脉此情谁诉。君莫舞。君不见、玉环飞燕皆尘土。闲愁最苦。休去倚危栏，斜阳正在，烟柳断肠处。

辛弃疾《水龙吟·登建康赏心亭》：楚天千里清秋，水随天去秋无际。遥岑远目，献愁供恨，玉簪螺髻。落日楼头，断鸿声里，江南游子。把吴钩看了，栏干拍遍，无人会，登临意。　休说鲈鱼堪脍，尽西风、季鹰归未。求田问舍，怕应羞见，刘郎才气。可惜流年，忧愁风雨，树犹如此。倩何人唤取，红巾翠袖，揾（wèn）英雄泪。

辛弃疾《祝英台近·晚春》：宝钗分，桃叶渡，烟柳暗南浦。怕上层楼，十日九风雨。断肠片片飞红，都无人管，更谁劝、啼莺声住。　鬓边觑（qù）。试把花卜心期，才簪又重数。罗帐灯昏，哽咽梦中语。是他春带愁来，春归何处，却不解、带将愁去。

辛弃疾《青玉案·元夕》：东风夜放花千树。更吹落、星如雨。宝马雕车香满路。凤箫声动，玉壶光转，一夜鱼龙舞。　蛾儿雪柳黄金缕。笑语盈盈暗香去。众里寻他千百度。蓦然回首，那人却在，灯火阑珊处。

辛弃疾《菩萨蛮·书江西造口壁》：郁孤台下清江水。中间多少行人泪。西北望长安。可怜无数山。　青山遮不住。毕竟东流去。江晚正愁余。山深闻鹧鸪。

辛弃疾《贺新郎》：**邑中园亭，仆皆为赋此词。一日，独坐停云，水声山色，竞来相娱，意溪山欲援例者，遂作数语，庶几仿佛渊明思亲友之意云。**　甚矣吾衰矣。怅平生、交游零落，只今馀几。白发空垂三千丈，一笑人间万事。问何物、能令公喜。我见青山多妩媚，料青山、见我应如是。情与貌，略相似。　一尊搔首东窗里。想渊明、停云诗就，此时风味。江左沉酣求名者，岂识浊醪妙理。回首叫、云飞风起。不恨古人吾不见，恨古人、不见吾狂耳。知我者，二三子。

辛弃疾《永遇乐·京口北固亭怀古》：千古江山，英雄无觅，孙仲谋处。舞榭歌台，风流总被，雨打风吹去。斜阳草树，寻常巷陌，人道寄奴曾住。想当年、金戈铁马，气吞万里如虎。　元嘉草草，封狼居胥，赢得仓皇北顾。四十三年，望中犹记，烽火扬州路。可堪回首，佛（bì）狸祠下，一片神鸦社鼓。凭谁问，廉颇老矣，尚能饭否。

姜夔《扬州慢》：**淳熙丙申至日，予过维扬。夜雪初霁，荠麦弥望。入其城，则四顾萧条，寒水自碧，暮色渐起，戍角悲吟。余怀怆然，感慨今昔，因自度此曲。千岩老人以为有《黍离》之悲也。**　淮左名都，竹西佳处，解鞍少驻初程。过春风十里，尽荠麦青青。自胡马、窥江去后，废池乔木，犹厌言兵。渐黄昏，清角吹寒，都在空城。　杜郎俊赏，算而今、重到须惊。纵豆蔻词工，青楼梦好，难赋深情。二十四桥仍在，波心荡、冷月无声。念桥边红药，年年知为谁生。

吴文英《风入松》：听风听雨过清明。愁草瘗（yì）花铭。楼前绿暗分携路，一丝柳、一寸柔情。料峭春寒中（zhòng）酒，交加晓梦啼莺。　西园日日扫林亭，依旧赏新晴。黄蜂频扑秋千索，有当时、纤手香凝。惆怅双鸳不到，幽阶一夜苔生。

吴文英《浣溪沙》：门隔花深梦旧游。夕阳无语燕归愁。玉纤香动小帘钩。　落絮无声春堕泪，行云有影月含羞。东风临夜冷于秋。

蒋捷《虞美人·听雨》：少年听雨歌楼上，红烛昏罗帐。壮年听雨客舟中，江阔云低、断雁叫西风。　而今听雨僧庐下，鬓已星星也。悲欢离合总无情，一任阶前、点滴到天明。

附录四　古典诗词研习书目推荐

一、选本

1.《诗经》《楚辞》《唐诗三百首》，晚清朱祖谋编《宋词三百首》。

2. 清代沈德潜选编《古诗源》、钱锺书选注《宋诗选注》。

3. 一些有名的诗人，如李白、杜甫，全集太多诗，可以看他们的选本。尽量选择中华书局和上海古籍出版社的本子。老杜诗一定要看，可用萧涤非《杜甫诗选注》。

注：《诗经》《楚辞》如果不是出于研究的目的，读今人的选本即可。其他名家的选本，如高步瀛、俞平伯、俞陛云、霍松林等诸位先生的，也都可以参看。主要目的不外乎先熟读诗歌，将古典诗词中有名的篇目熟读一过，最好能将公认的经典篇目背诵下来。诗歌的学习，先大量读诗，培养诗心、诗歌的感悟力，这个最重要。熟读经典篇目后，选择与自己气质较接近的诗人的作品细读，甚至可以模仿来写作。

二、诗论及其他

1. 南宋严羽著《沧浪诗话》。重点看“诗辩”“诗法”两章。

2. 元代杨载著《诗法家数》。很短的古代诗话著作，揭示作诗之法。

3. 元代方回选评《瀛奎律髓汇评》，上海古籍出版社出版。三册一套很厚的书，翻翻看就可以了。注意诗后面历代诗人的评价，特别是有争议的地方。

注：以上三种古代的诗选诗话，阅读要求较高，要达到一定水准后（至少熟识平仄，对各类诗体的特点有所了解）再读。如果是入门，为培养兴趣，可以先看以下今人的诗歌论述。

4. 施蛰存著《唐诗百话》，上海古籍出版社出版。比较浅显易懂，生动有趣。评论中涉及创作技巧的问题。

5.《顾随诗词讲记》，很天马行空的一本书，没有什么系统性，可以随性阅读。但对读者要求较高，要对诗词的发展史有所了解再读。

6. 缪钺著《诗词散论》。文辞很优美的书，灵心妙说，本身就可以当诗来读。

7. 朱光潜著《诗论》，很经典的一本小书，具有开创性的研究，值得反复阅读。先读一过，过一段时间阅读大量诗歌后，再读，必有所得。

8. 朱庸斋著《朱庸斋集》，广东人民出版社出版。书中收有《分春馆词话》《分春馆词话补遗》《分春馆词》《分春馆集外词》《分春馆集外诗》等，将广东当代著名词人、词评家朱庸斋先生的著作收录殆尽。《分春馆词话》及《补遗》是难得一见的教人作词的著作。书中《分春馆词话补遗》卷一《诸家词评点》录有六十三则朱庸斋先生对诸家及弟子作品的修改及评论，实是极难得一见的材料，对学习填词极有助力。

9. 叶维廉著《中国诗学》，生活·读书·新知三联书店出版。从比较诗学的角度对中国古典诗词作评述，很启人深思，但也要防止过信其理论。笔者觉得叶先生的论述偏重于某一类诗词，并不能很全面地概括古典诗词。

10. 葛兆光著《汉字的魔方——中国古典诗歌语言学札记》，复旦大学出版社出版。从语言学的角度论述，参用西方的理论来解读古典诗词。可以粗略一读，觉得过深的地方不妨跳过，不必深求。

三、诗词写作工具书

1. 清代汤文璐编《诗韵合璧》，影印本，上海书店出版社出版。写诗查韵使用。王力《诗韵常用字表》只收常用字约 8600 字，有时候查一些僻字，需要此书。

2. 清代戈载编《词林正韵》。今人张珍怀辑有《词韵简编》，收常用字约 9300 字，查僻字时需要戈载此书。

3. 清代王奕清、陈廷敬编《钦定词谱》，填词时查阅词谱用。

4. 龙榆生编《唐宋词格律》，收录常用词调。填词时参考这本足够了。

5. 王力主编《古代汉语》第四册，附录有诗词合韵、常用词调等，中文系的学生通常会有此书，初学已够用。

6.《骈字类编》，是清代官编的一部供查找典故和辞藻丽句用的大型专门性类书，专收二字合成的词语，进行分类编排。它的编排如下图所示：

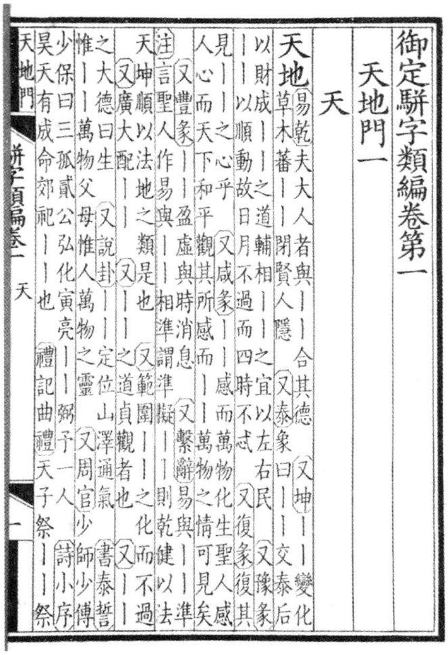

7.《佩文韵府》，清代官修的供查找辞藻、典故的大型类书，此书与《骈字类编》为姊妹篇。《骈字类编》则按词语首字元韵排列，《佩文韵府》则按词尾元韵排列。如“风”字，《骈字类编》收“风诗、风书、风经、风赋”等词，《佩文韵府》则收“山风、好风、余风、国风”等词，两者正好互相补充。它的编排如下：

注：两书如此编排，是因为写诗时寻找合适的词语，通常有两种情况：一是已定首字而找尾字，这时即可查《骈字类编》；二是已定尾字而找首字，这时即可查《佩文韵府》。但两书都太过浩繁，实体书实在太厚重占地，专业学者才需要购买，一般诗词写作者购买不太值得，去图书馆翻阅又效率太低。《诗韵合璧》一书较薄，以韵字为中心，撮录这两类词，更方便使用，可以购买，缺点就是词汇量少上许多。今天有更好的手段利用这些书。这些书都已经电子化，高校图书馆一般都购有《四库全书》电子文本，可以在《四库全书》中翻查此书。也可以在本书常提的“搜韵”APP中查看，非常方便。

此外，平水韵和《词林正韵》《钦定词谱》等书都可以在“搜韵”“诗词吾爱”这两个APP或它们的网站上查看。而且遇到前面所说的首字或尾字的问题，可以不必翻二书，直接用这两个APP的组词工具来搜词更方便。此外，这两个手机APP或它们的网站还可以检测诗词是否合律，寻找适合对仗的词语，查阅典故，全文搜索、分类搜索古今诗词，重要的诗话、词话也可以阅读，是集大成式的诗词大型网站。尤其是“搜韵”，更是齐全。可以说，有这么一个随手可得且免费的APP，利用起来，很多事要比古人方便百倍。不过诗词的写作确是笨功夫，工具也只是工具，如何利用取决于人。千万不要以为拥有这些工具就可以写好诗词。有些笨功夫是必须下的。

参考文献

陈少松：《古诗词文吟诵研究》，北京：社会科学文献出版社，1997 年。

方回选评，李庆甲集评校点：《瀛奎律髓汇评》，上海：上海古籍出版社，1993 年。

戈载：《词林正韵》，上海：上海古籍出版社，2009 年。

葛兆光：《汉字的魔方——中国古典诗歌语言学札记》，上海：复旦大学出版社，2008 年。

顾随讲，叶嘉莹笔记，顾之京整理：《顾随诗词讲记》，北京：中国人民大学出版社，2010 年。

何文焕辑：《历代诗话》，北京：中华书局，1981 年。

况周颐：《蕙风词话》，北京：人民文学出版社，1960 年。

刘铁冷：《作诗百法》，北京：文化艺术出版社，2018 年。

刘永济：《唐五代两宋词简析　微睇室说词》，北京：中华书局，2007 年。

龙榆生：《词曲概论》，北京：北京出版社，2004 年。

龙榆生：《词学十讲》，北京：中华书局，2017 年。

龙榆生：《龙榆生词学论文集》，上海：上海古籍出版社，1997 年。

龙榆生：《唐宋词格律》，上海：上海古籍出版社，2010 年。

缪钺：《诗词散论》，西安：陕西师范大学出版社，2008 年。

钱仲联、章培恒、陈祥耀等：《元明清诗鉴赏辞典》，上海：上海辞书出版社，1994 年。

上疆村民重编，唐圭璋笺注：《宋词三百首笺注》，北京：人民文学出版社，2005 年。

沈义父著，蔡嵩云笺释：《乐府指迷》，北京：人民文学出版社，1981 年。

汤文璐编：《诗韵合璧》，上海：上海书店出版社，1982 年。

唐圭璋、周汝昌、缪钺等：《唐宋词鉴赏辞典（唐・五代・北宋）》，上海：上海辞书出版社，1988 年。

王国维：《人间词话》，北京：人民文学出版社，1960 年。

王力:《汉语诗律学》，上海：上海世纪出版集团，2005 年。

王力:《诗词格律》，北京：中华书局，2001 年。

王力:《诗词格律概要》，北京：北京出版社，2001 年。

王兆鹏:《唐宋词汇评（唐五代卷）》，杭州：浙江教育出版社，2004 年。

魏庆之著，王仲闻点校:《诗人玉屑》，北京：中华书局，2007 年。

吴熊和:《唐宋词通论》，北京：商务印书馆，2003 年。

萧涤非、程千帆、马茂元等:《唐诗鉴赏辞典》，上海：上海辞书出版社，1983 年。

徐晋如:《禅心剑气相思骨——中国诗词的道与法》，桂林：广西师范大学出版社，2009 年。

叶维廉:《中国诗学》，北京：生活·读书·新知三联书店，1992 年。

张炎著，夏承焘校注:《词源注》，北京：人民文学出版社，1981 年。

赵仲才:《诗词写作概论》，上海：上海古籍出版社，2002 年。

朱光潜:《诗论》，北京：北京出版社，2005 年。

朱庸斋:《朱庸斋集》，广州：广东人民出版社，2018 年。